Leo Trotzki

Die wirkliche Lage in Russland

Leo Trotzki

Die wirkliche Lage in Russland

ISBN: 978-3-86267-478-7

Auflage: 1
Erscheinungsjahr: 2012
Erscheinungsort: Bremen, Deutschland

Europäischer Literaturverlag GmbH, Fahrenheitstr. 1, 28359 Bremen (www.elv-verlag.de). Die deutsche Übersetzung stammt von Wilhelm Cremer. Die Orthografie wurde an die neue deutsche Rechtschreibung angepasst und die Interpunktion behutsam modernisiert.

DIE WIRKLICHE LAGE IN RUSSLAND

www.elv-verlag.de

INHALT:

Erster Teil 4
   Die Furcht vor unserem Programm 4
   Meine Verteidigung vor dem Zentralausschuss 4

Zweiter Teil 13
   Zur Einführung 13
   Die Lage der Arbeiterklasse und die Gewerkschaften 21
   Die Lage der Arbeiter 23
   Landarbeit 24
   Die Wohnfrage 25
   Arbeitslosigkeit 26
   Die Gewerkschaften und die Arbeiter 27
   Die wichtigsten praktischen Vorschläge 28
   Die Agrarfrage und ihre sozialistische Auslegung 32
   Klassendifferenzierung unter den Bauern 34
   Praktische Vorschläge 36
   Genossenschaftswesen 38
   Staatsindustrie und der Aufbau des Sozialismus 40
   Das Tempo der industriellen Entwicklung 40
   Preise 41
   Der Fünfjahresplan des Ausschusses für Staatsunternehmungen (1926–1927 bis 1930–1931) 42
   Die Sowjetunion und die internationale kapitalistische Wirtschaft 44
   Wo finden wir die Mittel? 46
   Die Sowjets 50
   Die nationale Frage 54
   Die Partei 58
   Praktische Vorschläge 66

Der Bund der kommunistischen Jugend 70

Unsere internationale Lage und die Kriegsgefahr 73

Die Sowjetunion in der Weltarena 73

Der Zusammenbruch der chinesischen Revolution und seine Ursache 76

Die Wiedererstarkung des Kapitalismus und die Taktik der kommunistischen Internationale 81

Die Hauptschlussfolgerungen 87

    Die Rote Armee und die Rote Flotte 90

    Wirkliche und angebliche Meinungsverschiedenheiten 90

    Gegen den Opportunismus – für die Einheit der Partei 95

Dritter Teil 101

    Stalin fälscht Geschichte 101

    Der Krieg und meine Ankunft in Petrograd 101

    Raskolnikows zwei Meinungen 105

    Mai bis Oktober 1917 106

    Mein Anteil an der Oktoberrevolution 109

    Verlorene Dokumente 112

    Die Zwei Meinungen Jaroslawskis 115

    Die zwei Meinungen Olminskis und Lunatscharskis. 116

    Die Debatten über Brest-Litowsk und die Gewerkschaften 118

    Mit Lenin in der Internationale 122

    Mit Lenin in der Bauernfrage 124

    Meine militärische Arbeit 126

    Die verächtlichste Lüge der Stalinisten 130

    Die Blankovollmacht Lenins 133

    Die Lüge über die Militarisierung der Arbeit 134

    Mein Einvernehmen mit Lenin im Industrieaufbau 136

    Nach Lenins Erkrankung 139

    Das Monopol des auswärtigen Handels 140

Behördliche Wirtschaftsleitung 144

Mit Lenin gegen Stalin 145

Mit Lenin gegen Stalin, Rykow, Kalinin und Bucharin 150

Meine letzte Unterredung mit Lenin 151

Lenin brach endgültig mit Stalin 152

Einige Schlussfolgerungen 154

Dokumente 158

Das Testament Lenins 158

Die Letzten Wort Adolf Joffes 160

Stalin-Bucharin und die Chinesische Revolution 165

Ein Urteil französischer Kommunisten über die Lage in Russland 168

Die Verbannung Trotzkis 172

Appell der russischen Opposition an die Kommunistische Internationale 174

ERSTER TEIL

Die Furcht vor unserem Programm

Meine Verteidigung vor dem Zentralausschuss

Mein Antrag, die Untersuchungen über den Wrangeloffizier und die militärische Verschwörung unverzüglich durchzuführen, wurde niedergestimmt. Ich erhob vor allem die Frage, warum, wie und durch wen die Partei getäuscht worden ist, als man ihr erzählte, die mit der Opposition verbundenen Kommunisten nähmen an einer gegenrevolutionären Organisation teil. Um nun noch einmal zu zeigen, was Sie unter einer Diskussion verstehen, beschlossen Sie, meine kurze Rede über den unechten Wrangeloffizier aus dem Bericht zu streichen – das heißt, ihn vor der Partei zu verheimlichen. Bucharin hat uns hier auf der Grundlage dieser Dokumente der G. P. U., der politischen Polizei, die überhaupt keine Beziehungen weder zu der beschlagnahmten Druckerpresse, noch zu der Opposition haben, mit dem Fantasiebild einer Thermidorischen Verschwörung beschenkt. Was wir aber wollen, sind nicht Bucharins billige Fantasien, sondern Tatsachen. Es sind keine Tatsachen vorhanden. Darum war das Hineinwerfen dieser ganzen Fragen in die Diskussion über die Opposition nur ein Winkelzug. Ihre Rücksichtslosigkeit und Unehrlichkeit sind auf der Stufe verbrecherischen Verrats angelangt. Alle die von Menschinski verlesenen Dokumente sprechen unzweideutig gegen den augenblicklichen politischen Kurs – man braucht sie nur mit einer marxistischen Analyse zu beleuchten. Aber ich habe dafür keine Zeit. Ich kann nur die wesentliche Frage erheben: Wie und warum hielt es die augenblicklich herrschende Gruppe für nötig, die Partei zu täuschen, indem sie einen Agenten der G. P. U. für einen Wrangeloffizier ausgab, und diese Bruchstücke einer unbeendeten Untersuchung aus dem Zusammenhang herausriss, um die Partei durch die falsche Nachricht von einer Verbindung der Oppositionsleute mit einer gegenrevolutionären Organisation zu beunruhigen? Woher kommt dies alles? Wohin soll es führen? Nur diese Frage hat politische Bedeutung. Alles andere geht uns erst in zweiter oder in zehnter Linie an.

Zunächst aber zwei Worte über den sog. »Trotzkismus«. Jeder Opportunist versucht, seine Schande mit diesem Worte zu decken. Die Fälschungsfabrik arbeitet Tag und Nacht in zwei Schichten, um »Trotzkismus« zu fabrizieren. Ich schrieb vor nicht langer Zeit über dieses Thema einen Brief an das Büro für Parteigeschichte. Er enthielt über fünfzig Zitate und Dokumente, die die jetzt herrschende theoretische und historische Schule der Fälschung, Verdrehung und Unterschlagung von Tatsachen und Dokumenten und der Entstellung Lenins überführte – alles zum Besten des sog. Kampfes gegen den »Trotzkismus«. Ich verlangte, dass mein Brief den Mitgliedern in einer Plenarsitzung vorgelegt würde. Dies geschah nicht, obgleich mein Brief fast ausschließlich aus Dokumenten und Zitaten bestand. Ich werde ihn an das Diskussionsblatt der Prawda senden, obgleich ich glaube, dass sie ihn dort ebenso vor der Partei verheimlichen werden, denn die Tatsachen und Dokumente, die ich beifüge, sind zu vernichtend für die Stalinsche Schule.

In unserer Julierklärung vom vergangenen Jahr haben wir mit vollständiger Genauigkeit alle die Stufen vorausgesagt, durch die die Zerstörung der Leninistischen Parteiführung gehen würde, und auch ihre zeitweilige Ersetzung durch eine Stalinistische Führerschaft. Ich sage, durch eine zeitweilige Ersetzung, denn je mehr »Siege« die gegenwärtig herrschende Gruppe gewinnt, desto schwächer wird sie werden. Unserer Julivoraussage vom vergangenen Jahr können wir nun folgende Schlussfolgerung hinzufügen: Stalins augenblicklicher Sieg in der Organisation wird seinen politischen Schiffbruch zur Folge haben. Dieser ist völlig unvermeidlich; und er wird – gerade durch die Auswirkungen des Stalinschen Regimes – sofort seinen Anfang nehmen. Es wird die grundlegende Aufgabe der Opposition sein, darauf zu sehen, dass die Folgen der verderblichen Politik der jetzigen Führung unserer Partei und ihrer Verbindung mit den Massen möglichst geringe Verluste bringen.

Sie wollen uns aus dem Zentralausschuss entfernen. Wir geben zu, dass dieser Schritt im vollen Einklang ist mit der gegenwärtigen Politik auf der gegenwärtigen Stufe ihrer Entwicklung oder vielmehr ihres Niedergangs. Diese herrschende Gruppe, die aus der Partei Hunderte und Tausende ihrer besten Mitglieder, ihrer standhaftesten Arbeiterbolschewisten, hinaustreibt – diese bürokratische Clique, die es wagt, solche Bolschewisten wie Mrachkowski, Serebriakow, Preobraschenski, Scharow und Sarkis auszuschließen, Genossen, die allein ein Parteisekretariat schaffen könnten, ein unendlich einflussreicheres, tüchtigeres, mehr leninistisches als das jetzige Sekretariat – diese Stalin-Bucharin-Clique, die in dem geheimen Gefängnis der G.P.U. ergebene und bewundernswerte Männer wie Nechaew, Stikhold, Vasiliew, Schmidt, Fischelew und viele andere gefangen hält –, diese Gruppe von Beamten, die sich durch Gewalt, durch Erstickung des parteilichen Denkens, durch Zerrüttung der proletarischen Avantgarde nicht nur in Russland, sondern in der ganzen Welt auf ihren Plätzen an der Spitze festhält – diese durch und durch opportunistische Sippschaft, an deren Schweif in diesen letzten Jahren marschieren Chang Kai-schek, Feng Yuschang, Wan Tin-wei, Purcell, Hicks, Ben Tillett, die Kusinens, die Schmerals, die Peppers, die Heinz-Neumanns, die Rafieses, die Martinows, die Kondratiews und Ustrialows –, diese Gesellschaft kann unsere Anwesenheit im Zentralausschuss selbst einen Monat vor dem Parteikongress nicht ertragen. Wir verstehen das.

Rücksichtslosigkeit und Unehrlichkeit gehen Hand in Hand mit Feigheit. Sie haben unser Programm unterschlagen – oder vielmehr, sie haben versucht, es zu unterschlagen. Was bedeutet Furcht vor einem Programm? Jedermann weiß es: Furcht vor einem Programm ist Furcht vor den Massen.

Wir kündigten Ihnen am achten September an, dass wir trotz aller entgegenstehenden Erlasse unser Programm zur Kenntnis der Partei bringen würden. Wir haben dies begonnen, und wir werden unser Unternehmen auch bis zum Ende durchführen. Die Genossen Mrachkowski, Fischelew und alle die andern, die unser Programm druckten und verteilten, sie haben gehandelt und handeln auch jetzt noch in voller Solidarität mit uns. Als oppositionelle Mitglieder des Zentralausschusses und des Zentralkontrollausschusses nehmen wir sowohl in politischer Hinsicht wie für die Organisation die volle Verantwortung für ihr Handeln auf uns.

Die Rücksichtslosigkeit und Unehrlichkeit, von der Lenin schrieb, sind nicht länger Merkmale einer bestimmten Persönlichkeit. Sie sind Charaktereigenschaften der herrschenden Gruppe, sowohl in ihrer eigentlichen Politik, wie in ihrer Leitung der Organisation. Es handelt sich nicht mehr um die Frage äußerlicher Umgangsformen. Die wesentliche Eigenschaft unseres gegenwärtigen Führertums ist der Glaube an die Allmacht von Gewaltmethoden – auch gegenüber der eigenen Partei. Aus der Oktoberrevolution hat die Partei ein starkes System von Zwangsmaßnahmen geerbt, ohne die eine Diktatur des Proletariats undenkbar ist. Der Brennpunkt dieser Diktatur war der Zentralausschuss unserer Partei. Zu Lenins Zeit – bei einem Leninistischen Zentralausschuss – unterstand das Organisationssystem der Partei einer international eingestellten, revolutionären Klassenpolitik. Es ist wahr, dass Stalin von dem ersten Tage seiner Erwählung zum Generalsekretär Lenin Besorgnis eingeflößt hat. »Dieser Koch wird uns ein gepfeffertes Gericht vorsetzen!« sagte Lenin zu vertrauten Genossen in der Zeit des zehnten Kongresses. Aber unter Lenins Führerschaft, unter einem Leninistischen Stab im politischen Büro, spielte der Generalsekretär eine verhältnismäßig untergeordnete Rolle. Die Situation begann sich zu verändern von der Stunde an, als Lenin krank wurde. Die Auswahl von Führern durch das Sekretariat, die Besetzung maßgebender Stellen mit Stalinisten, wurde ein besonderes Geschäft, das mit den Gesichtspunkten unserer Politik nichts mehr zu tun hatte. Dies ist der Grund, warum Lenin in Erwägung der Möglichkeit seines Abscheidens der Partei seinen letzten Rat gab: Entfernt Stalin, er würde die Partei zur Zersplitterung und zum Ruin führen.

Die Partei erfuhr nicht rechtzeitig von diesem Rat, eine ausgesiebte Bürokratie hielt seinen Brief zurück. Die Folgen davon sehen wir jetzt in ihrer ganzen Größe. Die herrschende Gruppe glaubt, dass sie mit Gewaltmitteln alles erreichen kann. Das ist ein tiefer Irrtum. Gewalt kann eine ungeheure Rolle in einer Revolution spielen, aber nur unter einer Bedingung – wenn sie einer ehrlichen Klassenpolitik unterworfen bleibt. Die Gewaltanwendung der Bolschewisten gegen die Bourgeoisie, gegen die Menschewisten, gegen die Sozialrevolutionäre, wie sie unter bestimmten historischen Bedingungen vor sich ging, führte zu riesenhaften Ergebnissen. Die Gewalttaten Kerenskis und Tseretellis gegen die Bolschewisten haben nur den Zusammenbruch des kompromisslerischen Regimes beschleunigt. Aber die jetzt herrschende Gruppe benutzt Verbannung, Verhaftung und Arbeitsentziehung als Unterdrückungs- und Einschüchterungsmittel gegen ihre eigne Partei. Das Arbeitermitglied fürchtet sich, in seinem eignen Lokalverband, seine Gedanken auszusprechen. Es fürchtet sich, nach seinem Gewissen zu stimmen. Unsere Partei, angeblich der höchste Ausdruck der Diktatur des Proletariats, wird von einer Diktatur der Bürokratie terrorisiert. Indem Sie aber die Partei terrorisieren, vermindern Sie Ihre Fähigkeit, die Feinde des Proletariats in Furcht zu halten.

Aber eine Organisationsleitung führt kein von andern unabhängiges Leben. In der Parteileitung findet der ganze politische Kurs der Partei seinen Ausdruck. Dieser politische Kurs hat in den letzten Jahren hin und her geschwankt – sein Klassenherz und seine Triebkraft haben von links nach rechts geschwankt, von den Proletariern zu den Kleinbürgern, vom ungelernten Arbeiter zum Spezialisten, vom gewöhnlichen Parteimitglied zum Funktionär, vom Landarbeiter und Kleinbauern zum Kulak, zum reichen Bauern, vom Schanghai-Arbeiter zu Tchang Kai-schek, von den chinesischen Bauern zu den bürgerlichen Generalen, von den englischen Proletariern zu Purcell, Hicks und dem Generalausschuss – und so endlos weiter. Darin liegt das Wesen des Stalinismus.

Auf den ersten Blick scheint es ja, als ob der Stalinkurs vollständig siegreich gewesen sei. Die Stalinpartei scheint ihre Hiebe nach links auszuteilen (in Moskau und Leningrad) und auch nach rechts (im nördlichen Kaukasus). In Wirklichkeit geht aber die ganze Politik dieser zentristischen Partei selbst auch unter den Hieben von zwei Peitschen vorwärts – einer Peitsche von rechts und einer von links. Diese bürokratische, zentristische Partei, die jeder Klassengrundlage entbehrt, taumelt zwischen zwei Klassenlinien daher mit dem Plan, von dem proletarischen zu dem kleinbürgerlichen Kurs hinüberzuschleichen. Sie tut dies aber nicht in einer direkten Linie, sondern in scharfen Zickzackschwankungen. Wir haben viele von diesen Zickzackbewegungen in der Vergangenheit gehabt. Besonders scharf und auffällig war die Verbreiterung der Wahlrechte unter dem Druck der Kulaks, der reichen Bauern (ein Peitschenhieb von rechts) und dann die Aufhebung dieser Anordnung unter dem Druck der Opposition (ein Hieb von links). Wir haben viele von diesen Zickzackbewegungen gesehen in den Bereichen der Arbeitergesetzgebung, der Lohnpolitik, der Steuerpolitik, der Politik gegen das Privateigentum usw. Aber im Ganzen ist der Kurs unentwegt nach rechts abgewichen. Das jüngste Manifest ist eine unbestreitbare Zickzackbewegung nach links. Aber wir werden unsere Augen nicht einen Moment der Tatsache verschließen, dass diese Zickzackbewegung nicht im Mindesten den allgemeinen politischen Kurs ändert und dass sie in Wirklichkeit – und zwar in sehr naher Zukunft – das Abtreiben des herrschenden Zentrums nach rechts beschleunigen wird.

Das heutige Geschrei nach einer »verstärkten Attacke« auf die Kulaks, auf die wohlhabenden Bauern – auf dieselben Kulaks, denen Sie gestern noch zuschrien: »Bereichert euch!« – kann die allgemeine Richtung nicht ändern. Alljährliche Jubiläumsversprechungen in Bezug auf den Siebenstunden-Arbeitstag können sie auch nicht ändern. Die politische Richtung der augenblicklichen Führerschaft wird nicht durch diese vereinzelten spekulativen Gesten bestimmt, sondern durch das Gefolge, das diese Führerschaft in ihrem Kampfe gegen die Opposition um sich versammelt hat. Durch das Stalinistische System, durch die Stalinistische Herrschaft, sind jetzt die Kräfte, die den proletarischen Vorkämpfer niederdrücken, der Bürokrat, der Arbeitsausbeuter, der Verwalter, der industrielle Geschäftsführer, der neue Privatkapitalist, die privilegierte Intelligenz in Stadt und Land – alle diese Elemente, die anfangen, den Kulak, den reich gewordenen Bauer, dem arbeitenden Mann als Muster vorzuhalten, und sagen: »Vergiss nicht, es ist jetzt nicht mehr 1918, mein Freund.«

Nicht die nach links gerichtete Geste entscheidet, sondern der grundlegende politische Kurs. Die Auswahl Ihrer Kollegen entscheidet. Der leitende Stab entscheidet. Der soziale Anhang. Sie können nicht die Stimme des Arbeiters unterdrücken und zugleich den Kulak angreifen. Diese beiden Dinge sind unvereinbar. Ihr fortwährendes Streben nach links wird, sobald man es in die Wirklichkeit umsetzen will, einer unnachgiebigen Opposition in den Reihen Ihrer eigenen Majorität begegnen. Heute zu sagen: »Bereichert euch!« und morgen: »Fort mit dem Kulak!«, das ist für Leute wie Bucharin sehr leicht. Er taucht seine Feder ein und ist fertig. Er hat nichts zu verlieren. Aber der Kulak, der Geschäftsunternehmer, der mächtige Bürokrat, der Spezialist – die sehen das anders an. Diese Leute haben keinen Sinn für plötzliche Seitensprünge und Jahresfeiern. Sie werden aber ihr Wort zu sagen wissen.

Genosse Tomski, der Gewerkschaftsführer, der in einer übleren Lage steckt als irgendjemand anderes, wandte sich in scharfer Opposition gegen die neueste Rechtsschwenkung. Tomski hat eine Ahnung von dem, was die Arbeiter in den Gewerkschaften fragen werden. Er wird derjenige sein, der zu antworten hat. Morgen werden die Arbeiter von Tomski verlangen, dass er endlich dieses Abweichen nach rechts aufhalten und für den im Manifest angekündigten Linkskurs eintreten soll. Dies ist die Ursache zu dem unvermeidlichen Kampf innerhalb des regierenden Blocks. In unserem rechten Flügel gibt es eine Tendenz nach der

Seite der industriellen Unternehmer und eine nach der Seite der Gewerkschaften. Sie arbeiten eine Zeit lang zusammen, wie es oft in der Geschichte der Arbeiterbewegung geschehen ist. Aber dieses Jubiläumsmanifest für einen Ruck nach links treibt einen Keil zwischen die Unternehmer und die Gewerkschaftler. Der berufsmäßige Bürokrat, der zwischen ihnen hin und herschwankt, wird deren Unterstützung verlieren.

Dieses Jubiläumsmanifest ist auf der einen Seite eine ganz unzweifelhafte und feierliche Anerkennung, dass die Ansichten der Opposition über alle tieferen Probleme unseres Stadt- und Landlebens die richtigen sind. Auf der anderen Seite ist er eine politische Selbstverwerfung der herrschenden Partei, ein Bekenntnis ihres eigenen Bankrotts. Es ist ein Bekenntnis in Worten von Leuten, die nicht imstande sind, irgendetwas in Taten zu zeigen. Dieses Jubiläumsmanifest wird den politischen Zusammenbruch des gegenwärtigen Kurses nicht aufhalten, sondern beschleunigen.

Das Regime der Unterdrückung der Partei entspringt unvermeidlich der ganzen Politik dieser Führerschaft. Hinter dem Rücken der extremen Bürokraten steht die erwachende innere Bourgeoisie, hinter deren Rücken die Weltbourgeoisie. Alle diese Kräfte drücken auf den proletarischen Vorkämpfer und hindern ihn, seinen Kopf zu erheben, oder seinen Mund aufzutun. Je mehr die Politik des Zentralausschusses von dem Wege der proletarischen Klasse abweicht, desto mehr ist sie gezwungen, mit Methoden der Unterdrückung dem Proletarier diese Politik aufzuzwingen. Das ist die Grundursache für die augenblicklichen unerträglichen Zustände in der Parteileitung.

Wenn die Martinows, Schmerals, Rafieses und Peppers die Leitung in der chinesischen Revolution spielen, und Mrachkowski, Serebriakow, Preobraschenski, Scharow und Sarkis aus der Partei ausgestoßen werden, weil sie ein bolschewistisches Programm für den kommenden Kongress drucken und verbreiten, so tragen diese Tatsachen nicht nur ein innerpolitisches Gepräge. Sie sind ein allgemeiner Ausdruck für den schwindenden Klassenkampfcharakter unserer Politik. Die Weltbourgeoisie und die innere Bourgeoisie – diese natürlich nicht in einem so unverschämtem Maß – drücken gemeinsam gegen die Diktatur des Proletariats und seine proletarischen Vorkämpfer, und diesem doppelten Druck muss man gleichzeitig begegnen. Diejenigen Elemente aber in der arbeitenden Klasse und in der Partei, die zuerst diese heranrückende Gefahr fühlten und von ihr sprachen – die wirklich revolutionären, entschlossenen, weitblickenden und unbeugsamen Vorkämpfer der Arbeiterklasse – sie bilden heute die Reihen der Opposition. Diese Reihen füllen sich, sowohl in unserer Partei, wie in der ganzen Internationale. Tatsachen und Ereignisse von gewaltiger Bedeutung befestigen die Stellung, die wir eingenommen haben. Ihre Bedrückungen verstärken unsere Reihen, sie gewinnen uns die Besten von den »Alten« der Partei, sie stählen die

Jungen und sammeln die echten Bolschewisten unter ihnen um die Opposition. Die Oppositionsleute, die Sie aus der Partei ausgeschlossen haben, sind in Wirklichkeit die besten Parteimitglieder. Die andern aber, die Urheber des Ausschlusses und der Verhaftungen, bilden – auch wenn sie es nicht wissen und nicht verstehen – nur die Instrumente, durch die die andern Klassen das Proletariat zurückdrängen. Indem die herrschende Gruppe versucht, unser Programm in den Schmutz zu treten, erfüllt sie nur das soziale Gebot Ustrialows und der wiederauflebenden kleinen und mittleren Bourgeoisie. Im Gegensatz zu der aussterbenden alten Emigrantenbourgeoisie strebt Ustrialow, der tüchtige, weitblickende Politiker der neuen Bourgeoisie, nicht nach der Gegenrevolution oder nach irgendwelchen Unruhen. Er beabsichtigt, keine Stufen zu überspringen. Die nächste Stufe für Ustrialow ist der Stalinkurs. Ustrialow setzt ganz offen auf das Spiel Stalins. Ustrialow verlangt von Stalin, dass er die Opposition beseitigt, und indem Stalin die Mitglieder der Opposition ausschließt und verhaftet und sie einer Thermidorischen Verschwörung und eines Militärkomplotts mit einem Wrangeloffizier beschuldigt, erfüllt er die Befehle Ustrialows.

Die unmittelbare Aufgabe, die sich Stalin gestellt hat, ist die Zersplitterung der Partei, die Beseitigung der Opposition, die Gewöhnung der Partei an die Methode der Hinrichtungen. Faschistische Banden von Auspfeifern, Fausthiebe, das Werfen mit Büchern und Steinen, die Gefängnisgitter – hier hat das Stalinregime einen Augenblick haltgemacht auf seinem Wege, aber die Richtung ist vorgezeichnet. Warum sollten die Jaroslawskis, Schwerniks, Goloschchokins und andre sich mit der Opposition in ehrliche Auseinandersetzungen über Regierungsstatistiken einlassen, wenn sie einfach einen schweren Band dieser Statistiken einem Oppositionsmann an den Kopf fliegen lassen können? Der Stalinismus findet in einem solchen Akt seinen rückhaltlosesten Ausdruck und scheut sich vor keiner Pöbelei. Und wir wiederholen: Diese faschistischen Methoden sind nur eine blinde und unbewusste Erfüllung von sozialen Befehlen anderer Klassen. Das Ziel ist, die Oppositionsmitglieder auszuschließen und sie womöglich durch Hinrichtung zu beseitigen. Schon kann man Stimmen hören: »Wir werden tausend ausschließen und hundert erschießen, dann haben wir Frieden in der Partei.« Es sind dies Stimmen von elenden, ängstlichen und doch auch teuflisch verblendeten Menschen. Es ist dies die Stimme Thermidors. Die schlechtesten Elemente, durch Macht verdorben, geblendet durch bürokratischen Hass, bereiten mit aller Kraft den Thermidor, den Tag der Vernichtung der Revolution, vor. Sie brauchen dazu zwei Parteien. Aber alle ihre Gewalttaten werden zerbrechen vor der Macht eines ehrlichen politischen Kurses. In der Hingabe an einen solchen Kurs wird der revolutionäre Mut der oppositionellen Reihen fest zusammenstehen. Stalin wird keine zwei Parteien schaffen. Wir sagen offen zu der Partei: Die Diktatur des Proletariats ist in Gefahr. Und wir sind davon überzeugt, dass die Partei in ihrem proletarischen Kern uns hören und verstehen und dass sie der Gefahr entgegentreten wird. Die Partei ist schon tief aufgerührt. Morgen wird sie bis zum tiefsten Boden aufgerührt sein. Hinter den wenigen Tausend Mann in den wirklichen Reihen der Opposition kommt eine zweite und dritte Reihe von solchen, die der Opposition zugetan sind, und hinter ihnen noch eine breitere Schicht von Arbeitermitgliedern, die schon angefangen haben, auf unsere Stimme zu hören und sich nach unserer Seite hin bewegen. Dieser Prozess kann nicht rückgängig gemacht werden. Die nicht in der Partei befindlichen Arbeiter haben Ihre Lügen und Verleumdungen gegen uns nicht geglaubt. Ihre berechtigte Unzufriedenheit über das Anwachsen von Bürokratie und Unterdrückung hat die arbeitende Klasse von Leningrad in ihrer Demonstration vom 17. Oktober deutlich zum Ausdruck gebracht. Das Proletariat ist unentwegt für die Sowjetmacht, aber es will eine andere Politik, und es wird sie unwiderstehlich durchsetzen. Ihr System ist machtlos dagegen. Je brutaler Ihre Unterdrückungsmaßregeln sind, um so stärker wird das Ansehen der Opposition in den Augen der einfachen Parteimitglieder und der Arbeiterklasse im Allgemeinen. Für jedes Hundert von Oppositionsleuten, das Sie aus der Partei ausstoßen, werden tausend neue in die Partei hineingelangen. Der ausgeschlossene Oppositionsmann fühlt sich immer noch als ein Parteimitglied und bleibt auch eins. Sie können dem echten bolschewistischen Leninisten mit Gewalt die Parteikarte aus der Hand reißen, Sie können ihn für eine Zeit seiner Parteirechte berauben. Aber er wird niemals seinen Parteipflichten entsagen. Als Janson in der Sitzung des Zentral-Kontrollkomitees Mrachkowski fragte, was er tun würde, wenn man ihn aus der Partei ausschlösse, antwortete Genosse Mrachkowski: »Ich werde das Steuer anfassen und den alten Kurs beibehalten.« Wir stehen am Steuer des Bolschewismus, es wird Ihnen nicht gelingen, uns davon fortzureißen. Wir halten es auch weiter fest. Sie werden uns nicht von der Partei abschneiden, Sie werden uns nicht von der arbeitenden Klasse abschneiden. An Bedrückungen sind wir gewöhnt, wir sind auch an Schläge gewöhnt. Wir werden die Oktoberrevolution nicht der Politik eines Stalin überlassen, dessen ganzes Programm in diese wenigen Worte zusammengefasst werden kann: Unterdrückung des proletarischen Kerns, Verbrüderung mit den Kompromisslern aller Länder, Kapitulation vor der Weltbourgeoisie. Sie schließen uns aus dem Zentralkomitee aus, gerade einen Monat vor Beginn des Parteikongresses, den Sie schon in ein armseliges Werkzeug der Stalinpartei umgewandelt haben. Der fünfzehnte Kongress wird scheinbar der höchste Triumph Ihres bürokratischen Systems sein. In Wirklichkeit wird er sich als ein Zeichen Ihres vollständigen politischen Schiffbruchs erweisen. Die Siege der Stalinpartei sind die Siege fremder Klassenmächte über die proletarischen Vorkämpfer. Die Niederlagen der durch Stalin geführten Partei sind Niederlagen der proletarischen Diktatur. Die Partei fühlt dies schon. Wir werden helfen, dass es weiter verstanden wird. Das Programm der Opposition liegt auf dem Tisch der Partei. Nach dem fünfzehnten Kongress wird die Opposition in der Partei unendlich stärker werden als jetzt. Die

Anklageliste der arbeitenden Klasse und die der Partei stimmen nicht überein mit der bürokratischen Anklageliste Stalins. Das Proletariat denkt langsam, aber es denkt tief. Unser Programm wird diesen Prozess beschleunigen. Die Entscheidung liegt in letzter Linie in dem Verlauf, den die Politik nimmt, nicht in den Fäusten der Bürokraten. Schließen Sie uns heute aus dem Zentralausschuss aus, wie Sie gestern Serebriakow und Preobraschenski aus der Partei ausgeschlossen, wie Sie Fischelew und andere ins Gefängnis gesteckt haben. Unser Programm wird seinen Weg finden. Die Arbeiter der ganzen Welt werden sich in tiefer Besorgnis fragen: »Aus welchen Gründen verfemen und verhaften sie am zehnten Jahrestag der Oktoberrevolution die besten Kämpfer jener Tage? Wer steckt dahinter? Welche Klasse? Etwa die Klasse, die im Oktober gesiegt hat? Oder vielmehr die Klasse, die den Oktobersieg stumpf macht und ihn untergräbt?«

Selbst die rückständigsten Arbeiter aller Länder werden, durch unsere Bedrückungen erregt, unser Programm in die Hand nehmen, um selbst die Wahrheit über Ihre nichtswürdigen Verleumdungen in der Sache des Wrangeloffiziers und des Militärkomplotts herauszufinden. Ihre Verfolgungen, Ausschließungen, Verhaftungen werden unser Programm zum beliebtesten, gelesensten und geschätztesten Dokument der Arbeiterbewegung machen. Schließen Sie uns aus. Den Sieg der Opposition – den Sieg der revolutionären Einheit unserer Partei und der kommunistischen Internationalen werden Sie nicht aufhalten.

ZWEITER TEIL

Zur Einführung

In seiner Rede auf dem letzten Parteikongress, dem er beiwohnte, sagte Lenin: »Wir haben hier ein Jahr lang die Staatsgewalt in unsern Händen gehabt – hat sich nun das neue wirtschaftliche System nach unserm Ziel hin entwickelt? Nein. Es ist nicht angenehm, das zuzugeben, aber es war wirklich nicht der Fall. Wie hat es sich denn entwickelt? Die Staatsmaschine geht nicht dahin, wohin wir sie lenken, sondern wohin sie irgendwelche heimliche, ungesetzliche und Gott weiß woher stammende Spekulanten oder privatkapitalistische Geschäftsmenschen lenken. Eine Maschine geht nicht immer genau ihren Weg, sie geht manchmal einen ganz anderen Weg, als sich der einbildet, der am Steuer sitzt.«

In diesen Worten ist uns der Prüfstein gegeben worden, mit dem wir die Grundprobleme unserer Politik beurteilen sollten. In welcher Richtung geht die Maschine? Geht der Staat? Geht die Macht? Gehen sie in der Richtung, wie wir, die Kommunisten, die die Interessen und den Willen der Arbeiter und der gewaltigen Masse der Bauern zum Ausdruck bringen, es wünschen? Oder gehn sie nicht in dieser Richtung? Oder nicht »ganz genau« in dieser Richtung?

In diesen Jahren seit dem Tode Lenins haben wir mehr als einmal versucht, die Aufmerksamkeit der zentralen Organe unserer Partei und später der gesamten Partei auf die Tatsache zu lenken, dass dank einer falschen Führerschaft die Gefahr, auf die Lenin hingewiesen, sich beträchtlich vergrößert hat. Die Maschine geht nicht in der Richtung, wie sie die Interessen der Arbeiter und Bauern verlangen. Am Vorabend des neuen Kongresses halten wir es für unsere Pflicht, trotz aller Verfolgungen, die wir erlitten haben, mit erneuter Energie die Aufmerksamkeit der Partei auf diese Tatsache zu lenken. Denn wir sind sicher, dass die Lage geändert werden kann. Sie kann geändert werden durch die Partei selbst. Als Lenin sagte, die Maschine ginge öfters so, wie sie von uns feindlich gesinnten Mächten gelenkt würde, richtete er unsere Aufmerksamkeit auf zwei Tatsachen von höchster Bedeutung. Zunächst darauf, dass in unserer Gesellschaft solche, unserer Sache feindlichen Mächte existieren: die Kulaks, die wohlhabenden Bauern – die Nepleute, die neuen Privatkapitalisten – und schließlich die Bürokraten–, die sich unsere Untätigkeit und unsere politischen Fehler zunutze machen und auf die Unterstützung des internationalen Kapitalismus rechnen. Zweitens auf die Tatsache, dass diese Mächte stark genug sind, unsere Regierungs- und Wirtschaftsmaschine nach der falschen Richtung zu drängen und schließlich sogar zu versuchen – zunächst in versteckter Weise – das Steuer der Maschine zu ergreifen.

Lenins Worte haben uns allen die folgenden Verpflichtungen auferlegt: Sorgfältig das Anwachsen dieser feindlichen Mächte der Kulaks, der Nepleute und der Bürokraten zu beobachten.

Daran zu denken, dass mit dem allgemeinen Wiederaufblühen des Landes diese Mächte danach streben werden, auch ihre eigenen Ansprüche zu vergrößern und unter einem stets wachsenden Druck auf unsere Politik ihre persönlichen Interessen durch unser System zu befriedigen.

Alle nur möglichen Maßnahmen zu ergreifen, das Anwachsen, das Zusammenarbeiten und den Druck dieser feindlichen Mächte zu schwächen und sie an der Durchführung eines unsichtbaren, aber tatsächlich vorhandenen Zweikräftesystems, auf das sie hinarbeiten, zu hindern.

Die volle Wahrheit über diese Vorgänge allen arbeitenden Massen offen mitzuteilen. Hierin nämlich liegt die Hauptaufgabe gegenüber einer thermidoristischen Gefahr und dem gegen sie gerichteten Kampf. Seit Lenin seine Warnung ausgesprochen hat, haben sich viele Dinge gebessert, viele aber auch verschlechtert. Der Einfluss des staatlichen Beamtenapparats wächst an, aber damit auch die Bedrückung der Arbeiter durch die Bürokratie. Das absolute und relative Anwachsen des Kapitalismus auf dem Lande und sein absolutes Anwachsen in den Städten beginnen, bei den bürgerlichen Elementen unseres Landes ein politisches Selbstbewusstsein hervorzurufen. Diese Elemente versuchen – nicht immer ohne Erfolg – die Kommunisten, mit denen sie bei der Arbeit oder auch gesellschaftlich in Kontakt kommen, zu zermürben. Die Parole, die Stalin auf dem vierzehnten Parteikongress ausgegeben hat, »Gefahr von links!« kann nur die Union der rechts stehenden Elemente in der Partei mit den bürgerlich gesinnten Elementen im Lande fördern.

Die Frage: »Wer siegt?«, wird durch einen unaufhörlichen Klassenkampf auf allen Frontabschnitten des ökonomischen, politischen und kulturellen Lebens entschieden werden – durch einen Kampf um einen sozialistischen oder kapitalistischen Entwicklungsgang und eine Verteilung des nationalen Einkommens je nach dem Siege der einen oder der andern Entwicklung. In einem Lande mit kleinen und ganz kleinen Bauern und Eigentümern entwickeln sich die wichtigsten Dinge häufig in zusammenhangloser und versteckter Weise und brechen dann »unerwartet« an die Oberfläche empor.

Das Auftreten von kapitalistischen Elementen zeigt sich zunächst in der Bildung von Klassenunterschieden auf dem Lande und in einer Vermehrung der Privatkapitalisten in der Stadt. Die oberen Kreise auf dem Lande und die bürgerlichen Elemente in der Stadt verweben sich immer dichter mit den verschiedenen Zweigen unseres staatswirtschaftlichen Systems. Und dieses System ist nicht selten der neuen Bourgeoisie behilflich, unter einem statistischen Nebel ihre erfolgreichen Bemühungen um eine Vergrößerung des Anteils am Nationaleinkommen zu verschleiern.

Das staatliche, genossenschaftliche und private Handelssystem verschlingt einen enormen Teil unseres Nationaleinkommens, mehr als ein Zehntel der Gesamtproduktion. Auf der andern Seite hat das Privatkapital als Handelsvermittler in den letzten Jahren beträchtlich mehr als ein Fünftel des gesamten Handels in seinen Händen gehabt – in absoluten Zahlen, mehr als fünf Billionen im Jahr. Bis heute hat der einfache Verbraucher mehr als 50 Prozent der von ihm benötigten Produkte durch die privatkapitalistischen Vermittler bezogen. Für die Privatkapitalisten ist das eine Hauptquelle des Profits und der Akkumulation. Die Ungleichheit zwischen den Preisen für ländliche und industrielle Erzeugnisse, zwischen den Groß- und Kleinhandelspreisen, der Unterschied zwischen den Preisen in den einzelnen Zweigen der Landwirtschaft je nach den Gegenden und Jahreszeiten, und schließlich der Unterschied zwischen den einheimischen und den Weltpreisen (Schmuggel), sind ständige Quellen privater Bereicherung.

Das Privatkapital erhebt wucherische Zinsen durch Darlehen und verdient Geld an den Staatspapieren.

Die Rolle, die das private Kapital in der Industrie spielt, ist also eine recht beträchtliche. Selbst wenn es in der letzten Zeit relativ abgenommen hat, so hat es sich doch absolut vermehrt. Die eingetragene privatkapitalistische Industrie zeigt eine Gesamtproduktion von 400 Millionen im Jahr. Kleine, im Heim und mit der Hand betriebene Industrien zeigen mehr als 1800 Millionen. Im Ganzen macht die Produktion der nicht staatlichen Betriebe mehr als ein Fünftel der gesamten Güterproduktion aus und liefert etwa 40 Prozent der auf den Markt kommenden Waren. Die überwiegende Menge dieser Erzeugung ist auf dem einem oder anderem Weg an privates Kapital gebunden. Die verschiedenartigen, offenen oder verhüllten Formen der Ausbeutung von Handarbeitern durch Handels- und Heimarbeitskapital ist ganz bedeutend und bildet, was noch wichtiger ist, eine immer stärker werdende Quelle für das Wachstum der neuen Bourgeoisie.

Steuern, Löhne, Preise und Kredit sind die Hauptmittel der Verteilung des nationalen Einkommens, für die Stärkung bestimmter Klassen und die Schwächung anderer.

Die ländliche Steuer im Dorf wird in der Regel in einer verkehrten Progression auferlegt: schwer auf die Schwachen, leichter auf die Starken und auf die Kulaks, die reichen Bauern. Nach annähernden Berechnungen haben 34 Prozent von den armen Landbesitzern der Sowjetunion (selbst unter Fortlassung von Provinzen mit hoher Entwicklung der Klassenunterschiede, wie es die Ukraine, der nördliche Kaukasus und Sibirien sind) 18 Prozent des gesamten Einkommens. Genau dasselbe Totaleinkommen, 18 Prozent, hat die höchste Gruppe, die nur aus 7,5 Prozent der Besitzer besteht. Trotzdem bezahlen beide Gruppen annähernd densselben Betrag, 20 Prozent der gesamten Steuersumme. Aus diesen Zahlen geht einleuchtend hervor, dass auf jedes einzelnen armen Mannes Eigentum die Steuer viel schwerer lastet, als auf dem des Kulaks oder des wohlhabenden Besitzers im Allgemeinen. Im Gegensatz zu dem, was die Führer des vierzehnten Kongresses befürchtet haben, hat unsere Steuerpolitik durchaus nicht den Kulak »ausgeplündert«. Sie hindert ihn nicht im Geringsten, unaufhörlich größere Mengen von Geld und Gütern anzusammeln.

Die Rolle, die die indirekten Steuern in unserm Budget spielen, wächst in beunruhigendem Maße auf Kosten der direkten Steuern. Dadurch allein wird die Last der Steuern automatisch von den stärkeren Schultern auf die schwächeren abgewälzt. Die Besteuerung der Arbeiter in den Jahren 1925–1926 war zweimal so hoch als in dem vorhergehenden Jahr, während sich die Besteuerung der übrigen städtischen Bevölkerung um 6 Prozent verminderte. Die Branntweinsteuer fällt mit mehr oder weniger unerträglicher Schwere ganz auf die industriellen Bezirke. Die Vermehrung des Einkommens für 1926, verglichen mit 1925, betrug pro Person nach bestimmten, annähernden Berechnungen bei den Bauern 19 Prozent, bei den Arbeitern 26 Prozent, bei den Kaufleuten und Industriellen 46 Prozent. Wenn man die Bauern in drei Hauptgruppen einteilt, wird es zweifellos klar werden, dass sich das Einkommen des wohlhabenden Bauern unverhältnismäßig mehr als dass des Arbeiters vermehrt hat. Das Einkommen der Kaufleute und Industriellen ist unzweifelhaft größer, als es nach den Steuerangaben erscheint. Aber auch diese etwas gefärbten Zahlen beweisen klar das Anwachsen von Klassenunterschieden.

Die »Scheren«, die die Ungleichheit der ländlichen und industriellen Preise darstellen, sind in den letzten anderthalb Jahren noch weiter auseinandergegangen. Der Bauer erhielt für sein Produkt nicht mehr als das Einundeinviertelfache des Vorkriegspreises, und er bezahlte für Industrieprodukte nicht weniger als zweiundzweizehntelmal soviel als vor dem Kriege. Diese Mehrbezahlung durch die Bauern, die auch wieder vorwiegend durch die untern Bauernklassen getragen wurde, ergab im vergangenen Jahr eine Summe von etwa einer Billion Rubel, und sie vermehrt nicht nur den Konflikt zwischen Landwirtschaft und Industrie, sie verschärft auch in starkem Maße die Klassenunterschiede auf dem Land.

An den Unterschieden zwischen Erzeuger- und Verbraucherpreisen verlieren sowohl die Staatsindustrie wie die Verbraucher, was das Bestehen einer dritten Partei beweist, die daran verdient. Diese gewinnende Partei ist der Privatkapitalist und damit der Kapitalismus überhaupt.

Die wirklichen Löhne standen im Jahre 1927 im besten Falle auf derselben Höhe wie im Herbst 1925. Aber es unterliegt keinem Zweifel, dass während der beiden dazwischen liegenden Jahre das Land reicher geworden ist, dass sich das allgemeine Nationaleinkommen vermehrt hat. Die Kulakkreise auf dem Land haben ihre Lager mit riesiger Geschwindigkeit vergrößert. Die Bereicherung der Privatkapitalisten, der Kaufleute und Spekulanten wuchs sprunghaft. Es ist klar, dass der Anteil der arbeitenden Klasse an dem Gesamteinkommen des Landes gefallen ist, dass sich in derselben Zeit der Anteil der anderen Klassen vergrößert hat. Diese Tatsache ist von größter Wichtigkeit bei der Abschätzung unserer ganzen Lage.

Nur ein Mensch, der im Grunde seines Herzens glaubt, unsere Arbeiterklasse und unsere Partei seien überhaupt nicht fähig, die ihnen entgegenstehenden Schwierigkeiten und Gefahren zu überwinden, darf ein offenes Aufzeigen dieser Widersprüche in unserer Entwicklung und des Anwachsens dieser feindlichen Kräfte als »Panik« oder »Pessimismus« bezeichnen. Wir teilen diese Ansicht nicht. Es ist notwendig, den Gefahren ins Gesicht zu sehen. Wir zeigen sie so, wie sie sind, um gegen sie in der richtigen Weise zu kämpfen und sie zu überwinden.

Ein gewisses Anwachsen der feindlichen Kräfte, der Kulaks, der Nepleute und der Bürokraten, ist unvermeidlich unter der neuen Wirtschaftspolitik. Man kann diese Kräfte nicht einfach durch Verwaltungsbefehle oder durch wirtschaftlichen Druck zerstören. Indem wir die neue Privatwirtschaft, die Nep, schufen und ausbauten, ermöglichten wir einen gewissen Platz für kapitalistische Beziehungen in unserm Lande, und für eine lange, vor uns liegende Periode müssen wir diese als unvermeidlich ansehen. Lenin erinnerte uns einfach an eine nackte Wahrheit, die die Arbeiter wissen sollten, als er sagte: »Solange wir fortfahren, ein Kleinbauernland zu sein, ist in Russland eine festere Basis für Kapitalismus als für Kommunismus. Daran müssen wir denken ... Wir haben den Kapitalismus nicht bei den Wurzeln ausgerissen und das Fundament und den Grundbau des inneren Feindes haben wir nicht unterminiert.«

Die unendlich wichtige soziale Tatsache, auf die hier Lenin hinweist, kann, wie wir schon gesagt haben, nicht einfach aus der Welt geschafft werden. Aber wir können sie überwinden, wir können sie bekämpfen durch eine richtige, wohlüberlegte und systematische Politik der Arbeiterklasse, die sich auf die Kleinbauern stützt und mit den Mittelbauern zusammengeht. Eine solche Politik ist organisch verbunden mit einer Stärkung der sozialen Positionen des Proletariats in der ganzen Welt, mit einer möglichst schnellen Höherentwicklung der führenden Zentren des Sozialismus, die an der Vorbereitung und Durchführung der proletarischen Weltrevolution arbeiten.

Eine richtige Leninistische Politik schließt auch ein gewisses geschicktes Manövrieren ein. Im Kampf gegen die kapitalistischen Kräfte wandte Lenin oftmals den Kunstgriff an, in einzelnen Teilen nachzugeben, um den Feind zu überlisten oder sich zeitweilig zurückzuziehen, um nachher um so erfolgreicher vorwärts zu schreiten. Manövrieren ist auch heute notwendig. Aber im Ausweichen und Manövrieren vor einem Feind, der nicht durch direkten Angriff überwältigt werden konnte, blieb Lenin doch immer auf der Linie der proletarischen Revolution. Unter seiner Leitung kannte die Partei die Gründe jedes Manövers, wusste seine Bedeutung, sein Ziel, die Grenze, über die es nicht hinausgehen durfte, und die Stellung, bei welcher der proletarische Vormarsch wieder beginnen sollte. In jenen Tagen unter Lenin nannte man einen Rückzug einen Rückzug – ein Nachgeben ein Nachgeben. Infolgedessen bewahrte die manövrierende proletarische Armee immer ihre Einigkeit, ihren Kampfgeist, ihr klares Erkennen des Ziels.

In der jüngsten Periode sind unsere Führer entschieden von diesem Leninistischen Verfahren abgerückt. Von der Stalingruppe wird die Partei mit verbundenen Augen geführt. Indem diese Gruppe die Kräfte des Feindes verbirgt und überall und in jeder Sache einen offiziellen Schein von Erfolg verbreitet, gibt sie dem Proletariat keine Übersicht über die Lage, oder, was noch schlimmer ist, eine falsche Übersicht. Sie bewegt sich in Zickzacklinien, passt sich feindlichen Elementen an und schmeichelt sich sogar bei ihnen ein. Sie schwächt und verwirrt die Kräfte der proletarischen Armee, sie fördert das Anwachsen von Untätigkeit, von Misstrauen gegen die Führerschaft und ertötet die Zuversicht auf die Macht der Revolution. Sie vertuscht, immer mit Berufung auf das Manövrieren Lenins, ihr grundloses Hin- und Herschwanken, das von niemand verstanden wird und daher nur die Kräfte der Partei schwächt. Das einzige Ergebnis ist, dass der Feind dabei Zeit gewinnt und vorwärts kommt. Die »klassischen« Beispiele dieser Art des Manövrierens haben Stalin, Bucharin und Rykow auf internationalem Gebiete in ihrer Chinesenpolitik und in ihren Verhandlungen im anglorussischen Komitee geliefert, und im Inland in ihrem Verhalten gegenüber dem Kulak. In allen diesen Fragen fanden Partei und Arbeiterklasse die Wahrheit oder einen Teil der Wahrheit heraus, aber erst nachdem die schweren Folgen einer bis in den Grund hinein falschen Politik über ihren Köpfen zusammengeschlagen waren.

Am Ende dieser zwei Jahre, in denen die Stalingruppe wirklich die Politik unserer Partei bestimmt hat, können wir es als erwiesen erachten, dass diese Gruppe folgende Dinge nicht verhindern konnte:

Ein übermäßiges Anwachsen jener Kräfte, die die Entwicklung unseres Landes in die kapitalistischen Kanäle zu leiten suchen.

Eine Schwächung der Lage der arbeitenden Klasse und der ärmsten Bauern gegenüber der wachsenden Macht des Kulaks, des Nepmanns und des Bürokraten.

Eine Schwächung der allgemeinen Lage des Arbeiterstaates im Kampf mit dem Weltkapitalismus, eine Herabsetzung der internationalen Position der Sowjetunion.

Der direkte Fehler der Stalingruppe ist der, dass sie, anstatt der Partei, der arbeitenden Klasse und den Bauern die volle Wahrheit über die Lage zu sagen, Tatsachen verheimlicht, das Anwachsen der feindlichen Kräfte verkleinert und denen den Mund geschlossen hat, die die Wahrheit verlangten und sie aussprechen wollten.

Die Parole, »Gefahr von links!«, zu einer Zeit, da die ganze Lage auf eine Gefahr von rechts hinweist, die grobe, mechanische Unterdrückung jeder Kritik, die doch nur ein berechtigter Weckruf an das Proletariat wegen des Schicksals der proletarischen Revolution ist, die stillschweigende, offene Duldung einer Schwenkung nach rechts, die Untergrabung des Einflusses des proletarischen und altbolschewistischen Kerns in der Partei – alles dieses schwächt und entwaffnet die Arbeiterklasse in einem Augenblick, der mehr als je Aktivität des Proletariats, Wachsamkeit und Einigkeit in der Partei und treues Festhalten an der wirklichen Erbschaft des Leninismus verlangt.

Die Parteiführer verdrehen Lenin, reden sich auf ihn heraus und geben ihm Zusätze, gerade so, wie es ihnen nötig erscheint, um ihre fortwährenden Fehler zu verstecken. Seit Lenins Tod hat man eine ganze Reihe von neuen Theorien erfunden, und zwar nur zu dem Zweck, dem Abgleiten der Stalingruppe von dem Wege der internationalen proletarischen Revolution eine theoretische Rechtfertigung zu geben. Die Menschewisten und die kapitalistische Presse, sie sehen und begrüßen in der Politik und in den neuen Theorien der Stalin, Bucharin, Martinow eine Bewegung »fort von Lenin« (Ustrialow), »staatsmännisches Denken«, »Realismus«, eine Absage an die »Utopien« des revolutionären Bolschewismus. In dem Entfernen einer Truppe von Bolschewisten – den Kampfgenossen Lenins – aus der Parteileitung sehen und begrüßen sie offen einen tatsächlichen Schritt vorwärts zu einem grundsätzlichen Wechsel im Kurs der Partei.

Inzwischen bereiten die inneren Vorgänge in der Gruppe der Nepleute, der neuen Privatkapitalisten, da sie durch keine feste Klassenpolitik zurückgehalten und geregelt werden, weitere Gefahren der gleichen Art vor.

Fünfundzwanzig Millionen kleiner Bauernbesitze bilden die Hauptquelle für die kapitalistischen Bestrebungen in Russland. Die aus dieser Masse allmählich sich herausbildende Kulakkaste wiederholt den Prozess einer primitiven Kapitalansammlung und untergräbt die sozialistische Position mit einem breiten Minengang. Das weitere Schicksal dieses Vorgangs hängt letzten Endes von dem Verhältnis des Anwachsens der Staatsbetriebe zu dem der privaten Betriebe ab. Die langsame Entwicklung unserer Industrien verstärkt gewaltig das Tempo der Bildung von Klassenunterschieden bei den Bauern, und daraus kommen die politischen Gefahren.

»In der Geschichte anderer Länder«, schrieb Lenin, »haben die Kulaks mehr als einmal die Macht der Landherren, der Zaren, Priester und Kapitalisten wieder hergestellt. Es ist so bei allen früheren europäischen Revolutionen gewesen, wo es infolge der Schwäche der Arbeiter den Kulaks gelang, von einer Republik zur

Monarchie, von der Herrschaft der arbeitenden Massen zur Allmacht der Ausbeuter, der Reichen, der Parasiten zurückzukehren ... Man kann den Kulak mit dem Großgrundbesitzer, mit dem Zaren und dem Priester leicht genug versöhnen, selbst wenn sie miteinander einen Streit gehabt haben, aber niemals mit der Arbeiterklasse.«

Wer dies nicht versteht, wer an »die Entwicklung der Kulaks zum Sozialismus« glaubt, der taugt nur dazu, die Revolution an einem Riff zerschellen zu lassen.

Es gibt in unserem Lande zwei sich gegenseitig ausschließende, wesentliche Positionen. Die eine ist die Position des den Sozialismus aufbauenden Proletariats, die andere die Position der Bourgeoisie, die danach strebt, unsere Entwicklung auf die kapitalistischen Geleise umzurangieren.

Das Lager der Bourgeoisie und der ihr nachziehenden Ableger aus dem Kleinbürgertum setzt alle seine Hoffnung den privaten Unternehmungsgeist und die Einzelinteressen der Gewerbetreibenden. Es setzt seine Hoffnung auf den wohlhabenden Bauern und strebt danach, die Genossenschaften, die Industrien und unseren auswärtigen Handel in den Interessendienst dieses Bauern zu stellen. Dieses Lager glaubt, dass die sozialistische Industrie im Staatshaushalt von keinem Wert sei, dass sie sich nicht schnell genug entwickeln könne, um die Interessen des kapitalistischen Bauern zu schädigen. In dem Kampf um eine größere Produktivität der Arbeit sieht der erstarkende Kleinbürger nur ein Anspannen von Muskeln und Nerven der Arbeiter. In dem Kampf um niedrige Preise sieht er ein Beschneiden der anwachsenden sozialistischen Industrien im Interesse des kapitalistischen Handels und in dem Kampf mit der Bürokratie eine Zerrüttung der Industrie, eine Schwächung der Organisationszentren. Er sieht darin ein Zurückdrängen der Großindustrie – also wieder eine Umwandlung zugunsten des wohlhabenden Bauern, mit der nahen Aussicht auf Aufhebung des Monopols für den auswärtigen Handel. Das Ziel dieses ganzen Kurses ist der Kapitalismus im staatlichen Verteilungsplan. Eine starke Tendenz dahin herrscht in unserem Lande, und sie übt auch ihren Einfluss auf gewisse Kreise unserer Partei aus.

Den proletarischen Kurs hat Lenin in den folgenden Worten beschrieben:

»Wir dürfen den Sieg des Sozialismus und seine Dauer nur dann für gesichert halten, wenn die proletarische Staatsgewalt, nachdem sie endgültig den Widerstand der Ausbeuter unterdrückt und sich ihrer völligen Unterwerfung und Zuverlässigkeit versichert hat, die gesamte Industrie auf der Grundlage einer im großen Maßstabe angelegten Kollektivproduktion und der neuesten, auf Elektrisierung der ganzen Wirtschaft beruhenden Technik neu organisiert. Nur auf diese Weise werden die Städte imstande sein, dem rückständigen und undifferenzierten Lande eine so starke, technische und soziale Hilfe zu leisten, dass damit die materielle Grundlage für ein ungeheures Anwachsen der Produktivität der agrarischen und kleinbäuerlichen Arbeit geschaffen wird, und die Macht des Beispiels und das eigene Interesse den kleinen Landbesitzer veranlassen, zu einem großzügigen, kollektiven und maschinellen Ackerbau überzugehen«.

Die ganze Politik unserer Partei – Etat, Steuern, Industrie, Ackerbau, Innen- und Außenhandel und alles – sollten auf dieser Grundlage aufgebaut werden. Dies ist der grundsätzliche Standpunkt der Opposition. Dies ist der Weg zum Sozialismus.

Zwischen diesen beiden Positionen – mit jedem Tag treiben wir mehr nach der ersten hin – marschieren die Stalinisten in einer Linie, die aus kurzen Zickzackbewegungen nach links und großen nach rechts bestehen. Der leninistische Kurs ist eine sozialistische Entwicklung der produktiven Kräfte in einem steten Kampf mit dem kapitalistischen Element. Der versteckte neubürgerliche Kurs ist eine Entwicklung der produktiven Kräfte auf kapitalistischer Grundlage durch ein allmähliches Aufzehren der Oktobererrungenschaften. Der Stalinkurs führt in der tatsächlichen Wirklichkeit zu einer Verlangsamung der Entwicklung der produktiven Kräfte, zu einer Senkung des relativen Einflusses des sozialistischen Elements, und bereitet so den schließlichen Sieg des neubürgerlichen Kurses vor. Der Stalinkurs ist um so gefährlicher und vernichtender, weil er ein wirkliches Abweichen vom Sozialismus unter der Maske gewohnter sozialistischer Worte und Phrasen verbirgt. Ein Zuendeführen unseres Wiederaufbauprozesses würde alle grundsätzlichen Fragen unserer wirtschaftlichen Entwicklung aufhellen und so die Politik Stalins untergraben, die in keiner Hinsicht den großen Problemen gewachsen ist – weder dem der chinesischen Revolution, noch dem der Neuschaffung von arbeitendem Kapital in der Sowjetunion.

Trotz der durch die groben Fehler der gegenwärtigen Führerschaft unendlich gespannten Lage kann alles in Ordnung gebracht werden. Aber es ist notwendig, den Kurs der Parteiführung zu ändern, ihn scharf nach der Richtung, wie sie Lenin vorgezeichnet hat, umzubiegen.

Die Lage der Arbeiterklasse und die Gewerkschaften

Die Oktoberrevolution hat zum ersten Male in der Geschichte ein Proletariat zur herrschenden Klasse eines riesigen Staates gemacht. Unsere Verstaatlichung der Produktionsmittel war ein entschiedener Schritt in der Richtung auf die sozialistische Umwandlung jenes ganzen sozialen Systems, das auf der Ausbeutung des Menschen durch den Menschen begründet war. Unsere Einführung des Achtstundentages war der erste Schritt zu einer gewaltigen Hebung der materiellen und kulturellen Existenzbedingungen der Arbeiterklasse. Trotz der Armut des Landes gaben unsere Arbeitsgesetze den Arbeitern – selbst den rückständigsten, die früher jeder Gruppenverteidigung beraubt waren – gesetzliche Garantien, wie sie die reichsten kapitalistischen Staaten niemals gaben und niemals geben werden. Die Gewerkschaften, die jetzt zu unendlich wichtigen Werkzeugen in der Hand einer regierenden Klasse geworden waren, erhielten die Möglichkeit, Massen zu organisieren, die ihnen unter andern Umständen völlig unzugänglich geblieben wären, und zugleich direkt den gesamten politischen Kurs des Arbeiterstaates zu beeinflussen.

Es ist die Aufgabe der Partei, die weitere Entwicklung dieser größten geschichtlichen Eroberungen zu sichern – das heißt, sie mit einem echten sozialistischen Geist zu erfüllen. Unser Erfolg auf diesem Wege wird durch die tatsächlichen nationalen und internationalen Verhältnisse, durch die richtige Art unseres Vorgehens und die praktischen Fähigkeiten unserer Führerschaft entschieden werden.

Der entscheidende Faktor bei der Abschätzung der Vorwärtsbewegung unseres Landes auf dem Wege zum Sozialismus muss neben dem Anwachsen unserer Produktivkräfte und der Herrschaft der sozialistischen Elemente über die Kapitalisten vor allem eine entschiedene Verbesserung der Existenzbedingungen der Arbeiterklasse sein. Diese Verbesserung müsste sich zeigen auf materiellem Gebiete (Zahl der in der Industrie beschäftigten Arbeiter, Steigerung der realen Löhne, Charakter des Arbeiterbudgets, Lebensbedingungen, ärztliche Hilfe, usw.), auf politischem Gebiete (Partei, Gewerkschaften, Sowjets, kommunistische Jugendorganisationen) und schließlich auf kulturellem Gebiet (Schulen, Bücher, Zeitungen, Theater). Die Bemühung, die wirklichen konkreten Interessen der Arbeiter in den Hintergrund zu schieben und sie unter dem verächtlichen Namen eines »Gildensozialismus« dem allgemeinen historischen Interesse der Arbeiterklasse gegenüberzustellen, ist theoretisch falsch und politisch gefährlich.

Die Einziehung des Mehrwerts durch einen Arbeiterstaat ist natürlich keine Ausbeutung. Aber zunächst haben wir einen Arbeiterstaat in bürokratischer Verzerrung. Der angeschwollene und privilegierte Verwaltungsapparat verschlingt einen ganz beträchtlichen Teil unseres Mehrwerts. Zweitens ist es die anwachsende Bourgeoisie, die durch den Zwischenhandel und das Spekulieren mit den unnormalen Preisunterschieden einen großen Teil des von unserer Staatsindustrie geschaffenen Mehrwerts einsteckt.

Im Allgemeinen haben während dieser Umwandlungsperiode die Zahl der Arbeiter und ihre Existenzbedingungen sich nicht nur absolut, sondern auch relativ – das heißt im Verhältnis zum Anwachsen der andern Klassen – gehoben. Aber in der jüngsten Zeit ist da ein scharfer Umschwung eingetreten. Das zahlenmäßige Anwachsen der Arbeiterklasse und die Verbesserung ihrer Lage haben fast aufgehört, während das Anwachsen ihrer Feinde andauert und sogar ein beschleunigtes Tempo annimmt. Dies führt unvermeidlich nicht nur zu einer Herabsetzung der Lage der Fabrikarbeiter, sondern auch zu einer Herabsetzung der relativen Bedeutung des Proletariats in der Sowjetgesellschaft.

Die Menschewisten, die Spione der Bourgeoisie unter den Arbeitern, weisen triumphierend auf das materielle Elend unter unseren Arbeitern hin. Sie versuchen, das Proletariat gegen den Sowjetstaat aufzuwiegeln und unsere Arbeiter dahin zu bringen, die bürgerlich-menschewistische Parole »Zurück zum Kapitalismus«, anzunehmen. Der selbstzufriedene Staatsbeamte, der in der Forderung der Opposition, die materielle Lage der Arbeiter zu verbessern, »Menschewismus« sieht, leistet damit dem Menschewismus den bestmöglichen Dienst. Er treibt die Arbeiter unter dessen gelbes Banner.

Um Schwierigkeiten zu überwinden, ist es notwendig, sie zu kennen. Es ist notwendig, gerecht und ehrlich unsere Erfolge und Fehlschläge an der wirklichen Lage der arbeitenden Klassen zu prüfen.

Die Lage der Arbeiter

Unsere Periode des Wiederaufbaus brachte bis zum Herbst 1925 ein genügend schnelles Anwachsen der Löhne. Aber die beträchtliche Abnahme der Reallöhne, die 1926 begann, wurde erst mit Beginn des Jahres 1927 überwunden. Die Monatslöhne in den ersten zwei Quartalen des Fiskaljahres 1926–1927 betrugen im Durchschnitt in der großen Industrie in Moskauer Rubeln: 30 Rubel 67 Kopeken und 30 Rubel 33 Kopeken – gegen 29 Rubel 68 Kopeken im Herbst 1925. Im dritten Quartal betrug – nach einstweiligen Berechnungen – der Lohn 31 Rubel 62 Kopeken. Es sind also die Reallöhne im gegenwärtigen Jahr ungefähr auf der Höhe vom Herbst 1925 stehen geblieben.

Natürlich sind die Löhne und die allgemeine materielle Lage von besonderen Arbeiterkategorien und in besonderen Bezirken – vor allem in Moskau und Leningrad – zweifellos höher als dieser Durchschnitt. Dafür bleibt aber die materielle Lage anderer, sehr ausgedehnter Arbeiterschichten beträchtlich unter diesen Durchschnittszahlen.

Überdies bezeugen alle Statistiken, dass das Anwachsen der Löhne hinter der zunehmenden Produktivität der Arbeit zurückbleibt. Die Intensität der Arbeit vermehrt sich – die schlechten Arbeitsbedingungen bleiben die gleichen.

Die Erhöhung von Löhnen wird mehr und mehr an die Bedingung einer stärkeren Intensität der Arbeit geknüpft. Diese neue Tendenz, die unvereinbar mit einem sozialistischen Entwicklungsgang ist, hat der Zentralausschuss noch durch seine bekannte Resolution über Rationalisierung verstärkt. Der vierte Kongress der Sowjets nahm ebenfalls diese Resolution an. Eine solche Politik bedeutet aber nichts anderes, als dass ein durch technische Entwicklung herbeigeführter Wohlstand (vergrößerte Produktivität der Arbeit) nicht von selbst auch zu einer Erhöhung der Löhne führt.

Das geringe numerische Anwachsen der Arbeiter bedeutet eine Abnahme der Zahl der arbeitenden Glieder jeder Familie. In wirklichen Rubeln hat sich das Ausgabenbudget der Arbeiterfamilie seit 1924–1925 gesenkt. Das Anwachsen der Kosten für Wohnungen hat den Arbeiter gezwungen, einen Teil seiner Wohnung zu vermieten. Die Arbeitslosen belasten direkt oder indirekt den Etat der Arbeiter. Das schnelle Anwachsen des Verbrauchs von alkoholischen Getränken belastet seinen Etat. In der Gesamtsumme haben wir eine ersichtliche Senkung seiner Lebenshaltung. Die Rationalisierung der Produktion, die jetzt eingeführt worden ist, wird unvermeidlich die Lage der Arbeiterklasse noch mehr herabbringen, wenn sie nicht von einer Ausdehnung der Industrie und des Handels begleitet ist, die die entlassenen Arbeiter aufnimmt. In der Praxis kommt »Rationalisierung« oft auf das »Hinauswerfen« von Arbeitern und auf eine Verschlechterung der materiellen Lage der andern hinaus. Dieses erfüllt unvermeidlich die Masse der Arbeiter mit einem Misstrauen gegen die Rationalisierung selbst.

Bei einer Verschlechterung der Arbeitsbedingungen ist es immer die schwächste Gruppe, die am meisten leidet: die der ungelernten Arbeiter, der Saisonarbeiter, der Frauen und der Jugendlichen.

Im Jahre 1926 gab es eine ersichtliche Senkung der Löhne der Frauen, verglichen mit denen der Männer, und zwar in fast allen Zweigen der Industrie. Unter den ungelernten Arbeitern in drei verschiedenen Zweigen der Industrie betrug das Einkommen der Frauen im März 1926 nur 51,8 Prozent, 61,7 Prozent und 83 Prozent des Einkommens der Männer. Notwendige Maßnahmen zur Verbesserung der Arbeitsbedingungen für Frauen in solchen Zweigen wie die Torfindustrie, das Verladen und Ausladen usw. sind nicht ausgeführt worden. Die Durchschnittslöhne von Jugendlichen sind im Verhältnis zu den allgemeinen Arbeiterlöhnen in einer ständigen Senkung begriffen. Im Jahre 1923 betrugen sie 47,1 Prozent, 1924 45 Prozent, 1925 43,4 Prozent, 1926 40,5 Prozent, 1927 39,5 Prozent.

Im März 1926 erhielten 49,5 Prozent der Jugendlichen weniger als 20 Rubel. Die Aufhebung der Bestimmung, dass in jedem Industriebetrieb auf eine gewisse Anzahl von Arbeitern eine bestimmte Zahl von Jugendlichen eingestellt werden musste, war ein schwerer Schlag für die arbeitende Jugend und die Arbeiterfamilien. Die Zahl der arbeitslosen Jugendlichen ist in starkem Anwachsen begriffen.

Landarbeit

Von den annähernd dreieinhalb Millionen Lohnarbeitern auf dem Lande sind 1 600 000 ländliche Hilfsarbeiter, Männer und Frauen. Nur 20 Prozent von diesen

Hilfsarbeitern sind in Gewerkschaften organisiert. Die staatliche Eintragung der Lohnkontrakte, die oft so niedrig sind, dass sie praktisch Sklaverei bedeuten, hat kaum begonnen. Die Löhne der Landarbeiter befinden sich gewöhnlich unter dem gesetzlichen Minimum – und dies oftmals sogar auf den Sowjetgütern. Die realen Löhne erheben sich im Durchschnitt nicht über 63 Prozent des Vorkriegsstandes. Der Arbeitstag dauert selten weniger als zehn Stunden. In der Mehrzahl der Fälle ist er tatsächlich unbegrenzt. Löhne werden unregelmäßig bezahlt, oft erst nach unerträglichem Zögern. Diese elende Lage der Lohnarbeiter ist nicht nur eine Folge der Schwierigkeiten, wie sie der Aufbau des Sozialismus in einem rückständigen, bäuerlichen Lande ergibt. Sie ist auch ohne jeden Zweifel eine Folge des falschen Kurses, der in seiner wirklichen Betätigung hauptsächlich auf die oberen Schichten und nicht auf die unteren Schichten des Dorfes achtet. Wir müssen einen allseitigen, systematischen Schutz der Lohnarbeiter, nicht nur gegen den Kulak, den reichen Bauern, sondern auch gegen den sogenannten wohlhabenden Mittelbauern, einrichten.

Die Wohnfrage

Der normale Wohnraum für die Arbeiter ist in der Regel beträchtlich kleiner als der durchschnittliche Raum der gesamten städtischen Bevölkerung. Die Arbeiter in den großen Industriestädten sind in dieser Hinsicht der am ungünstigsten gestellte Teil der Bevölkerung. Die Verteilung des Raumes zum Wohnen ergab in einer Reihe von daraufhin untersuchten Städten für einzelne soziale Gruppen Folgendes:

Für den Industriearbeiter 5,6 Quadratmeter, für den geistigen Arbeiter 6,9, für den Künstler 7,6, für den gelernten Arbeiter 10,9 und für das nicht arbeitende Element 7,1 Quadratmeter. Die Arbeiter nehmen den letzten Platz ein. Überdies vermindert sich die Ausdehnung der Arbeiterwohnungen von Jahr zu Jahr, die der nicht proletarischen Elemente vergrößert sich. Die allgemeine Lage auf dem Gebiete des Wohnungsbaues bedroht die Weiterentwicklung der Industrie. Trotz dieser Tatsache gibt der Fünfjahresplan der Kommission für Staatsunternehmungen einen Voranschlag über den Bau von Wohnhäusern, wonach die Wohnungsverhältnisse am Ende dieser fünf Jahre schlimmer sein werden, als sie jetzt sind. Die Kommission gibt dieses selber zu. Von 11,3 Quadratarschins Ende des Jahres 1926 wird sich der übliche Durchschnitt nach dem Fünfjahresplan bis Ende 1931 auf 10,6 gesenkt haben.

Arbeitslosigkeit

Die langsame Entwicklung der Industrie gibt nirgendwo ein so ungesundes Bild wie in der Arbeitslosigkeit, die die festesten Reihen des Industrieproletariats angegriffen hat. Die amtliche Zahl der eingetragenen Arbeitslosen war im April 1927 1 478 000. Die wirkliche Zahl der Arbeitslosen war etwa 2 Millionen. Die Zahl der Arbeitslosen wächst unvergleichlich schneller als die Gesamtzahl der beschäftigten Arbeiter. Nach dem Fünfjahresplan der Kommission für Staatsunternehmungen werden unsere Industrien die ganzen fünf Jahre hindurch etwas über 400 000 ständig beschäftigte Arbeiter benötigen. Dies bedeutet bei dem ständigen Zustrom von Arbeitern aus dem Lande, dass Ende 1931 die Zahl der Arbeitslosen auf nicht weniger als 3 Millionen Männer und Frauen gestiegen sein wird. Die Folge eines solchen Zustandes wird eine wachsende Zahl von obdachlosen Kindern, von Bettlern und Prostituierten sein. Die geringe Entschädigung, die man den Arbeitslosen bezahlt, erregt berechtigten Unwillen. Sie erhalten im Durchschnitt 11,9 Rubel, das heißt 5 Vorkriegsrubel. Die Gewerkschaften zahlen eine Arbeitslosenrente von durchschnittlich 6,5 bis 7 Rubel. Diese Renten erhalten aber nur etwa 20 Prozent von arbeitslosen Gewerkschaftsmitgliedern.

Das Arbeitsgesetzbuch ist durch viele erklärende Zusätze zwar stark vergrößert, aber auch verschlechtert worden. Manche Fürsorgemaßnahmen sind durch solche Zusätze und Auslegungen wieder aufgehoben worden. Besonders ist der gesetzliche Schutz der vorübergehend und saisonweise beschäftigten Arbeiter niedergerissen worden.

Der jüngste Feldzug des staatlichen Handels war durch eine fast allgemeine Lockerung der gesetzlichen Beschränkungen und ein Herabdrücken der Lebenshaltung und der Löhne charakterisiert. Indem man der wirtschaftlichen Leitung die Rechte einer Zwangsentscheidung gab, hob man den gemeinsamen Vertrag einfach auf, indem man ihn aus einer beiderseitigen Übereinkunft in eine behördliche Anordnung verwandelte. Die Unfallentschädigungen der Arbeiter durch die Industrie sind völlig unzureichend. Nach den Angaben des Volkskommissariats für Arbeit gab es 1925–1926 für jedes Tausend von Arbeitern 97,6 Unfälle, die Arbeitsunfähigkeit herbeiführten. Jeder zehnte Arbeiter erleidet jährlich einen Unfall.

Die vergangenen Jahre waren charakterisiert durch eine scharfe Zunahme von Arbeitskonflikten, die meist durch Zwangsmaßregeln, statt durch Einigung beseitigt wurden.

Die Leitung der Betriebe hat sich verschlechtert. Die behördlichen Organe streben immer mehr danach, ihre unbegrenzte Herrschaft zur Geltung zu bringen. Das Einstellen und Entlassen von Arbeitern befindet sich völlig und allein in den

Händen der Behörden. Eine vorrevolutionäre Art von Verhältnis zwischen Meister und Arbeiter ist gar nicht selten.

Die Betriebsbesprechungen haben allmählich jede Bedeutung verloren. Die Mehrzahl der von den Arbeitern angenommenen praktischen Vorschläge wird niemals ausgeführt. Bei vielen Arbeitern wird auch eine Abneigung gegen die Betriebsbesprechungen dadurch erzeugt, dass die von ihnen durchgesetzten Verbesserungen oft nur zu einer Verringerung der Arbeiterzahl führt. Infolge davon werden die Betriebsversammlungen nur spärlich besucht.

Auf kulturellem Gebiete ist es notwendig, das Schulproblem besonders zu betonen. Es wird dem Arbeiter immer schwerer, seinen Kindern selbst nur eine elementare Erziehung zu geben, ganz abgesehen von einer Ausbildung ihrer besonderen Fähigkeiten. In fast allen Bezirken mit Arbeiterbevölkerung fehlt es an Schulen, und die Zuschüsse, die in den besseren Schulen verlangt werden, machen es den Eltern unmöglich, so für die Kinder zu sorgen, wie sie es gerne möchten. Der Mangel an Schulen und die unzureichende Versorgung der Kindergärten treibt einen großen Teil der Arbeiterkinder auf die Straßen.

Die Gewerkschaften und die Arbeiter

Der Streit um die Arbeitsbedingungen in den Betrieben, den eine Resolution des elften Parteikongresses erwähnt, ist in den letzten Jahren beträchtlich angewachsen. Trotzdem hat die ganze neuerliche Parteipolitik in Bezug auf die Gewerkschaftsbewegung im Verein mit den Ränken der Gewerkschaftsführer dahin geführt, dass der vierzehnte Kongress bekennt: »Die Gewerkschaften konnten oft ihre Aufgaben nicht erfüllen, da sie ihre erste und wichtigste Aufgabe in den Hintergrund schoben – die Verteidigung der wirtschaftlichen Interessen der von ihnen geleiteten Massen und die möglichste Hebung ihrer materiellen und kulturellen Lage.« Die Verhältnisse wurden nach dem vierzehnten Kongress nicht besser, sondern schlechter. Die Bürokratisierung der Gewerkschaften ging weiter vorwärts.

Im Stab der gewählten Vollziehungsbeamten der Gewerkschaften ist der Prozentsatz der Betriebsarbeiter und der nicht zur Partei gehörigen Arbeiter außerordentlich gering (12–13 Prozent). Die ungeheure Mehrzahl der Delegierten auf den Gewerkschaftskonferenzen sind Leute ohne jede Beziehung zur Industrie. Niemals vorher standen die Gewerkschaften und die arbeitenden Massen so weit entfernt von der Leitung der staatlichen Industrie wie jetzt. Die Selbstbetätigung der in den Gewerkschaften organisierten Arbeitermassen ist ersetzt worden durch Verhandlungen zwischen den lokalen Sekretären, den Betriebsdirektoren und den Vorsitzenden der Fabrik- und Betriebsausschüsse (dem »Dreieck«). Die

Haltung der Arbeiter den Fabrik- und Betriebsausschüssen gegenüber zeigt Misstrauen. Die Teilnahme an den allgemeinen Versammlungen ist gering.

Die Unzufriedenheit der Arbeiter, die in den Gewerkschaften keinen Ausdruck findet, breitet sich unterirdisch aus. »Man darf nicht zu sehr hervortreten. Wenn du dein bisschen Brot behalten willst, dann rede nicht so viel!« Solche Worte sind sehr häufig, und man versteht, warum die Arbeiter es vorziehen, ihre Lage durch Tätigkeit außerhalb der Gewerkschaftsorganisation zu verbessern. Dies allein verlangt gebieterisch einen völligen Wechsel in der augenblicklichen Gewerkschaftspolitik.

Die wichtigsten praktischen Vorschläge

A. Auf dem Gebiete der materiellen Bedingungen

Schneidet jede Neigung zu einer Verlängerung des Achtstundentages mit der Wurzel ab. Gestattet Überarbeit nur, wenn sie absolut notwendig ist. Erlaubt keinen Missbrauch der Beschäftigung von Aushilfsarbeitern, keine Behandlung von dauernd Beschäftigten als Saisonarbeiter. Schafft jede neuerdings eingeführte Verlängerung des Arbeitstages in gesundheitsschädlichen Betrieben wieder ab.

Das aller dringlichste Problem ist die Erhöhung der Löhne wenigstens in dem Maße, wie sich die Produktivität der Arbeit gehoben hat. In der Zukunft sollte mit jedem Anwachsen des Ertrags der Arbeit grundsätzlich eine Erhöhung der realen Löhne verbunden sein. Notwendig ist auch der Versuch einer Angleichung der Löhne der verschiedenen Arbeitergruppen, und zwar durch systematische Aufbesserung der niedriger bezahlten Gruppen; in keinem Fall aber durch Verschlechterung der höher bezahlten.

Wir müssen jeden bürokratischen Missbrauch der Rationalisierungsmaßnahmen beseitigen. Diese dürften nur in inniger Verbindung mit einer entsprechenden Entwicklung der Industrie stattfinden, mit einer planvollen Verteilung der Arbeitsmacht und einem Kampf gegen die Vergeudung der produktiven Kräfte der arbeitenden Klasse – besonders der der gelernten Arbeiter.

Um die üblen Wirkungen der Arbeitslosigkeit zu lindern, müssen die Arbeitslosenrenten dem durchschnittlichen Lohn in einer bestimmten Gegend angepasst werden. Die Rentenperiode bei Arbeitslosigkeit muss von einem Jahr auf anderthalb Jahre ausgedehnt werden. Eine weitere Herabsetzung der Bezüge in der Sozialversicherung darf nicht geduldet, und es muss ein ernster Kampf gegen die gebräuchliche Nichtauszahlung derselben begonnen werden. Die Verwendung von angesammelten Versicherungsgeldern für Maßnahmen der öffentlichen Gesundheitspflege muss aufhören. Wir müssen alle Bestimmungen aufheben, die unter verschiedenen Vorwänden wirkliche Arbeitslose ihrer Rechte auf Renten und auf Eintragung in die Beschäftigungslisten berauben. Es muss auf eine Erhöhung der Arbeitslosenrenten, zunächst bei den Industriearbeitern, hingearbeitet werden. Wir müssen großzügige und auf lange Zeiten angelegte Pläne für soziale Unternehmungen ausarbeiten, um die Arbeitslosen vorteilhaft für das wirtschaftliche und kulturelle Aufblühen des Landes zu verwenden.

Eine systematische Verbesserung der Lebensbedingungen für die Arbeiter. Feste Durchführung einer klassengemäßen Politik in allen Wohnungsangelegenheiten. Keine Verbesserung der Wohnungsbedingungen des nichtproletarischen Elements auf Kosten der Arbeiter. Keine Austreibung von entlassenen Arbeitern und von Arbeitern mit verkürzter Arbeitszeit.

Energische Maßregeln müssen ergriffen werden für eine gesundere Entwicklung der Genossenschaftsbauten. Sie müssen den niedriger bezahlten Arbeitern zugängig gemacht werden. Den oberen Schichten der geistigen Arbeiter darf nicht erlaubt sein, sich die für Industriearbeiter bestimmten Wohnungen zu sichern.

Der Wohnbauplan der Kommission für staatliche Unternehmungen sollte als unvereinbar mit jeder sozialistischen Politik verworfen werden. Geschäftliche Unternehmungen müssen gezwungen werden, ihre Ausgaben für den Wohnungsbau, ihre für diesen Zweck ausgesetzten Landparzellen und den zugehörigen Kredit so zu vergeben, dass in den nächsten fünf Jahren eine entschiedene Verbesserung der Arbeiterwohnungsverhältnisse zu sehen ist.

Kollektivverträge sollten nach wirklichen und nicht nach vorgetäuschten Besprechungen auf den Versammlungen der Arbeiter festgelegt werden. Der kommende Parteikongress sollte die Entscheidung des vierzehnten Kongresses aufheben, der den Fabrikleitungen das Recht einer Zwangsentscheidung gab. Das Arbeitsgesetz muss als das Minimum, nicht als das Maximum der Rechte betrachtet werden, auf die Anspruch erhoben werden kann. Kollektivverträge müssen Garantien enthalten gegen das Herabsetzen der Zahl der Arbeiter und Angestellten während der Dauer des Vertrags (erlaubte Ausnahmen müssen ausdrücklich begründet werden). Die Höhe der Arbeitsleistung muss nach den Durchschnittsleistungen eines Arbeiters und für die Dauer des ganzen Arbeitsvertrags berechnet werden. In jedem Falle sollten alle Veränderungen in den Verträgen, die die Lohnstufe des Arbeiters im Verhältnis zu früheren Abmachungen heruntersetzen, verboten sein.

Das Büro für Löhne und Lohnnormen muss mehr unter die wirksame Kontrolle der Arbeiter und der Gewerkschaften gebracht und die fortwährende Verschlechterung der Löhne und Lohnnormen muss verhindert werden.

Die Ausgaben für Sicherheitsvorrichtungen und bessere Fabrikzustände müssen vermehrt werden. Höhere Strafen müssen die Übertreter der Schutzvorschriften für die Arbeiter treffen.

Alle Auslegungen des Arbeitsgesetzbuches müssen überprüft und diejenigen, welche eine Verschlechterung der Arbeitsbedingungen zur Folge haben, beseitigt werden.

Für die weiblichen Arbeiter soll die Vorschrift gelten: »Gleiche Bezahlung für gleiche Arbeit.« Dementsprechend muss eine höhere Einschätzung der Frauenarbeit im Allgemeinen stattfinden.

Unbezahlte Lehrlingsarbeit muss verboten werden; ebenso der Versuch, die Löhne der Jugendlichen herabzusetzen. Es müssen Maßnahmen getroffen werden, um ihre Arbeitsbedingungen zu verbessern.

Das Sparsystem darf in keinem Falle auf Kosten der Lebensinteressen der Arbeiter durchgeführt werden. Wir müssen den Arbeitern die »kleinen Vergünstigungen«, die wir ihnen genommen haben (Kinderheime, Freifahrtkarten, längere Ferien usw.), wieder zurückgeben.

Die Gewerkschaften müssen unausgesetzt ihre Aufmerksamkeit auf das Problem der Saisonbeschäftigung richten.

Die ärztliche Hilfe für Arbeiter muss in den Betrieben verbessert werden (Krankenwagen, Stationen für erste Hilfe, Krankenhäuser usw.).

Die Schulen für Kinder müssen in den Bezirken der Arbeiterklasse vermehrt werden.

Eine Reihe von staatlichen Maßnahmen muss getroffen werden, um die Arbeitergenossenschaften zu stärken.

B. In den Gewerkschaften

Die Tätigkeit der Gewerkschaften sollte in erster Linie danach beurteilt werden, in welchem Maße sie die ökonomischen und kulturellen Interessen der Arbeiter verteidigt.

Die Parteiorganisationen, die Maßnahmen zum Schutze der ökonomischen und kulturellen Arbeiterinteressen treffen wollen, müssen dabei ernstlich die Ansichten der kommunistischen Gruppen in den Gewerkschaften in Erwägung ziehen.

Richtige Wahlen, Öffentlichkeit, Rechenschaftsablegung vor den Mitgliedern müssen die Grundlage der gewerkschaftlichen Arbeit sein.

Alle Verwaltungsorgane sollten in wirklicher, nicht in vorgetäuschter Übereinstimmung mit den entsprechenden Gewerkschaftsorganen gebildet werden.

Auf jedem Gewerkschaftskongress und in allen Wahlausschüssen der Gewerkschaften muss die Majorität aus wirklich in der Industrie beschäftigten Arbeitern bestehen. Der Prozentsatz der nicht in der Partei organisierten Arbeiter muss in diesen Ausschüssen auf mindestens ein Drittel erhöht werden.

In regelmäßigen Zwischenräumen muss eine bestimmte Anzahl von Beamten des Gewerkschaftsapparates wieder zur Fabrikarbeit bestimmt werden.

Eine stärkere Heranziehung von freiwilliger Arbeit in der gewerkschaftlichen Betätigung, mehr Ermutigung der Arbeiter in den Betrieben, sich daran zu beteiligen.

Die Entfernung einmal gewählter kommunistischer Gewerkschaftsmitglieder wegen innerparteilicher Zwistigkeiten soll nicht gestattet sein.

Die vollständige Unabhängigkeit der Betriebs- und Lokalausschüsse von den leitenden Organen muss gesichert sein. Die Einstellung und Entlassung von Arbeitern oder die Versetzung von Arbeitern von einer Arbeitsart zur andern für Perioden, die zwei Wochen übersteigen – alles dies darf nur nach vorheriger Benachrichtigung des Betriebsausschusses geschehen. Ein Betriebsausschuss, der gegen Missbräuche auf diesem Gebiete ankämpft, soll von seinem Recht Gebrauch machen, gegen die Entscheidungen der Leitung an die entsprechende Gewerkschaft und den Beschwerdeausschuss zu appellieren.

Die Rechte der Korrespondenten der Arbeiterpresse müssen geschützt werden, und diejenigen, die Korrespondenten wegen ihrer Veröffentlichungen verfolgen, sollten streng bestraft werden.

Durch einen besonderen Artikel im Strafgesetzbuch sollte jede offene oder geheime Verfolgung eines Arbeiters wegen einer Kritik, wegen eines Abänderungsvorschlags oder wegen seines Wählens als ein schweres Verbrechen gegen den Staat bestraft werden.

Die Aufgaben der Kontrollkommission der Produktionsausschüsse müssen auf eine Überwachung der Durchführung ihrer Beschlüsse und auf eine Prüfung, wie weit dabei die Interessen der Arbeiter gewahrt wurden, ausgedehnt werden.

In der Frage von Streiks in den Staatsindustrien bleibt die unter Lenin angenommene Entscheidung des elften Parteikongresses in Kraft.

Im Falle von Streiks in den Konzessionsindustrien sollen diese als Privatindustrien angesehen werden.

Es müsste eine Überprüfung des ganzen Systems der Arbeitsstatistik stattfinden, da sie in ihrer gegenwärtigen Form ein falsches und offensichtlich gefärbtes Bild der wirtschaftlichen und kulturellen Lage der Arbeiterklasse gibt und so jede Besserung auf diesen Gebieten in starkem Maße hindert.

Die schlechte Lage der Arbeiterklasse jetzt am zehnten Jahrestage der Oktoberrevolution erklärt sich natürlich durch die Armut des Landes, durch Intervention und Blockade und die unausgesetzte Bekämpfung des ersten proletarischen

Staates seitens seiner kapitalistischen Umgebung. Diese Lage kann nicht auf einen Schlag geändert werden. Aber sie kann und muss geändert werden durch eine richtige Politik. Die Aufgabe der Bolschewisten ist es dabei aber nicht, schön gefärbte Bilder von ihren Bemühungen zu geben – diese Bemühungen waren natürlich ernsthaft genug –, sondern klar und bestimmt die Frage aufzuwerfen, was zu tun bleibt, was getan werden muss, und was mithilfe einer richtigen Politik getan werden kann.

Die Agrarfrage und ihre sozialistische Auslegung

Produktion im kleinen Maßstab erzeugt, wie Lenin sagt, fortwährend, täglich, stündlich, unwiderstehlich und in riesigem Umfang Kapitalismus und Bourgeoisie. Entweder gelingt es dem proletarischen Staat, gestützt auf eine hohe Entwicklung und auf die Elektrisierung der Industrie, die technische Rückständigkeit von Millionen kleiner und winziger Industrien zu überwinden und sie auf der Grundlage ausgedehnter Verbände und des Kollektivismus aufzubauen, oder der aus dem Lande seine Kraft schöpfende Kapitalismus wird die Grundlage des Sozialismus in den Städten unterminieren.

Vom Gesichtspunkte des Leninismus aus ist das Bauerntum – das heißt die große bäuerliche Masse, die keine Arbeit ausbeutet – jener Verbündete, der, wenn er richtig mit uns zusammenarbeitet, die Sicherheit der proletarischen Diktatur und so das Schicksal der sozialistischen Revolution gewährleistet. Für die Etappe, die wir jetzt durchleben, hat Lenin ganz genau unsere Aufgaben gegenüber den Bauern mit folgenden Worten formuliert: »Es muss uns gelingen, ein Bündnis mit den Mittelbauern einzugehen, ohne nur einen Augenblick dem Kampf gegen den Kulak zu entsagen, und ohne dabei die feste Stütze durch den armen Bauern zu verlieren.«

Die Abweichung von Lenins Standpunkt in der Bauernfrage, wie sie die Stalin-Bucharingruppe durchgeführt hat, kann in den folgenden acht Hauptpunkten gekennzeichnet werden:

Vernachlässigung des Hauptgrundsatzes des Marxismus, dass nur eine starke, sozialisierte Industrie den Bauern helfen kann, die Landwirtschaft in eine kollektivistische Form zu überführen.

Unterschätzung der Lohnarbeiter und der armen Bauern als sozialer Grundlage in den ländlichen Bezirken des proletarischen Staates.

Hoffnung auf den wohlhabenden Bauern in der Frage der landwirtschaftlichen Industrie, das heißt, in allem Wesentlichen Hoffnung auf den Kulak.

Ignorieren oder offenes Ableugnen des kleinbürgerlichen Charakters des bäuerlichen Eigentums und der bäuerlichen Tätigkeit – ein Hinübergehen vom marxistischen Standpunkt zu den Theorien der Sozialrevolutionäre.

Unterschätzung der kapitalistischen Elemente in der gegenwärtigen Entwicklung des Landes und Vertuschung der bäuerlichen Klassenunterschiede.

Erzeugung von zersetzenden Theorien, die, um ein Wort Bucharins zu zitieren, die Ansicht verfechten: »Der Kulak und die Kulakorganisationen haben überhaupt eine Aussicht, weil der Rahmen der allgemeinen Entwicklung in unserem Lande durch die Struktur der proletarischen Diktatur bestimmt wird.

Ermutigung der »Überführung erster Anfänge von Kulakgenossenschaften in unser System.« »Das Problem kann so formuliert werden, dass es notwendig ist, den wirtschaftlichen Möglichkeiten des wohlhabenden Bauern, den wirtschaftlichen Möglichkeiten des Kulak freien Weg zu geben.«

Der Versuch, Lenins »genossenschaftlichen Plan« seinem Plan der Elektrisierung entgegenzustellen. Nach Lenins eigener Ansicht könnte nur eine Verbindung dieser beiden Pläne die Durchführung des Sozialismus garantieren.

Gestützt auf diese revisionistischen Tendenzen der regierenden Gruppe haben die Repräsentanten der neuen Bourgeoisie sich mit gewissen Gliedern unseres staatlichen Betriebes verbunden und versuchen offen, unsere ganze Politik auf dem Lande auf die kapitalistischen Geleise hinüberzulenken. Dabei verstecken natürlich die Kulaks und ihre ideologischen Verteidiger ihre Bestrebungen unter dem Vorwande einer Besorgnis um die Entwicklung der produktiven Kräfte, um das Anwachsen der Warenproduktion »im Allgemeinen« usw. In Wirklichkeit unterdrückt und hemmt eine Kulakentwicklung die Entwicklung der produktiven Kräfte der gesamten übrigen Masse der bäuerlichen Wirtschaft.

Trotz unseres verhältnismäßig schnellen Wiederaufbauprozesses in der Landwirtschaft ist die Warenproduktion der bäuerlichen Wirtschaft sehr gering. 1925-1926 war die Gesamtmenge der auf den Markt gebrachten Güter 64 Prozent des Vorkriegsstandes, die exportierte Menge nur 24 Prozent des Exports von 1913. Die Ursache davon liegt, abgesehen von der Zunahme des allgemeinen Verbrauchs im Dorfe selbst, in der Verschiedenheit der landwirtschaftlichen und industriellen Preise und in der rapiden Anhäufung von Nahrungsstoffen durch die Kulaks. Selbst der Fünfjahresplan muss zugeben, dass »der Mangel an Industrieprodukten im Allgemeinen dem Austausch von gleichwertigen Gütern zwischen Stadt und Land eine bestimmte Grenze setzt und die Menge der landwirtschaftlichen Produkte, die auf den Markt gebracht werden könnte, vermindert.« So hemmt die Rückständigkeit der Industrie das Anwachsen des Ackerbaues und besonders das Anwachsen der ländlichen Warenproduktion. Sie untergräbt das

Zusammenwirken von Stadt und Land und führt zu einer schnellen Klassendifferenzierung unter den Bauern.

Die Ansichten der Opposition in den Debatten über die Fragen der Bauernpolitik sind voll und ganz bestätigt worden. Die einzelnen Verbesserungen in unserem allgemeinen Vorgehen, die unter dem Druck der scharfen Oppositionskritik erfolgt sind, haben das fortgesetzte Abweichen der regierenden Gruppe nach der Seite der wohlhabenden Bauern nicht gehemmt. Als Beweis dafür genügt es, sich daran zu erinnern, dass der vierzehnte Kongress der Sowjets nach dem Bericht Kalinins nicht ein einziges Wort über die Klassendifferenzierung auf dem Land oder das Anwachsen des Kulak zu sagen hatte. Eine solche Politik kann nur zu einem einzigen Resultat führen: Wir werden die armen Bauern verlieren und die mittleren nicht gewinnen.

Klassendifferenzierung unter den Bauern

In den letzten Jahren hat in den ländlichen Bezirken eine starke kapitalistische Klassenentwicklung stattgefunden.

Die landlosen und landarmen Gruppen haben sich während der letzten vier Jahre um 35-45 Prozent vermindert. Die 6-10 Desjatinen (7-11 Hektar) besitzende Gruppe vermehrte sich in der gleichen Zeit um 100 bis 120 Prozent. Die Gruppe mit 10 Desjatinen und mehr vermehrte sich um 150-200 Prozent. Der abnehmende Prozentsatz der landlosen und landarmen Gruppen ist in weitem Maße auf ihren Ruin und ihre Auflösung zurückzuführen. So haben sich in Sibirien im Verlaufe eines Jahres 15,8 Prozent der landlosen Familien und 3,8 derjenigen mit weniger als 2 Desjatinen aufgelöst und sind verschwunden. Im nördlichen Kaukasus lösten sich 14,1 Prozent der landlosen und 3,8 Prozent derjenigen mit weniger als 2 Desjatinen auf.

Das Aufrücken der Besitzer von pferdelosen und gerätelosen Landgrundstücken zur Klasse der unteren Mittelbauern geht außerordentlich langsam vor sich. Im jetzigen Augenblick gibt es in der ganzen Union 30-40 Prozent von pferde- und gerätelosen Besitzungen, und die große Masse davon fällt unter die Gruppe der Landarmen.

Die Verteilung der wichtigen Produktionsmittel ist in dem nördlichen Kaukasus folgende: 15 Prozent der Produktionsmittel gehören etwa 50 Prozent der schwächsten Besitzer. Zu der Mittelgruppe, die sich aus 35 Prozent der Besitzer zusammensetzt, gehören 35 Prozent der wichtigen Produktionsmittel. Und zu der höchsten Gruppe, die aus 15 Prozent der Besitzer besteht, gehören 50 Prozent der Produktionsmittel. Dasselbe Bild der Verteilung der Produktionsmittel zeigt sich in andern Provinzen (in Sibirien, in der Ukraine usw.).

Dieser Rekord einer ungleichen Verteilung von Land und Produktionsmitteln wird verstärkt durch eine ungleiche Verteilung der Getreidereserven unter den verschiedenen Gruppen der bäuerlichen Besitzer. Am 1. April 1926 befanden sich 58 Prozent von allem überflüssigen Getreide des Landes in den Händen von 6 Prozent der bäuerlichen Besitzer.

Das Verpachten von Land nimmt mit jedem Jahr eine größere Ausdehnung an. Die verpachtenden Eigentümer sind meist große Landbesitzer, die die Produktionsmittel in den Händen haben. In der Ungeheuern Mehrzahl aller Fälle wird die Tatsache, dass das Land verpachtet ist, verheimlicht, um die Bezahlung der Steuer zu vermeiden. Der landarme Besitzer, der weder Werkzeuge noch Tiere hat, bearbeitet das Land gewöhnlich mit gemieteten Werkzeugen und gemieteten Tieren. Die Verhältnisse, sowohl beim Landverpachten wie beim Vermieten von Werkzeugen und Tieren laufen fast auf Sklaverei hinaus. Mit dieser materiellen Sklaverei geht ein finanzieller Wucher Hand in Hand.

Die übliche Zerteilung von Bauerngütern schwächt den Prozess der Klassendifferenzierung nicht, sondern befördert ihn. Die Maschinen und Kredithilfen fallen, anstatt der Sozialisierung des Ackerbaues zu dienen, dem Kulak und dem Wohlhabenden in die Hände und helfen so zur Ausbeutung der Landarbeiter, der armen Bauern und der schwächeren Mittelbauern.

Abgesehen davon, dass diese höchsten Gruppen das Land und die Instrumente in ihren Händen konzentrieren, beschäftigen sie auch in einem ständig anwachsenden Maße gemietete Arbeiter.

Auf der andern Seite vermehren die unteren und zum Teil die mittleren Gruppen der bäuerlichen Besitzer, entweder infolge von vollständigem Ruin und Auflösung oder auch durch Abgeben einzelner Familienmitglieder, fortwährend die Zahl der ländlichen Arbeiter. Diese überzähligen Arbeiter geraten in die Knechtschaft des Kulak oder des wohlhabenden Mittelbauern, oder sie gehen auch wohl in die Städte, oder finden in zahlreichen Fällen überhaupt keine Beschäftigung.

Trotz dieser Prozesse, die schon sehr weit gegangen sind und zu einer Verminderung der relativen wirtschaftlichen Bedeutung des Mittelbauern führen, bildet dieser Mittelbauer der Zahl nach noch immer die größte ländliche Gruppe. Diesen Mittelbauern nun auf die Seite der sozialistischen Agrarpolitik zu bringen, ist eines der Hauptprobleme der proletarischen Diktatur. Wenn man aber seine Hoffnung auf den wohlhabenden Bauern setzt, verlässt man sich auf eine weitere Zersetzung dieser Mittelschicht.

Nur eine richtige Beachtung der Landarbeiter, nur eine Politik, die sich auf den armen Bauern und seine Union mit dem Mittelbauern stützt, nur ein entschiedener Kampf gegen den Kulak, nur eine Politik der Industrialisierung, nur eine Politik der Klassengenossenschaften und des Klassenkreditsystems auf dem Land wird es ermöglichen, den Mittelbauern zur Arbeit an einem sozialistischen Aufbau der Landwirtschaft zu bewegen.

Praktische Vorschläge

In dem Klassenkampf, der jetzt in diesem Lande vor sich geht, muss die Partei, nicht in Worten, sondern in Taten, auf der Seite der Landarbeiter, der armen Bauern und der großen Masse der Mittelbauern stehen und sie gegen die ausbeutenden Bestrebungen des Kulak schützen.

Um die Klassenposition des ländlichen Proletariats – das einen Teil der Arbeiterklasse bildet – zu stärken und wiederherzustellen, ist jene Reihe von Maßnahmen notwendig, die wir in dem Kapitel über die Lage der Arbeiterklasse aufgeführt haben.

Ländliche Kredite müssen aufhören, in den meisten Fällen ein Privileg der wohlhabenden Kreise des Dorfes zu sein. Wir müssen ein Ende machen mit den augenblicklichen Verhältnissen, die es ermöglichen, die schon so sehr gesunkenen Ersparnisse der Armen, nicht für den beabsichtigten Zweck, sondern zum Besten der wohlhabenden und mittleren Gruppen zu verwenden.

Das Anwachsen des Privateigentums auf dem Lande muss durch eine schnellere Entwicklung der kollektiven Landwirtschaft wettgemacht werden. Es ist notwendig, die Bemühungen der armen Bauern, sich in Genossenschaften zu organisieren, planmäßig zu unterstützen.

Zur gleichen Zeit müssen wir den armen Eigentümern, die nicht zu den Kollektivbetrieben gehören, durch vollständige Befreiung von Steuern, durch eine entsprechende Landpolitik, durch Kredite für Ackerbaugeräte und durch Eingliederung in die bäuerlichen Genossenschaften in überlegterer Weise helfen. Anstatt des Programms, »Schafft außerhalb der Partei aktive Bauernzentren durch Neubelebung des Rätesystems«, also eines Programms ohne jeden Klasseninhalt, das in Wirklichkeit nur die beherrschende Rolle der oberen Schichten in den Dörfern stärken wird, müssen wir das folgende Programm annehmen: Schafft außerhalb der Partei aktive Zentren, die sich aus Lohnarbeitern, armen Bauern und ihnen nahestehenden Mittelbauern zusammensetzen.

Wir müssen eine wirklich planvolle, allgemeine und dauerhafte Organisation der Armen haben, die sich auf die augenblicklichen politischen und wirtschaftlichen Probleme des Lebens stützt, wie es Wahlen, Steuerkämpfe, Einfluss auf die Verteilung von Kredit, Maschinen usw., Landverteilung und Landbenutzung, Begründung von Genossenschaftsbetrieben, Bargeldanlegung des armen Mannes durch die Genossenschaftsbetriebe usw. sind. Die Partei müsste unter allen Umständen die wirtschaftliche Entwicklung der mittleren Bauern fördern – durch eine kluge Preispolitik für Getreide, durch Krediterweiterung und Ausbau aller ihm zugänglichen Genossenschaften, durch eine wohlüberlegte und allmähliche Überführung dieser zahlreichsten Gruppe zu den Vorteilen des maschinellen und kollektiven Großbetriebes.

Die Aufgabe der Partei gegenüber dem Anwachsen der Kulakklasse müsste in einer allseitigen Begrenzung ihrer Ausbeutungsbestrebungen bestehen. Wir dürfen keine weiteren Abweichungen von dem Artikel unserer Verfassung, der den ausbeutenden Klassen alle Wahlrechte in den Sowjets versagt, dulden. Folgende Maßregeln sind notwendig: Ein scharf progressives Steuersystem; staatliche Gesetzesmaßnahmen zum Schutz der Lohnarbeit und zur Regelung der Löhne der Landarbeiter; eine richtige Klassenpolitik in der Angelegenheit der Landverteilung und Landbenutzung und ebenso in der Angelegenheit der Belieferung des Landes mit Traktoren und andern Betriebsgeräten.

Das wachsende System der Landverpachtung unter den Bauern, die bestehende Art der Landbenutzung durch ländliche Gemeinden, die abseits von jeder Führerschaft und Kontrolle der Sowjets stehen und immer mehr unter den Einfluss des Kulak fallen, alles dieses untergräbt die Grundlagen der Verstaatlichung des Landes.

Eine der wichtigsten Maßnahmen zur Stärkung der Verstaatlichung des Landes ist die Unterordnung dieser ländlichen Gemeinden unter die örtlichen Staatsorgane und eine feste Kontrolle der von allen Kulakelementen gereinigten Ortssowjets in allen Fragen der Verteilung und Benutzung des Landes. Der Zweck dieser Kontrolle sollte ein möglichst großer Schutz der Interessen der armen und schwachen Kleinbauern gegen die viel zu große Schar der Kulaks sein. Es ist notwendig, auf der Grundlage unserer gegenwärtigen Erfahrungen eine Reihe von Ergänzungsmaßnahmen auszuarbeiten, um ein übergroßes Verhältnis der Kulaks in den ländlichen Gemeinden zu verhindern. Es ist im Besonderen notwendig, dass der Kulak als Landverpächter durchaus und in jeder Hinsicht, nicht nur in Worten, sondern tatsächlich, der Aufsicht und Kontrolle durch die Organe der ländlichen Sowjetmacht unterworfen sein sollte.

Die Partei müsste allen Tendenzen auf Aufhebung oder Untergrabung der ländlichen Verstaatlichung, die einer der Grundpfeiler der Diktatur des Proletariats sind, einen vernichtenden Widerstand entgegensetzen.

Das bestehende System einer allgemeinen ländlichen Steuer sollte dahin geändert werden, dass 40-50 Prozent der ärmsten Bauernfamilien ganz von der Steuer befreit werden, ohne dass aber dieser Ausfall durch eine höhere Besteuerung der großen Masse der Mittelbauern ausgeglichen wird. Die Daten der Steuereinsammlung sollten den Interessen der unteren Gruppen der Steuerzahler angepasst werden.

Eine viel größere Summe sollte für die Schaffung von Sowjets und Kollektivgütern bewilligt werden. Höchste Schonung müsste den neu geschaffenen Kollektivgütern und andern Formen des Kollektivismus gewährt werden. Leute, die der Wahlrechte beraubt sind, können nicht Mitglieder von Kollektivgütern sein. Die ganze genossenschaftliche Arbeit müsste erfüllt sein von einem Verständnis für das Problem, das System des Kleinbetriebs in das eines kollektivistischen Großbetriebs umzuwandeln. Eine feste Klassenpolitik müsste auf dem Gebiete der Maschinenbelieferung Platz greifen, und ein besonderer Kampf gegen die betrügerischen Maschinengesellschaften geführt werden.

Die Arbeit der Landverteilung muss ganz auf Kosten des Staates geschehen, und in erster Linie sollte man dabei auf die Kollektivländereien und auf die Ländereien der Armen durch eine möglichst große Berücksichtigung ihrer Interessen achten.

Die Preise für Getreide und andere landwirtschaftliche Produkte sollten den armen Bauern und der Hauptmasse der Mittelbauern zum allermindesten die Möglichkeit gewähren, ihre wirtschaftliche Lage auf dem gegenwärtigen Stande zu erhalten und sie allmählich zu verbessern. Maßnahmen sollten getroffen werden, um die Ungleichheit zwischen den Herbst- und Frühjahrspreisen in Getreide zu beseitigen. Denn diese Ungleichheit drückt schwer auf die ländlichen Armen und gibt allen Vorteil den oberen Schichten.

Es ist notwendig, nicht nur die ausgesetzten Summen für die Armen beträchtlich zu vermehren, sondern auch die ganze Richtung unseres ländlichen Kreditwesens dahin zu verändern, dass den armen Bauern und den schwachen Mittelbauern billige und langfristige Kredite gesichert werden und dass das gegenwärtige System der Bürgschaften und Sicherheitsleistungen aufhört.

Genossenschaftswesen

Das Problem des sozialistischen Aufbaus auf dem Lande ist die Reform der Landwirtschaft auf der Grundlage des maschinellen, genossenschaftlichen Großbetriebs. Für die breite Masse der Bauern besteht der einfachste Weg dahin in Genossenschaftsbildung, wie es Lenin in seinem Werk »Über Genossenschaftsbildung« beschrieben hat. Dies ist der enorme Vorteil, den die proletarische Diktatur und das Sowjetsystem dem Bauern geben. Nur eine wachsende Industrialisierung des Ackerbaus kann die breite Grundlage für dieses sozialistische Genossenschaftswesen, für diesen Kollektivismus geben. Ohne eine technische Revolution in der ganzen Art der Produktion – das heißt, ohne landwirtschaftliche Maschinen, ohne Wechselwirtschaft der Fruchtarten, ohne künstliche Düngung usw. – ist kein erfolgreiches und umfassendes Arbeiten in der Richtung auf ein wirkliches Genossenschaftswesen im Ackerbau möglich.

Genossenschaftliches Einkaufen und Verkaufen wird aber nur dann ein Weg zum Sozialismus sein, wenn 1. dieser Vorgang unter dem unmittelbaren wirtschaftlichen und politischen Einfluss der sozialistischen Elemente, besonders der Großindustrien und der Gewerkschaften, Platz greift, und wenn 2. dieser Vorgang des genossenschaftlichen Kaufens und Verkaufens in der Landwirtschaft allmählich auch zu einem genossenschaftlichen Wirtschaften selbst führt. Der Klassencharakter der ländlichen Genossenschaften wird nicht nur durch das numerische Gewicht der verschiedenen Gruppen der zusammenarbeitenden Bauernschaft, sondern viel stärker durch das relative ökonomische Gewicht derselben bestimmt. Es ist die Aufgabe der Partei, darauf zu achten, dass ackerbauliches Genossenschaftswesen eine wirkliche Union der armen und der mittleren Bauerngruppen darstellt, und eine Waffe in dem Kampf dieser Elemente gegen die wachsende wirtschaftliche Macht des Kulaks ist. Wir müssen planvoll und beharrlich das ländliche Proletariat auf den Weg des Aufbaus der Genossenschaften hindrängen.

Ein erfolgreicher genossenschaftlicher Aufbau lässt sich überhaupt nur auf der Grundlage einer möglichst großen Unabhängigkeit der zusammenarbeitenden Bevölkerung denken. Eine wirkliche Union der Genossenschaften mit den großen Industrien und dem proletarischen Staat verlangt eine geregelte Leitung der genossenschaftlichen Organisationen unter Ausschluss aller bürokratischen Regierungsmethoden.

Durch das unverkennbare Abweichen der Parteileitung von dem echten bolschewistischen Kurs auf dem Lande und ihr Bestreben, den wohlhabenden Bauern und den Kulak zu unterstützen, ist es mehr als jemals notwendig geworden, an die Worte unseres Parteiprogramms zu erinnern. Nach einer unzweideutigen Betonung der Wichtigkeit, die eine Union mit dem Mittelbauern für uns hat, stellt unser Programm klar und deutlich fest: »In ihrem ganzen Arbeiten auf dem Lande stützt sich die russische kommunistische Partei wie früher auf die proletarischen und halbproletarischen Bauernkräfte. Sie organisiert sie vor allem zu unabhängigen Kräften, indem sie Parteikerne in den Dörfern schafft, Organisationen der Armen, eine besondere Art von Gewerkschaften für die proletarischen und die halbproletarischen bürgerlichen Elemente usw.; indem sie sie durch alle nur möglichen Mittel mit dem städtischen Proletariat verbindet und sie dem Einfluss der bäuerlichen Bourgeoisie und der Kleinbesitzerinteressen entzieht.«

Staatsindustrie und der Aufbau des Sozialismus

Das Tempo der industriellen Entwicklung

»Die einzige materielle Grundlage für den Sozialismus,« sagt Lenin, »ist eine ausgedehnte Maschinenindustrie, die imstande ist, den Ackerbau neu zu gestalten.«

Die Grundbedingung für eine sozialistische Entwicklung auf der gegenwärtigen, vorbereitenden Stufe und in der nun einmal vorliegenden geschichtlichen Situation – einer Umschließung durch kapitalistische Staaten und einer Verlangsamung der Weltrevolution – ist ein genügend schnelles Tempo der Industrialisierung, um in naher Zukunft die Lösung wenigstens der folgenden Probleme zu sichern:

Die materielle Lage des Proletariats muss absolut und relativ gebessert werden (Vergrößerung der Zahl der beschäftigten Arbeiter, Herabsetzung der Zahl der Arbeitslosen, Verbesserung der materiellen Lage der arbeitenden Klasse und besonders eine den sanitären Anforderungen genügende Vergrößerung ihres Wohnraumes).

Die Arbeit in der Industrie, im Transportwesen und auf den elektrischen Stationen muss zum Mindesten im gleichen Maße mit den Bedürfnissen und den Hilfsquellen des ganzen Landes wachsen.

Die Landwirtschaft muss die Möglichkeit finden, allmählich zu einer höheren technischen Grundlage überzugehen und der Industrie einen wachsenden Zustrom von Rohmaterial zu sichern.

In der Entwicklung der produktiven Kräfte, in der Technik und in der Verbesserung der materiellen Bedingungen der Arbeiterklasse und der gedrückten Massen muss die Sowjetunion nicht mehr länger hinter den kapitalistischen Ländern zurückbleiben, sondern sie in naher Zukunft überflügeln.

Industrialisierung muss genügend stark sein, um die Verteidigung des Landes und besonders ein entsprechendes Wachsen der Kriegsindustrien zu garantieren.

Die sozialistischen, staatlichen und genossenschaftlichen Elemente müssen geflissentlich vermehrt werden, um vorsozialistische wirtschaftliche Elemente hinauszudrängen, andere zu unterwerfen oder umzuformen (die Kapitalisten und Vorkapitalisten).

Trotz unseres beträchtlichen Erfolges auf den Gebieten der Industrie, des Transports und der Elektrisierung ist die Entwicklung unserer Industrie noch weit von dem entfernt, was notwendig und möglich ist. Das augenblickliche Tempo der Industrialisierung und das für die kommenden Jahre angegebene Tempo sind offensichtlich einander nicht entsprechend.

Es gibt keine Politik, und es kann natürlich keine geben, die alle unsere Schwierigkeiten auf einen Schlag beseitigt, oder es uns gestattet, eine längere Periode planmäßiger Entwicklung unserer Industrie und Kultur zu überspringen. Aber gerade unsere Rückständigkeit in Industrie und Kultur verlangt eine außergewöhnliche Anspannung von Kräften und Mitteln, eine wirkliche und rechtzeitige Flüssigmachung unseres gesamten Wohlstandes, um das Land so schnell wie möglich zu industrialisieren. Das chronische Zurückbleiben der Industrie und ebenso des Transportwesens, der Elektrisierung und des Bauwesens hinter den Anforderungen und Bedürfnissen der Bevölkerung hält den ganzen Geschäftskreislauf des Landes wie in einem Schraubstock fest. Es beschneidet eine wirksame Gütererzeugung in der Landwirtschaft und ihren Export. Es beschränkt den Import auf sehr enge Grenzen, treibt Preise und Kosten der Produktion empor, verursacht die Schwankungen unseres Geldes und verlangsamt die Entwicklung der produktiven Kräfte. Es hält alle Verbesserung der materiellen Lage des Proletariats und der bäuerlichen Massen auf, führt zu einem beunruhigenden Anwachsen der Arbeitslosen und zu einer Verschlechterung der Lebensbedingungen. Es untergräbt die Einheit von Industrie und Landwirtschaft und schwächt die Verteidigungsfähigkeit des Landes.

Das unzulängliche Entwicklungstempo der Industrie führt auch wieder zu einer Verlangsamung der landwirtschaftlichen Entwicklung. Zu gleicher Zeit ist aber keine Industrialisierung möglich ohne ein entschiedenes Anwachsen der produktiven Kräfte der Landwirtschaft und der Quantität ihrer Gütererzeugung.

Preise

Die notwendige Beschleunigung des Industrieaufbaus ist unmöglich ohne eine planmäßige und entschlossene Herabsetzung der Produktionskosten und der Groß- und Kleinhandelspreise der Industrieerzeugnisse und ohne ihre Angleichung an die Weltmarktpreise. Nur hierdurch kann eine wirkliche Entwicklung unserer Arbeit zu einer höheren technischen Basis und eine bessere Befriedigung der Bedürfnisse der arbeitenden Masse herbeigeführt werden.

Es ist Zeit, endlich dem sinnlosen und unanständigen Geschwätz, die Opposition wolle die Preise erhöhen, ein Ende zu machen. Die Partei ist völlig einmütig in dem Wunsche, die Preise zu erniedrigen. Aber der Wunsch allein genügt nicht. Politik muss nicht nach der Absicht, sondern nach dem Ergebnis beurteilt werden. Das Ergebnis unseres augenblicklichen Bemühens um eine Senkung der Preise hat selbst prominente Mitglieder der herrschenden Gruppe dazu gebracht, die Frage zu erheben: Verlieren wir mit dieser Politik nicht große Geldsummen? »Wohin ist die Billion gegangen?«, fragte Bucharin im Januar dieses Jahres. »Was geschieht mit der Differenz zwischen Groß- und Kleinhandelspreisen?«, erkundigte sich Rudzutak, der nach ihm über das gleiche Thema sprach. Mit einem chronischen Warenmangel, mit einer vorübergehenden und ungeschickt bürokratischen Senkung der Engrospreise, die in der Mehrzahl der Fälle gar nicht bis zum Arbeiter und Bauern hinab dringt, verbindet sich ein Verlust von Hunderten von Millionen Rubeln für die Staatsindustrie. Der daraus folgende Unterschied zwischen Groß- und Kleinhandelspreisen ist, besonders im Privathandel, so gewaltig, dass er durchaus zu dem Plan berechtigt, einen Teil dieses Handelsgewinnes in den Händen der Staatsindustrie zurückzuhalten. Die unabweisliche Schlussfolgerung aus dem ganzen wirtschaftlichen Experiment der vergangenen Jahre ist die Forderung einer schnelleren Beseitigung dieser Missverhältnisse, eine Vergrößerung der Menge der Industriewaren, eine Beschleunigung des Tempos der industriellen Entwicklung. Dies ist der einzige Weg zu einer wirklichen Senkung der Groß- und Kleinhandelspreise und vor allem zu einer Senkung der Produktionskosten, welche, wenigstens im letzten Jahr, eher eine Neigung nach oben als nach unten gezeigt haben.

Der Fünfjahresplan des Ausschusses für Staatsunternehmungen (1926–1927 bis 1930–1931)

Die Frage des Fünfjahresplans der Entwicklung der öffentlichen Wirtschaft, der dem kommenden fünfzehnten Parteikongress vorliegt, sollte wirklich im Mittelpunkt der Aufmerksamkeit der Partei stehen. Dieser Fünfjahresplan ist bis jetzt nicht offiziell anerkannt und wird auch schwerlich in der gegenwärtigen Form anerkannt werden. Trotzdem gibt er einen gründlichen Ausblick auf die Ideen unserer jetzigen wirtschaftlichen Führer.

Die Kapitalanlagen in der Industrie werden nach diesem Plan in den nächsten Jahren nur wenig anwachsen (von 1142 Millionen im nächsten Jahr auf 1205 Millionen im Jahre 1931). Und im Verhältnis zu der gesamten in der nationalen Wirtschaft angelegten Summe werden sie von 36,4 Prozent auf 27,8 Prozent sinken. Die reinen Geldeinlagen in der Industrie des Staatshaushalts werden nach diesem Programm in den genannten Jahren von annähernd 200 Millionen auf 90 Millionen sinken. Von der Produktion wird angenommen, dass sie mit jedem Jahr um 4–9 Prozent über das vorhergehende Jahr ansteigt – ein Tempo des Anwachsens, wie es in kapitalistischen Ländern nur in Perioden starken Aufstiegs vorkommt. Die ungeheuern Vorteile, die in der Verstaatlichung des Bodens, der Produktionsmittel, der Banken und der zentralen Verwaltungsorgane liegen – also die ganzen aus der sozialistischen Revolution entspringenden Vorteile – finden im Fünfjahresplan kaum einen Ausdruck.

Der private Verbrauch von Industriegütern, der augenblicklich ganz armselig ist, soll während der fünf Jahre insgesamt nur um 12 Prozent steigen. Der Verbrauch von Baumwollfabrikaten, der im Jahre 1931 97 Prozent des Vorkriegsbetrages erreichen soll, wird dann noch fünfmal geringer als der Verbrauch in den Vereinigten Staaten im Jahre 1923 sein. Der Verbrauch in Kohlen wird siebenmal kleiner sein als der deutsche im Jahre 1926 und siebzehn Mal kleiner als der in den Vereinigten Staaten im Jahre 1923 sein. Der Verbrauch in Roheisen wird über viermal kleiner sein als der in Deutschland und elfundeinhalb Mal kleiner als der in den Vereinigten Staaten. Die Herstellung von elektrischer Energie wird dreimal geringer als in Deutschland, siebenmal geringer als in den Vereinigten Staaten sein. Der Verbrauch an Papier wird am Ende der fünf Jahre 83 Prozent des Vorkriegsbestandes betragen. Alles dieses, fünfzehn Jahre nach der Oktoberrevolution! Am Jahrestag der Oktoberrevolution einen solchen armseligen, durch und durch pessimistischen Plan einzubringen, das heißt wirklich gegen den Sozialismus arbeiten. Die durch den Fünfjahresplan vorgesehene Senkung der Kleinpreise um 17 Prozent wird, selbst wenn man sie durchsetzt, kaum einen Einfluss auf das Verhältnis unserer Preise und der Weltpreise haben, die zweiundeinhalb- bis dreimal geringer sind als die Unsrigen.

Aber selbst bei dieser unbeträchtlichen Preissenkung (die dazu bis jetzt nur ein Projekt ist) rechnet der Fünfjahresplan darauf, dass die Industriewaren nicht imstande sein werden, den möglichen finanziellen Bedarf des Landes von 400 Millionen Rubel im Jahr zu decken. Wenn man bedenkt, dass die augenblicklichen ungeheuerlichen Engrospreise im Verlaufe von fünf Jahren um 22 Prozent gesenkt werden sollen – eine mehr als bescheidene Senkung –, so würde das allein ein Fehlen von Waren im Betrage von einer ganzen Billion verursachen. Das Missverhältnis wird so erst recht erhalten bleiben und eine ständige Quelle des Anwachsens der Kleinverkaufspreise sein. Der Fünfjahresplan verspricht den Bauern für 1931 annähernd den Vorkriegsbetrag an Industriewaren zu einem eineinhalbmal höheren Preise. Dem Arbeiter in den großen Industrien verspricht er zum Ende der fünf Jahre eine Erhöhung der Nominallöhne um 33 Prozent, ohne die schlecht begründete Hoffnung auf Senkung der Preise in Betracht zu ziehen. Das Missverhältnis zwischen Angebot und Nachfrage soll nach dem Plan des staatswirtschaftlichen Ausschusses durch eine zweiundeinhalbfache Erhöhung der augenblicklich von den Arbeitern bezahlten Miete überwunden werden, was annähernd 400 Million Rubel im Jahr ausmachen würde. Indem die Beamten des wirtschaftlichen Ausschusses bei den bessergestellten Bevölkerungsschichten ein Übermaß an Kaufkraft bemerken, wollen sie diese Lage dadurch in Ordnung bringen, dass sie die realen Löhne der Arbeiter beschneiden. Es ist schwer zu glauben, dass eine solche Methode der Herstellung des Gleichgewichts auf dem Wirtschaftsmarkt von verantwortlichen Organen eines Arbeiterstaates vorgeschlagen wird! Diese ganze falsche Einstellung zwingt den Konsumenten mit

Gewalt dazu, einen Ausweg in der verhängnisvollen Richtung der Zerstörung des Monopols im ausländischen Handel zu suchen.

Die Anlage von sechs- bis siebentausend Werst neuer Schienenwege, die der Fünfjahresplan vorsieht – gegen vierzehntausend, um ein Beispiel zu nennen, die während der fünf Jahre von 1895–1900 errichtet wurden –, bedeutet eine gefährliche Verkürzung, nicht nur der Ausgaben für die sozialistische Industrialisierung, sondern auch der dringendsten wirtschaftlichen Bedürfnisse der Hauptprovinzen.

In dieser Weise, indem sie bald nach der einen, bald nach der andern Seite abweicht, sucht unsere Staatsverwaltung die wirtschaftliche Entwicklung zu fördern. Dies ist das wirkliche Bild der politischen Richtung unserer gegenwärtigen Führerschaft.

Die Sowjetunion und die internationale kapitalistische Wirtschaft

In dem langen Kampf zwischen zwei unversöhnlichen, feindlichen Wirtschaftssystemen – dem Kapitalismus und dem Sozialismus – wird das Ergebnis in letzter Hinsicht durch das Verhältnis der Fruchtbarkeit der Arbeit unter den beiden Systemen bestimmt. Diese aber wird nach den Marktbedingungen durch das Verhältnis zwischen unseren einheimischen und den Weltpreisen beurteilt. An diese wesentliche Tatsache dachte Lenin, als er in einer seiner letzten Reden die Partei vor der kommenden »Probe« warnte, »die uns durch den russischen Markt und den Weltmarkt auferlegt wird, der wir unterworfen und an die wir gebunden sind und von der wir uns nicht freimachen können.« Aus diesem Grunde ist die Idee Bucharins, dass wir uns in jedem Tempo, selbst in einem »Schildkrötentempo«, nach dem Sozialismus hin entwickeln könnten, nichts als eine kleinbürgerliche Spielerei.

Wir können uns nicht vor der kapitalistischen Umgebung unter einer ausschließlich nationalen Wirtschaft verstecken. Gerade wegen ihrer Abschließung würde eine solche Wirtschaft sich nur in einem unendlich langsamen Tempo entwickeln können und infolgedessen nicht einem geschwächten, sondern einem verstärkten Druck sowohl der kapitalistischen Armeen und Flotten (der Intervention), als auch vor allem der billigen kapitalistischen Waren ausgesetzt sein.

Das Monopol des Auslandshandels ist eine notwendige Waffe für das Lebendigbleiben einer sozialistischen Entwicklung, solange die kapitalistischen Länder eine höhere Technik besitzen. Aber die jetzt in der Bildung begriffene sozialistische Wirtschaft kann dieses Monopol nur verteidigen, wenn sie sich ständig der Weltwirtschaft in der Technik, in den Produktionskosten, in der Qualität und den Preisen ihrer Produkte annähert. Das Ziel der wirtschaftlichen Führerschaft sollte nicht eine abgeschlossene, sich selbst genügende Wirtschaft sein, die zu einer unvermeidlichen Senkung ihres Niveaus und ihres Entwicklungstempos kommen muss, sondern ganz im Gegenteil – ein allseitiges Anwachsen unserer relativen Bedeutung im Weltsystem, eingeleitet durch eine möglichst hohe Beschleunigung dieses Tempos.

Hierzu ist notwendig: 1. Die ungeheure Bedeutung unseres Exports zu verstehen, der jetzt in so gefährlicher Weise hinter unserer gesamten Industrieentwicklung zurückbleibt. (Der Anteil der Sowjetunion am gesamten Umsatz des Welthandels hat sich vermindert von 4,22 Prozent im Jahre 1913 auf 0,97 Prozent im Jahre 1926.) 2. Besonders unsere Politik dem Kulak gegenüber zu verändern, die es ihm ermöglicht, unseren sozialistischen Export durch ungesetzliches Anhäufen von Rohprodukten zu untergraben. 3. Unsere Verbindungen mit der Weltwirtschaft zu stärken durch eine umfassende Beschleunigung der Industrialisierung und der Stärkung der sozialistischen Elemente gegenüber den kapitalistischen Elementen in unserer Wirtschaft; unsere begrenzten Kräfte allmählich und nach wohlerwogenem Plan zu einer neuen Produktionsform hinzuleiten, die uns zunächst einmal einen Massenertrag der notwendigsten und nützlichsten Maschinen sichert.

Wenn wir unsere Hoffnung auf eine isolierte sozialistische Entwicklung und auf ein von der Weltwirtschaft unabhängiges Tempo setzen, so fälschen wir damit die ganze Perspektive. Unsere Wirtschaftsführung kommt damit aus dem richtigen Geleise und verliert die leitenden Fäden zu einer günstigen Regelung unserer weltwirtschaftlichen Beziehungen. Wir können gar nicht mehr entscheiden, was wir selbst fabrizieren und was wir aus dem Auslande einführen sollen. Eine entschlossene Abkehr von der Theorie einer isolierten sozialistischen Wirtschaft führt im Verlauf weniger Jahre zu einer unvergleichlich schnelleren Ausnutzung unserer Hilfskräfte, zu einer schnelleren Industrieentwicklung, zu einem planvollen und starken Anwachsen unserer eigenen Maschinenerzeugung. Sie führt auch zu einer schnelleren Vermehrung der Zahl der beschäftigten Arbeiter und zu einer wirklichen Senkung der Preise – mit einem Wort, zu einer wahren Stärkung der Sowjetunion in der kapitalistischen Umgebung.

Wird aber das Anwachsen der Verbindungen mit dem Weltkapitalismus nicht zu einer Gefahr im Falle einer Blockade und eines Krieges führen? Die Antwort auf diese Frage geht aus allem bereits Gesagten hervor:

Die Vorbereitung zum Kriege verlangt natürlich die Schaffung einer Reserve an ausländischem Rohmaterial, soweit dies für uns und für die schnelle Entwicklung lebenswichtiger Industrien – wie z. B. der Produktion von Aluminium usw. – nötig ist. Aber die wichtigste Sache im Falle eines sich lange hinziehenden und ernsthaften Krieges ist doch der Besitz einer eigenen, möglichst hoch entwickelten Industrie, die sowohl zur Massenproduktion wie zur schnellen Umstellung von einer Produktionsart in die andere befähigt ist. Die jüngste Vergangenheit hat gezeigt, dass ein so hoch entwickeltes Industrieland wie Deutschland, das mit tausend Fäden an den Weltmarkt gebunden war, eine riesenhafte Lebenskraft und Widerstandsfähigkeit entwickeln konnte, als Krieg und Blockade es auf einen Schlag von der ganzen Welt abschnitten.

Wenn wir, gestützt auf die unvergleichlichen Vorteile unserer wirtschaftlichen Struktur, jetzt den Weltmarkt dazu benutzen, um unsere industrielle Entwicklung zu beschleunigen, so werden wir einer späteren Blockade oder einer Intervention unvergleichlich besser vorbereitet und besser gewaffnet gegenübertreten.

Keine innere Politik kann uns durch sich von der wirtschaftlichen, politischen und militärischen Gefahr der kapitalistischen Einkreisung befreien. Das innerpolitische Problem besteht darin, durch eine wirkliche Klassenpolitik, durch eine wirkliche Verbindung der Arbeiter und Bauern uns so stark zu machen, dass wir soweit wie möglich auf dem Wege zum sozialistischen Aufbau vorwärtsschreiten können. Die inneren Hilfsquellen der Sowjetunion sind gewaltig und machen dies durchaus möglich. Indem wir den weltkapitalistischen Markt zu diesem Zwecke benutzen, verbinden wir unsere grundlegenden historischen Berechnungen mit der kommenden Entwicklung der proletarischen Weltrevolution. Ihr Sieg in verschiedenen führenden Ländern wird den Ring der kapitalistischen Einkreisung zerbrechen und uns von unserer schweren militärischen Last befreien. Sie wird uns gewaltig auf dem Gebiete der Technik stärken, unsere ganze Entwicklung in der Stadt und auf dem Lande, in den Fabriken und Schulen beschleunigen. Sie wird uns die Möglichkeit geben, wirklichen Sozialismus zu schaffen – das heißt eine klassenfreie Gesellschaft, aufgebaut auf einer höchst entwickelten Technik und auf einer wirklichen Gleichheit aller ihrer Mitglieder in der Arbeit und im Genuss der Arbeitsprodukte.

Wo finden wir die Mittel?

Auf die Frage, wo wir die Mittel finden sollen zu einer kühneren und mehr revolutionären Lösung des Problems einer wirklichen Industrialisierung und einer schnelleren Entwicklung der Kultur der Massen – zweier Fragen, von deren Lösung das Schicksal der sozialistischen Diktatur abhängt – antwortet die Opposition Folgendes:

Das Hauptmittel findet sich in einer Neuverteilung des nationalen Einkommens durch eine richtige Verwendung des Etats, des Kredits und der Preise. Ein weiteres Mittel findet sich in einer richtigen Ausnutzung unserer Verbindungen mit der Weltwirtschaft.

Nach dem Fünfjahresplan soll sich der staatliche und lokale Etat in fünf Jahren von 6 auf 8,9 Billionen Rubel steigern und 1931 16 Prozent des allgemeinen Einkommens betragen. Dieses wird ein kleinerer Teil des allgemeinen Einkommens sein, als in dem zaristischen Vorkriegsetat, wo er 18 Prozent betrug. Der Etat in einem Arbeiterstaate könnte nicht nur, sondern er sollte einen größeren Platz im allgemeinen Einkommen einnehmen, als ein bürgerlicher Etat. Natürlich setzt das voraus, dass er ein wirklich sozialistischer ist und neben wachsenden Ausgaben für Volkserziehung unvergleichlich größere Summen für die Industrialisierung des Landes auswirft. Allein für die Zwecke dieser Industrialisierung sollte der Etat im Verlaufe der bevorstehenden fünf Jahre auf 500 bis 1000 Millionen im Jahr kommen.

Das Steuersystem hält nicht Schritt mit der Vermögensansammlung in den oberen Schichten der Bauern und der neuen Bourgeoisie im Allgemeinen. Es ist daher notwendig, alle Arten von übermäßigem Verdienst aus Privatunternehmungen mit einem Steuerbetrage von nicht weniger als 150–200 Millionen Rubel, anstatt der gegenwärtigen 5 Millionen, zu belegen. Um unseren Export zu stärken, sollten bei den wohlhabenden Kulakschichten, die ungefähr 10 Prozent der bäuerlichen Besitzungen ausmachen, nicht weniger als 150 Millionen Pud Getreide gesammelt werden. Die Einsammlung sollte auf ihren Lagern, die 1926–1927 800–900 Millionen Pud enthielten und sich zum größten Teil in den Händen der oberen Bauernschichten befanden, in Form einer Anleihe vor sich gehen.

Es ist notwendig, wirklich eine entschiedene Politik wohldurchdachter und entschlossener Herabsetzung der Groß- und Kleinhandelspreise und einer Verminderung der Differenz zwischen ihnen durchzuführen. Und zwar muss dieses so geschehen, dass die Preisherabsetzung vor allem Objekte des ausgedehntesten Bedarfs unter den Arbeitern und Bauern trifft. (Es muss dies ohne die jetzt übliche Verschlechterung der Qualität, die schon schlimm genug ist, geschehen.) Diese Preissenkung sollte nicht die Staatsindustrie der notwendigen Reserven berauben, sondern sie sollte hauptsächlich dadurch ausgeführt werden, dass man die Warenmenge vergrößert, die Produktionskosten vermindert, die »unvorhergesehenen« Ausgaben verringert und den bürokratischen Apparat beschneidet. Eine elastischere Politik der Preissenkung, die sich bis in Einzelheiten hinein mehr den Marktbedingungen anpasst, würde in den Händen der Staatsindustrie riesige Summen zurückhalten, durch die jetzt Privatkapital und Handelsschmarotzertum im Allgemeinen genährt werden.

Die Wirtschaftsleitung, die nach dem letzten Jahresmanifest Stalins und Rykows 300–400 Millionen Rubel im Jahr erzielen sollte, hat tatsächlich ganz unzulängliche Ergebnisse gezeigt. Eine Wirtschaftsleitung ist eine Sache der Klassenpolitik und kann nur unter direktem Druck durch die Masse durchgeführt werden. Die Arbeiter müssen den Mut haben, diesen Druck auszuüben. Es ist durchaus möglich, die nicht produktiven Ausgaben um 400 Millionen Rubel im Jahr zu senken.

Ein geschickter Gebrauch solcher Waffen, wie es das Monopol des ausländischen Handels, des ausländischen Kredits, der Konzessionen, der Verträge zur Beschaffung technischer Hilfe usw. sind, wird ergänzende Einnahmen liefern. Er wird auch in hohem Maße den Nutzen unserer eigenen Ausgaben vermehren, die ganze Art unserer Entwicklung mit einer neuen Technik befruchten und sie beschleunigen, um so unsere wirkliche sozialistische Unabhängigkeit gegenüber einer kapitalistischen Umgebung zu stärken.

Das Problem der Auswahl des Personals – und zwar von unten an bis zur höchsten Spitze – und ihrer Beziehungen zueinander ist bis zu einem gewissen Grade ein finanzielles Problem. Je schlechter das Personal ist, desto mehr Kapital verschlingt es. Eine bürokratische Leitung will von einem guten Personal und richtigen Verhältnissen darin nichts wissen.

Das bürokratische Aktensystem unserer gegenwärtigen wirtschaftlichen Leitung führt in der Praxis zum Verlust von vielen zehn Millionen. Es ist das der Preis, den wir für mangelnde Vorsorge, Uneinigkeit, kleinliche Engherzigkeit und ewiges Verschleppen bezahlen.

Steuereingänge allein können nicht die unaufhörlich wachsenden Anforderungen unserer öffentlichen Wirtschaft decken. Kredite müssen immer mehr ein wichtiger Hebel bei der Verteilung des öffentlichen Einkommens werden – natürlich in den Linien eines sozialistischen Aufbaues, der eine feste Valuta und einen gesunden Geldumlauf braucht.

Eine entschlossenere Klassenpolitik in unserer Wirtschaft, die die Grenzen von Spekulation und Wucher einengt, würde es der Regierung und den Kreditbehörden leichter machen, private Güteransammlungen in Umlauf zu bringen. Sie würde eine unvergleichlich weitergehende Finanzierung der Industrie durch langfristige Kredite ermöglichen.

Der staatliche Verkauf von Wodka wurde anfangs als ein Versuch und in der Absicht begonnen, das dadurch einkommende Geld in der Hauptsache zur Industrialisierung, und zwar zunächst für die Metallindustrie zu verwenden. In Wirklichkeit hat die Industrialisierung durch den staatlichen Verkauf von Wodka nur an Boden verloren. Es ist notwendig, anzuerkennen, dass das Experiment vollständig versagt hat. Unter einer Sowjetverfassung ist der staatliche Wodkaverkauf nicht nur, wie unter dem Zarismus, ein Nachteil vom Standpunkte der Privatindustrie aus, sondern auch in der Hauptsache ein Nachteil vom Standpunkte der Staatsindustrie aus. Die Vermehrung von Tagen, an denen nicht gearbeitet wird, nachlässige Art der Arbeit, mangelhafte Erzeugnisse, zerbrochene Maschinen, häufigere Betriebsunfälle, Feuersbrünste, Schlägereien, Beleidigungen usw. – der Schaden aller solcher Dinge beträgt Hunderte von Millionen Rubel im Jahr. Die Staatsindustrie verliert durch den Wodka nicht weniger als der Etat durch ihn einnimmt, sie verliert aber unendlich viel mehr durch ihn, als sie in Wirklichkeit vom Etat bekommt. Die Abschaffung des staatlichen Wodkaverkaufs zu einem möglichst nahen Termin (in zwei bis drei Jahren) wird ganz von selbst die materiellen und geistigen Hilfsquellen der Industrieentwicklung vergrößern.

So lautet die Antwort auf die Frage: Wo finden wir die Mittel? Es ist nicht wahr, dass das langsame Tempo der Industrialisierung unmittelbar aus dem Mangel an Mitteln entspringt. Die Mittel sind gering, aber sie existieren. Das Richtige ist, herauszufinden, was nottut.

Der Fünfjahresplan des Ausschusses für Staatsunternehmungen sollte mit aller Entschiedenheit abgelehnt und als durchaus unvereinbar mit dem Bestreben, »das Russland der Privatindustrie, der Nep, in ein sozialistisches Russland umzuwandeln«, verworfen werden. Wir müssen zu einer tatsächlichen Neuverteilung der Steuerlasten auf die einzelnen Klassen kommen – indem wir sie dem Kulak und dem Nepmann, dem reichen Bauern und dem Privatkapitalisten, aufladen und die Arbeiter und Armen entlasten.

Wir müssen die relative Last der indirekten Steuern vermindern. Wir müssen in naher Zukunft den Wodkaverkauf beseitigen.

Wir müssen die Finanzen des Eisenbahntransportdienstes in Ordnung bringen.

Wir müssen die Finanzen der Staatsindustrie in Ordnung bringen.

Wir müssen die Verhältnisse in der vernachlässigten Forstindustrie, die eine Quelle eines immensen Einkommens werden könnte und sollte, zur Gesundung bringen.

Wir müssen die unbedingte Stabilität unserer Geldeinheit, des Chervonetz, garantieren. Diese Stabilisierung verlangt auf der einen Seite eine Senkung der Preise und auf der anderen Seite einen Etat ohne Defizit. Die Ausgabe von Papiergeld, um ein Etatdefizit zu decken, darf nicht gestattet sein.

Wir müssen einen wirklich planmäßig ausgearbeiteten Etat haben, ohne Defizit, der streng und unerbittlich alle Schönfärbereien und dergleichen ausschließt.

In dem Etatsjahr 1927– 1928 müssen wir die Ausgaben für Landesverteidigung (zunächst für die Kriegsindustrie), für Industrie im Allgemeinen, für Elektrisierung, für Transportwesen, für Wohnungsbau, für Maßnahmen, die zur Genossenschaftsbildung in der Landwirtschaft führen, beträchtlich vermehren.

Wir müssen allen Versuchen, an dem Monopol für den auswärtigen Handel zu rütteln, entschiedenen Widerstand entgegensetzen.

Wir müssen einen festen Kurs einschlagen in der Richtung auf Industrialisierung, Elektrisierung und Rationalisierung und uns dabei auf das Anwachsen der technischen Kräfte und auf eine Verbesserung der materiellen Lage der Massen stützen.

Die Sowjets

Der bürokratische Apparat jedes bürgerlichen Staates erhebt sich über die Bevölkerung und befestigt seine Herrschaft, indem er der regierenden Klasse in ihrem gegenseitigen Zusammenhalten hilft und den Massen Furcht und Untertänigkeit gegenüber den Herrschenden predigt. Als die Oktoberrevolution die alte Staatsmaschine durch die Arbeiter-, Bauern- und Soldatensowjets, durch das Rätesystem, ersetzte, hat sie dem alten Idol des bürokratischen Staates den schwersten Schlag in der Geschichte versetzt.

Unser Parteiprogramm sagt über diese Frage:

»In dem erbitterten Kampfe, den die russische kommunistische Partei gegen den Bürokratismus begonnen hat, empfiehlt sie zur vollständigen Überwindung dieses Übels folgende Maßnahmen: 1. Die obligatorische Eingliederung jedes Mitgliedes der Sowjets in eine bestimmte Arbeit in der Staatsverwaltung. 2. Einen fortwährenden Wechsel in diesen Tätigkeiten, sodass jedes Mitglied nach und nach an allen Teilen der Verwaltung Anteil nimmt. 3. Eine allmähliche Einbeziehung der ganzen arbeitenden Bevölkerung bis zum letzten Mann in die Arbeit der Staatsverwaltung. Durch eine wirkliche und allseitige Ausführung dieser Maßnahmen – die ein weiterer Schritt auf dem Wege sind, den einst die Pariser Kommune zuerst betreten hat – wird eine Vereinfachung der Verwaltungstätigkeit und eine allgemeine Erhebung der kulturellen Lage der Arbeiter herbeigeführt.«

Das Problem einer Sowjetbürokratie ist nicht nur eine Frage von roten Litzen und einem angeschwollenen amtlichen Apparat. Im Grunde ist es eine Frage der Klassenrolle, die die Bürokratie spielt, ihrer sozialen Bindungen und Sympathien, ihrer Macht und privilegierten Stellung, ihres Verhältnisses zu dem Nepmann und dem ungelernten Arbeiter, zu der Intelligenz und zu den Analphabeten, zu der Frau der Sowjet-»Exzellenz« und der unwissendsten Bauernfrau usw. Auf welcher Seite steht der Beamte? Dies ist die Grundfrage, die jeden Tag von Millionen Arbeitern durch die Erfahrungen des Alltagslebens geprüft wird.

Am Vorabend der Oktoberrevolution hat Lenin mit einem Hinweis auf die Marxsche Analyse der Pariser Kommune entschieden die Ansicht betont, dass »unter einer sozialistischen Verwaltung die Menschen aufhören werden, Bürokraten zu sein, ›Chinowniks‹ zu sein. Sie werden insoweit aufhören, es zu sein, als wir nicht nur das Wahlprinzip bei ihnen einführen, sondern auch die Absetzung, den Grundsatz einer Bezahlung nach dem Durchschnittslohn der Arbeiter und schließlich die Ersetzung parlamentarischer Institute durch arbeitende Institute, das heißt durch solche, die Gesetze geben und sie dann auch in die Wirklichkeit umsetzen.«

In welcher Richtung entwickelt sich der Apparat des Sowjetstaates seit einigen Jahren? In der Richtung einer Vereinfachung und der Herabsetzung der Kosten? Der Proletarisierung? Nähert er sich den arbeitenden Massen in Stadt und Land? Verringert er den Abgrund zwischen den Herrschenden und den Beherrschten? Wie stehen die Dinge in Bezug auf eine Durchführung größerer Gleichheit in den Lebensbedingungen? Machen wir auf diesem Gebiete Fortschritte? Es ist ganz klar, dass man auf keine einzige dieser Fragen eine bejahende Antwort geben kann. (Man braucht natürlich nicht erst zu erwähnen, dass eine tatsächliche und vollständige Gleichheit nur durch die Zerstörung der Klassen erreicht werden kann.)

In der Epoche der Nep, der Möglichkeit einer neuen Privatwirtschaft, ist die Erzielung einer Gleichheit behindert und hinausgeschoben, aber sie ist nicht unmöglich. Für uns ist die Nep nicht ein Weg zum Kapitalismus, sondern ein Weg zum Sozialismus. Darum bleibt die allmähliche Einbeziehung der ganzen arbeitenden Bevölkerung bis zum letzten Mann in das System der Staatsverwaltung, der planmäßige Kampf um eine größere Gleichheit, unter der Nep eine der wichtigsten Aufgaben der Partei. Dieser Kampf kann nur auf der Grundlage einer wachsenden Industrialisierung des Landes und einer Zunahme der Herrschaft des Proletariats in allen Zweigen des materiellen und kulturellen Aufbaus erfolgreich sein. Dieser Kampf um eine größere Gleichheit schließt in der Übergangsperiode eine höhere Bezahlung der gelernten Arbeiter, eine Hebung der materiellen Lage der Spezialisten, keineswegs aus. Ebenso wenig schließt er für Lehrer und dergleichen eine bessere Bezahlung aus, als sie in den bürgerlichen Staaten üblich ist.

Man muss bedenken, dass die Armee der Beamten in diesen letzten Jahren beständig an Zahl zugenommen hat. Die Beamten konsolidieren sich, erheben sich über die allgemeine Bevölkerung und verweben sich mit den wohlhabenderen Elementen in Stadt und Land. Die Erlasse von 1925, durch die unzählige ausbeutende Elemente Wahlrecht bekamen, waren nur ein klarer Ausdruck der Tatsache, dass der bürokratische Apparat bis zu seiner Spitze hinauf dem beharrlichen Drucke der wohlhabenden, kapitalansammelnden Elemente der Allgemeinheit zu erliegen beginnt. Die Aufhebung dieser Instruktionen – die tatsächlich eine Verletzung der Sowjetverfassung waren – geschah nur infolge der Kritik der Opposition. Aber die erste Wahl unter den neuen Instruktionen hat schon in einer Anzahl von Ortschaften ein von oben ermutigtes Bestreben gezeigt, die Erwerbung des Wahlrechts in den wohlhabenden Gruppen zu erleichtern. Doch nicht hierin liegt der Kernpunkt dieser Frage. Unter dem fortwährenden Anwachsen der neuen Bourgeoisie und des Kulaks und ihrer Annäherung an die Bürokratie, wie sie der falsche Kurs unserer Führerschaft mit sich bringt, bleiben der Kulak und der Nepmann, selbst wenn sie der Wahlrechte beraubt sind, doch imstande, den Verwaltungsstab und die Politik, zum Mindesten der unteren Sowjetorgane, zu beeinflussen, obgleich sie sich dabei selbst hinter der Szene halten.

Die Durchdringung der Sowjets mit den unteren Kulakelementen und dem städtischen Bürgertum, die 1925 begann und zum Teil wieder infolge der Angriffe der Opposition zum Halt gebracht wurde, ist ein tief gehender Prozess, dessen Ignorierung oder Vertuschung die proletarische Diktatur mit sehr schlimmen Folgen bedrohen würde.

Die Stadtsowjets, das Hauptmittel, um die Arbeiter und die unteren Massen bis zum letzten Mann an die Aufgaben der Staatsverwaltung heranzubringen, haben in diesen letzten Jahren jede Bedeutung verloren. Dies ist der Ausdruck für eine unzweifelhafte Verschiebung des Verhältnisses der Klassenkräfte zum Nachteil des Proletariats. Man kann solche Erscheinungen nicht einfach durch eine von oben herab angeordnete behördliche »Neubelebung« überwinden. Man kann ihnen nur durch eine feste Klassenpolitik entgegentreten – durch einen entschiedenen Kampf gegen die neuen Ausbeuter und eine stärkere Betätigung und Bewertung des Proletariats in allen Einrichtungen und Organen des Sowjetstaates ohne Ausnahme.

Die »Theorie« Molotows, wir könnten nicht ein Heranziehen des Arbeiters an den Staat und des Staates an den Arbeiter fordern, weil ja der Staat schon in sich ein Arbeiterstaat sei, ist die boshafteste bürokratische Formel, die man sich vorstellen kann. Sie sanktioniert von vornherein jede nur mögliche bürokratische Verschlechterung. Jede Kritik einer solchen antileninistischen Theorie – einer Theorie, die die offene oder geheime Sympathie breiter Kreise des Sowjetbeamtentums genießt – wird unter der gegenwärtigen Führerschaft als eine sozialdemokratische Ketzerei bezeichnet. Aber eine schroffe Verurteilung dieser und aller ähnlichen Theorien ist eine unumgängliche Bedingung für jeden wirklichen Kampf gegen bürokratische Übel. Ein solcher Kampf besteht nicht einfach darin, eine bestimmte Anzahl von Arbeitern zu Beamten zu machen. Er besteht darin, den gesamten staatlichen Apparat mit seiner ganzen täglichen Arbeit an die Arbeiter und die ärmeren Bauern heranzubringen.

Der augenblickliche behördliche Kampf gegen den Bürokratismus, der nicht auf der Klassentätigkeit der Arbeiter beruht, sondern diese durch eine Tätigkeit des Apparates selbst zu ersetzen sucht, wird und kann keine durchgreifenden Resultate ergeben. In vielen Fällen wird er sogar den bestehenden Bürokratismus fördern und verstärken.

Im inneren Leben der Sowjets kann man auch in den letzten Jahren eine Reihe von durchaus reaktionären Prozessen beobachten. Die Sowjets haben immer weniger und weniger mit der Entscheidung wichtiger politischer, wirtschaftlicher und kultureller Fragen zu tun. Sie werden immer mehr zu Anhängseln der Exekutivausschüsse und des Präsidiums. Die eigentliche Regierung konzentriert sich vollständig in der Hand dieses Präsidiums. Die Diskussion über Probleme auf den großen Sowjetversammlungen sind bloße Scheindiskussionen. Zu gleicher Zeit wird die Periode zwischen den Wahlen der Sowjetorgane verlängert, und die Unabhängigkeit dieser Organe von der Masse der Arbeiter dadurch verstärkt. Alles dieses vermehrt in hohem Maße den Einfluss der behördlichen Elemente auf die Entscheidung aller Fragen.

Die Leitung von riesigen Abteilungen der städtischen Wirtschaft liegt oft in der Hand von einem oder von zwei Kommunisten, die sich ihren eigenen Stab und ihre eigenen Spezialisten wählen und manchmal ganz von ihnen abhängig werden. Es ist keine richtige Heranbildung der Sowjetmitglieder vorhanden. Sie lernen nicht die Arbeit vom Boden bis zur Spitze hinauf kennen. Daher kommt die fortwährende Klage über den Mangel an erfahrenen Arbeitern im Sowjetapparat. Daher auch das noch immer zunehmende Abgeben der Macht an das Beamtentum.

Die gewählten Führer und Leiter auf wichtigen Gebieten der Sowjetarbeit werden beim ersten Konflikt mit dem Präsidenten des Sowjets entfernt. Sie werden noch schneller im Fall eines Konflikts mit dem Sekretär des Provinzausschusses der Partei entfernt. Infolgedessen ist das Wahlprinzip zu völliger Bedeutungslosigkeit herabgesunken, und die Verantwortlichkeit gegenüber den Wählern verliert jeden Sinn.

Es ist notwendig:

Eine feste Politik des Kampfes gegen das Beamtentum zu unternehmen, diesen Kampf durchzuführen, wie Lenin es getan hätte, nämlich ihn zu einem wirklichen Krieg zu machen gegen die Ausbeutungsbestrebungen der neuen Bourgeoisie und des Kulak durch eine ständige Entwicklung der Arbeiterdemokratie in der Partei, in den Gewerkschaften und in den Sowjets.

Das Programm anzunehmen, den Arbeiter, den Tagelöhner, den armen und mittleren Bauern – gegen den Kulak – in engen Kontakt mit dem Staat zu bringen, und den ganzen Staatsapparat bedingungslos den Lebensinteressen der arbeitenden Massen dienstbar zu machen.

Als Grundlage für eine Neubelebung der Sowjets die Klassentätigkeit der Arbeiter, der Tagelöhner, der armen und mittleren Bauern zu heben.

Die Stadtsowjets in wirkliche Organe proletarischer Macht und in Werkzeuge zur Einführung der breiten Massen in die Regierungsarbeit des sozialistischen Unternehmens umzuwandeln – die Kontrolle der Stadtsowjets über die Arbeit der provinzialen Vollzugsausschüsse und der ihnen unterstellten Organe wirklich und nicht nur in Worten in die Tat umzusetzen.

Ein für alle Mal mit der Entfernung gewählter Sowjetbeamter aufzuhören, ausgenommen, wenn eine wirkliche und unbedingte Notwendigkeit vorliegt, in welchem Falle aber der Grund den Wählern klar gemacht werden müsste.

Wir müssen es dahin bringen, dass der rückständigste ungelernte Arbeiter und die unwissendste Bauernfrau durch eigene Erfahrung überzeugt werden, dass sie in jedem beliebigen staatlichen Institut Aufmerksamkeit, Rat und alle mögliche Hilfe finden.

Die nationale Frage

Die Verlangsamung des allgemeinen Tempos der sozialistischen Entwicklung; das Anwachsen der neuen Bourgeoisie in Stadt und Land; die Stärkung der bürgerlichen Intelligenzschichten; die Vermehrung des Bürokratismus in den staatlichen Organen; die schlechte Parteileitung; und in Verbindung mit alledem das Anschwellen eines Großmachtchauvinismus und ein nationalistisches Denken im Allgemeinen – alles dieses findet seinen höchst ungesunden Ausdruck in dem Problem der Nationalitäten und der autonomen Republiken innerhalb der Sowjetunion. Die Schwierigkeiten verdoppeln sich dadurch, dass in einigen dieser Republiken noch Überreste einer vorkapitalistischen Kultur vorhanden sind.

Unter der neuen Wirtschaftspolitik verstärkt sich die Rolle des Privatkapitals mit besonderer Schnelligkeit in den industriell rückständigen Grenzgebieten. Hier verlassen sich die wirtschaftlichen Organe oftmals ganz und gar auf die Privatkapitalisten. Sie setzen Preise fest, ohne die wirkliche Lage der armen und mittleren Bauernmassen zu beachten. Sie senken künstlich die Löhne der ländlichen Arbeiter. Sie verbreiten maßlos das System privater Vermittlungsagenturen zwischen den Industrien und den Bauern, die Rohmaterial brauchen. Sie leiten die Genossenschaften in die Richtung größerer Dienstleistungen gegenüber den reichen Schichten in den Dörfern. Sie vernachlässigen die Interessen jener besonders rückständigen Gruppe, der Viehzüchter und Kleinviehzüchter. Die wichtigste Aufgabe – die Durchführung einer planmäßigen Industrieentfaltung, besonders in der Bearbeitung ländlicher Rohprodukte – bleibt vollständig im Hintergrund.

Bürokratismus, gestützt auf Großmachtchauvinismus, hat es dahin gebracht, die Sowjetzentralisierung zu einer Quelle von Streitereien über die Verteilung von behördlichen Stellen unter den Nationalitäten zu machen (die südkaukasische Föderation). Er hat die Beziehungen zwischen dem Zentrum und den Grenzbezirken verdorben. Er hat ganz unbestreitbar den Begriff des Sowjets der Nationalitäten zu einem Nichts herabgesetzt. Er hat die bürokratische Bevormundung der autonomen Republiken soweit gebracht, dass diese nicht einmal mehr das Recht haben, Landstreitigkeiten zwischen der eingeborenen und der russischen

Bevölkerung zu entscheiden. Bis zum heutigen Tage bleibt dieser Großmachtchauvinismus, besonders wie er sich durch den Regierungsapparat ausdrückt, der Hauptgegner eines Zusammenrückens und Verschmelzens der Arbeiter verschiedener Nationalitäten.

Eine wirkliche Unterstützung der Armen, ein engeres Band zwischen den mittleren Bauern, den armen Bauern und den Landarbeitern, eine Organisierung der letzteren zu einer unabhängigen Klassenmacht – alles dieses ist von besonderer Wichtigkeit in den nationalen Territorien und Republiken. Ohne eine wirkliche Organisation der Landarbeiter, ohne genossenschaftliche und organisatorische Zusammenfassung der Armen, laufen wir Gefahr, unsere rückständigen östlichen Regionen in ihrem herkömmlichen Zustand der Sklaverei zu lassen und unsere Parteizentren in diesen Regionen ganz der ehrlichen Mitglieder aus den unteren Klassen zu berauben.

Es sollte die Aufgabe der Kommunisten im Bereich der mehr rückständigen oder gerade erwachenden Nationalitäten sein, den Prozess des nationalen Erwachens in sowjetsozialistische Kanäle zu leiten. Wir sollten die arbeitende Masse für das wirtschaftliche und kulturelle Werk des Aufbaus heranziehen, besonders durch die Entwicklung der lokalen Sprachen und Schulen und durch Nationalisierung des Sowjetapparates.

In Regionen, in denen eine Reibung mit andern Nationalitäten oder nationalen Minderheiten herrscht, wird der Nationalismus, wenn er von einem Anwachsen bürgerlicher Elemente begleitet ist, oft ganz aggressiv. In solchen Fällen wird die Nationalisierung meist auf Kosten der nationalen Minderheiten durchgeführt. Grenzfragen werden zu einer Quelle nationalen Grolls. Die Atmosphäre in der Arbeit der Partei, des Sowjet und der Gewerkschaften ist dann durch Nationalismus vergiftet.

Ukrainisierung, Türkisierung usw. kann auf richtige Weise nur nach Ausrottung der bürokratischen Bestrebungen und Großmachtneigungen in den Einrichtungen und Organen der Union durchgeführt werden. Sie kann nur dann in richtiger Weise fortschreiten, wenn die beherrschende Rolle des Proletariats in der nationalen Republik gewahrt bleibt, wenn wir uns auf die unteren Klassen stützen und einen unaufhörlichen und unerbittlichen Kampf gegen den Kulak und die chauvinistischen Elemente führen.

Diese Fragen sind besonders wichtig in solchen industriellen Zentren, wie der Donniederung oder in Baku, deren proletarische Bevölkerung in ihrer breiten Masse eine andere Nationalität hat, als das umgebende Land. In diesen Fällen verlangt eine richtige kulturelle und politische Beziehung zwischen Stadt und Land ein besonders aufmerksames und echt brüderliches Achten der Städte auf die materiellen und geistigen Bedürfnisse des andersgearteten Landes, ferner einen entschlossenen Widerstand gegen jeden bürgerlichen Versuch, zwischen

Stadt und Land durch bürokratische Anmaßung gegenüber den ländlichen Bezirken, oder durch den reaktionären Hass des Kulak gegen die Stadt einen Keil zu treiben.

Unsere bürokratische Regierung überlässt die Rolle, eine oberflächliche Schein-»Nationalisierung« vorzutäuschen, ganz den Beamten, Ingenieuren und kleinbürgerlichen Lehrern, die durch unzählige wirtschaftliche und kulturelle Fäden mit den oberen Schichten von Stadt und Land verbunden sind. Dies reißt den eingesessenen Armen aus der Partei und dem Sowjetverband und treibt ihn in die Arme der Handelsbourgeoisie, der Wucherer, der reaktionären Priester und feudalpatriarchalischen Elemente. Zur gleichen Zeit wirft unsere bürokratische Leitung die echt kommunistischen Elemente in der Nationalität zum Tor hinaus, verfemt sie als Ketzer und verfolgt sie auf jede nur mögliche Art. Dies erlebte zum Beispiel eine bedeutende Gruppe alter georgischer Bolschewisten, die sich das Missfallen der Stalingruppe zuzogen und von Lenin in seiner letzten Lebenszeit glühend verteidigt wurden.

Die durch die Oktoberrevolution ermöglichte Erhebung der arbeitenden Massen der nationalen Republiken und Territorien ist der Grund, warum diese Massen nach einer unmittelbaren und freien Teilnahme am öffentlichen Leben streben. Unsere bürokratische Regierung versucht diese Teilnahme dadurch zu lähmen, dass sie die Massen durch ihr Geschrei über lokalen Nationalismus erschreckt.

Der zwölfte Kongress unserer Partei betonte die Notwendigkeit eines Kampfes gegen »die Überbleibsel von Großmachtchauvinismus«, gegen »die wirtschaftliche und kulturelle Ungleichheit der Nationalitäten innerhalb der Sowjetunion«, gegen »die Überbleibsel von Nationalismus in einer ganzen Reihe von Völkern, die das schwere Joch russischer Unterdrückung ertragen haben«. Die vierte Konferenz der Partei mit den verantwortlichen Leitern der nationalen Republiken und Territorien (1923) erklärte, es sei »die Bildung und Entwicklung von kommunistischen Organisationen unter den proletarischen und halbproletarischen Elementen der lokalen Bevölkerung in den nationalen Republiken und Territorien ein Grundproblem der Partei.« Die Konferenz betonte einmütig, dass Kommunisten, die vom Zentrum nach den rückwärtigen Republiken und Territorien gingen, nicht die Rolle von »Pädagogen und Kindermädchen, sondern von Helfern« zu spielen hätten. Während der letzten Jahre hat sich die ganze Sache genau in entgegengesetzter Richtung entwickelt. Die Häupter des nationalen Parteiapparats nehmen, geleitet durch das Sekretariat des Zentralausschusses, die tatsächliche Entscheidung aller Partei- und Sowjetfragen auf sich. Sie machen die wirklichen Arbeiter der Nationalitäten zu einer Art Zweiterklasse-Kommunisten, die man bei dem Geschäft nur zulässt, damit sie eine rein formale, repräsentative Rolle spielen (Krimm, Kasachstan, Turkmenistan, Tatarei, die Bergprovinzen des nördlichen Kaukasus usw.). Eine von oben betriebene künstliche Einteilung aller lokalen Parteiarbeiter in »Rechte« und »Linke« wurde eigens geschaffen, um es dem durch die Zentralleitung ernannten Sekretär zu ermöglichen, nach Wahl über beide Gruppen zu verfügen.

Auf dem Gebiete unserer Nationalitätenpolitik ist es ebenso wie auf andern Gebieten notwendig, zu dem leninistischen Standpunkt zurückzukehren:

Man muss sich viel bewusster und gründlicher bemühen, die nationalen Zwistigkeiten zwischen den Arbeitern verschiedener Völkerschaften zu überwinden – vor allem durch eine besondere Rücksicht auf neu angekommene »nationale« Arbeiter, indem man ihnen in der Arbeit hilft und ihre Lebens- und Kulturbedingungen verbessert. Man muss immer bedenken, dass der wirkliche Hebel zur Überleitung der rückständigen nationalen Distrikte in das Sowjetwerk des Aufbaus das Schaffen und Entwickeln proletarischer Zellkerne in der lokalen Bevölkerung ist.

Man muss in den wirtschaftlichen Fünfjahresplan ein schnelleres Tempo der Industrieentwicklung gerade in den rückwärtigen Grenzgebieten hineinbringen und einen Fünfzehnjahresplan aufstellen, der die Interessen der nationalen Republiken und Territorien mehr beachtet. Man muss unsere Handelspolitik mehr der Förderung von Spezialkulturen unter den armen und mittleren Besitzern anpassen (Baumwolle in Zentralasien, Tabak in der Krim, in Abchasien usw.). Die Politik des genossenschaftlichen Kredits und die der Bodenverbesserung (in Zentralasien, im südlichen Kaukasus usw.) sollten streng nach den Regeln des Klassenkampfes und im Sinne des sozialistischen Aufbaus durchgeführt werden. Eine größere Aufmerksamkeit sollte auf die Entwicklung der Viehzuchtgenossenschaften und auf das Problem der Weiterverarbeitung von landwirtschaftlichem Rohmaterial gerichtet werden. Unsere ganze Kolonisierungspolitik sollte in ehrlicher Weise die Fragen der Nationalitäten berücksichtigen.

Man muss überall in den Sowjets, in der Partei, den Gewerkschaften und Genossenschaften die Nationalisierung durchführen, ohne dabei die Bedeutung der Klassenpolitik und der internationalen Beziehungen außer Acht zu lassen. Man muss einen wirklichen Kampf beginnen gegen die schlechte Lage der Ansiedler in den Wirkungskreisen der staatlichen, genossenschaftlichen und sonstigen Organe und alle bürokratischen Einmischungen in die Beziehungen zwischen dem Zentrum und den Grenzbezirken verhindern.

Jedes Hindernis, das einer möglichst vollständigen Vereinigung und Verschmelzung der Arbeiter verschiedener Nationalitäten in der Sowjetunion auf der Grundlage des sozialistischen Aufbaus und der internationalen Revolution entgegensteht, sollte planmäßig entfernt und es sollte ein entschiedener Kampf gegen den mechanischen Druck der vorherrschenden nationalen Sprache auf die Arbeiter und Bauern anderer Nationalitäten begonnen werden. In sprachlichen Fragen sollten die arbeitenden Massen volle Freiheit der Wahl haben. Die wirklichen Rechte jeder nationalen Minderheit müssten in den Provinzen jeder nationalen Republik garantiert sein, und vor allem müsste man dabei auf außergewöhnliche Verhältnisse achten, wie sie zwischen früher unterdrückten Nationalitäten und den Nationalitäten, die einst ihre Unterdrücker waren, sich bilden können.

Ein demokratisches Verhalten im inneren Parteileben aller nationalen Republiken und Territorien; eine unbedingte Vermeidung aller Bevormundungen von Nichtrussen, besonders durch Behörden; eine Verwerfung der Politik der Zwangseinteilung der nichtrussischen Kommunisten in rechte und linke; eine höchst sorgsame Förderung und Unterrichtung der Parteimitglieder aus den unteren proletarischen und halbproletarischen Schichten.

Eine Verwerfung aller neubürgerlichen Tendenzen und Großmachtbestrebungen – besonders im Zentralkommissariat und in den Staatsbehörden im Allgemeinen. Ein Erziehungskampf gegen lokalen Nationalismus auf der Grundlage einer klaren und beharrlichen Klassenpolitik in der nationalen Frage.

Umgestaltung der Nationalitätensowjets in wirklich funktionierende Organe, die mit dem Leben der nationalen Republiken und Territorien verbunden und tatsächlich imstande sind, ihre Interessen zu verteidigen.

Gleichmäßige Beachtung der nationalen Frage in der Gewerkschaftsarbeit und der Frage der Bildung nationaler proletarischer Verbände. Die Geschäftsführung in diesen Verbänden sollte in der lokalen Sprache vor sich gehen, und die Interessen aller Nationalitäten und nationalen Minderheiten sollten darin geschützt werden.

Keinerlei Wahlrechte unter irgendwelchen Umständen für ausbeutende Elemente.

Die fünfte Nationalitätenkonferenz müsste auf der Grundlage einer wirklichen Vertretung der unteren Klassen einberufen werden.

Lenins Brief über das nationale Problem, der eine Kritik des Stalinschen Kurses in dieser Frage enthält, sollte in der Presse veröffentlicht werden.

Die Partei

Keine Partei der Weltgeschichte hat je einen so gewaltigen Sieg errungen wie unsere Partei, die nun seit zehn Jahren an der Spitze eines Proletariats gestanden und seine Diktatur durchgeführt hat. Die russische kommunistische Partei ist das wesentlichste Werkzeug der proletarischen Revolution. Die russische kommunistische Partei ist die führende Partei der Komintern, der kommunistischen Internationale. Keine andre Partei trug jemals eine solche weltbedeutende, historische Verantwortung wie die unsrige. Aber gerade aus diesem Grunde und wegen der Macht, über die sie verfügt, sollte unsere Partei furchtlos ihre eigenen Fehler kritisieren. Sie sollte ihre schwachen Seiten aufdecken und die Gefahr einer tatsächlichen Entartung klar ins Auge fassen, um bei Zeiten Maßregeln zu ihrer Verhinderung zu ergreifen. So wurde es immer zur Zeit Lenins gehalten, der uns stets vor der Gefahr gewarnt hat, zu einer »Partei von eingebildeten Pedanten« zu werden. Indem wir das folgende Bild der augenblicklichen Lage unserer Partei mit allen ihren dunkleren Seiten geben, drücken wir, die Opposition, die feste Hoffnung aus, dass die Partei mit einer echten leninistischen Politik ihre Schwächen überwinden und sich zur Höhe ihrer historischen Aufgabe aufschwingen kann.

1. Die soziale Zusammensetzung unserer Partei hat sich während der letzten Jahre dauernd verschlechtert. Am 1. Januar 1927 hatten wir in der Partei in runden Zahlen:

Wirklich in der Industrie und im Transportwesen beschäftigte Arbeiter   430 000

In der Landwirtschaft und bei Bauern beschäftigte Arbeiter   15 700

Bauern (von denen mehr als die Hälfte jetzt Regierungsangestellte sind)   303 000

Beamte (von denen die Hälfte ehemalige Arbeiter sind)   462 000

So bestand unsere Partei am 1. Januar nur zu einem Drittel aus in Betrieben beschäftigten Arbeitern und zu zwei Dritteln aus Bauern, Beamten, früheren Arbeitern und »Verschiedenen«.

In den letzten anderthalb Jahren hat unsere Partei ungefähr 100 000 Arbeiter aus den Betrieben verloren. Die »automatischen« Austritte aus der Partei betrugen 1926 25 000 kommunistische Mitglieder, von denen 76,5 Prozent Industriearbeiter waren. Der kürzlich erfolgte, sog. »Aussiebungsprozess«, der die neue Eintragung der Mitglieder begleitete, verursachte nach den offiziellen Angaben (die zweifellos die Tatsachen abschwächen) eine Ausscheidung von etwa 80 000 Mitgliedern, meist von Industriearbeitern, aus der Partei. »In relativen Zahlen umfasst die Neueintragung beim Beginn des jetzigen Jahres 93,5 Prozent der Parteimitglieder.« So wurden durch den einfachen Prozess einer neuen Registrierung 6,5 Prozent der gesamten Parteimitgliederschaft (das heißt etwa 80 000 Mitglieder) »ausgesiebt«. Unter diesen »Ausgesiebten« befanden sich etwa 50 Prozent gelernte und mehr als ein Drittel angelernte Arbeiter. Der Versuch des Apparats des Zentralausschusses, diese schon genügend verkleinerten Angaben noch weiter abzuschwächen, hatte offenbar keinen Erfolg. Als Gegengewicht zu unserem »leninistischen Vorwärtstreiben« haben wir ein stalinistisches »Aussieben«.

Auf der anderen Seite sind seit dem vierzehnten Kongress 100 000 Bauern, in der Mehrzahl Mittelbauern, in die Partei aufgenommen worden. Der Prozentsatz der Landarbeiter ist ganz geringfügig.

2. Die soziale Zusammensetzung der leitenden Organe der Partei hat sich noch mehr verschlechtert. In den Uyesdausschüssen (den kleinen Distriktausschüssen) sind 29,5 Bauern (der Herkunft nach); 24,4 Prozent sind geistige Arbeiter usw.; 81,8 Prozent der Mitglieder dieser Ausschüsse sind Angestellte in den staatlichen Institutionen. Die Zahl der Industriearbeiter in den Stäben dieser regierenden Parteiorgane ist fast gleich null. In den Oblast- und Guberniaausschüssen (den mittleren und größeren Distriktausschüssen) beträgt sie 13,2 Prozent; in den Uyesdausschüssen 9,8 bis 16,1 Prozent.

In der Partei selbst sind ungefähr ein Drittel der Mitglieder Industriearbeiter, und in den entscheidenden Organen der Partei sind es nur ein Zehntel. Dies bildet eine schwere Gefahr für die Partei. Die Gewerkschaften sind den gleichen Weg gegangen. Man sieht daraus, welch einen riesigen Teil der Macht die aus kleinbürgerlichen Kreisen kommenden »Verwaltungsbeamten« und ebenso die »Arbeiterbürokraten« uns schon genommen haben. Es ist dies der sicherste Weg zur »Entproletarisierung« der Partei.

3. Die Bedeutung der Sozialrevolutionäre und Menschewisten im Parteiapparat und in den leitenden Posten im Allgemeinen hat zugenommen. Zur Zeit des vierzehnten Kongresses waren 38 Prozent der verantwortlichen und leitenden Personen in unserer Presse solche, die von andern Parteien zu uns gekommen waren. Zurzeit sind die Verhältnisse noch schlimmer. Die tatsächliche Leitung der bolschewistischen Parteipresse befindet sich entweder in den Händen der revisionistischen Schule der »Jungen« (Sliepkow, Stietzki, Marietzki und anderer) oder früherer Mitglieder anderer Parteien. Ungefähr ein Viertel von solchen an der Spitze der Parteileitung Befindlichen sind frühere Sozialrevolutionäre und Menschewisten.

4. Bürokratismus wächst auf allen Gebieten, aber ihr Anwachsen ist besonders verderblich in der Parteileitung. Der heutige Parteibürokrat betrachtet die Dinge in folgender Art:

»Wir haben Parteimitglieder, die nur sehr unzulänglich die Partei, wie sie wirklich ist, verstehen. Sie glauben, die Partei erhebt sich aus der Ortschaft – die Ortschaft ist der erste Stein, dann kommt der Rayonausschuss, und es geht immer höher und höher, bis man zum Zentralausschuss kommt. Das ist nicht richtig (!!!). Unsere Partei muss von der Spitze herab betrachtet werden. An dieser Anschauung muss in allen praktischen Beziehungen und beim ganzen Parteiwerk festgehalten werden.«

Die Definitionen über innerparteiliche Demokratie, die uns Genossen von größerer Verantwortlichkeit wie Uglanow, Molotow, Kaganowitsch usw. gegeben haben, kommen im Wesentlichen zu der gleichen Auffassung. Diese neue Auffassung ist aber außerordentlich gefährlich. Wenn unsere Partei wirklich »von oben herab betrachtet werden müsste«, dann wäre sie überhaupt keine leninistische Partei, keine Partei der Arbeitermassen mehr.

5. In den letzten paar Jahren hat unter Verletzung der ganzen Tradition der bolschewistischen Partei, unter Verletzung der direkten Beschlüsse einer Reihe von Parteikongressen, eine systematische Zerstörung der innerparteilichen Demokratie stattgefunden. Das wirkliche Wählen von Beamten ist in der jetzigen Praxis im Aussterben begriffen. Die organisatorischen Grundsätze des Bolschewismus werden bei jedem Schritt verfälscht. Die Parteiverfassung wird planmäßig geändert, um die Befugnisse der Leitung zu vergrößern und die Rechte der gewöhnlichen Parteigenossen zu vermindern. Die Wahltermine der verschiedenen Bezirksausschüsse sind durch den Zentralausschuss um ein, um zwei und mehr Jahre verschoben worden.

Die Häupter der höheren Ausschüsse sind tatsächlich unabsetzbar geworden, indem sie für Perioden von drei bis fünf Jahren und mehr ernannt werden. Das Recht der Parteimitglieder bei »grundsätzlichen Zwistigkeiten an den Gerichtshof der ganzen Partei appellieren zu dürfen «, ist in Wirklichkeit aufgehoben. Die Kongresse und Konferenzen werden einberufen, ohne dass vorher (wie es immer unter Lenin gehalten wurde) eine freie Besprechung aller Fragen durch die ganze Partei stattfand. Das Verlangen nach einer solchen Besprechung wird als eine Verletzung der Parteidisziplin behandelt. Vollständig vergessen ist das Wort Lenins, dass »der Bolschewisten-›Stab‹ wirklich getragen werden muss durch die Armee, die ihrem Stabe folgt, aber zur gleichen Zeit ihren Stab leitet.«

Als eine natürliche Begleiterscheinung des jetzigen allgemeinen Kurses greift in der Partei der äußerst bezeichnende Prozess um sich, die alten Parteimitglieder auszuschließen, die die zaristische Periode oder wenigstens den Bürgerkrieg durchgemacht haben und unabhängig genug sind, ihre eigenen Ansichten zu haben. Man ersetzt sie durch neue Elemente, die sich vor allem durch ihren unbedingten Gehorsam auszeichnen. Dieser Gehorsam, der von oben herab unter dem Namen einer revolutionären Disziplin kultiviert wird, hat in Wirklichkeit ganz und gar nichts mit revolutionärer Disziplin zu tun. Nicht selten sind neue Kommunisten aus der Zahl jener Arbeiter ausgewählt worden, die sich stets durch ihre Unterwürfigkeit gegenüber den alten zaristischen Autoritäten ausgezeichnet hatten, und sie steigen nun zu leitenden Stellungen in den Lokalverbänden der Arbeiterklasse und in der Verwaltung empor. Sie schmeicheln sich ein durch ihr scharf feindliches Verhalten gegen die alten Arbeitermitglieder, gegen die Führer der arbeitenden Klasse in den schwersten Augenblicken der Revolution.

Dieselbe Erscheinung zeigt sich in einer viel hässlicheren Form im staatlichen Apparat, wo man oft die vollendete Figur des echten, streberischen Sowjetbeamten trifft. Bei feierlichen Gelegenheiten schwört er auf den Oktobertag; er zeichnet sich durch eine vollständige Gleichgültigkeit gegen die ihm übertragene Aufgabe aus; er lebt mit allen Wurzeln in einem bürgerlichen Milieu, schimpft im Privatleben auf den Parteiführer, und auf Parteiversammlungen »besorgt er es« der Opposition.

Die wirklichen Rechte eines führenden Parteimitgliedes, vor allem des Sekretärs, sind sehr viel größer als die tatsächlichen Rechte von Hunderten von untenstehenden Mitgliedern. Diese zunehmende Ersetzung der Partei durch ihren eigenen Beamtenapparat wird befördert durch eine »Theorie« Stalins, die den für jeden Bolschewisten unverletzlichen leninistischen Grundsatz leugnet, dass die Diktatur des Proletariats nur durch eine Diktatur der Partei durchgeführt werden kann und soll.

Das Aussterben des demokratischen Verhaltens im innerparteilichen Leben führt zum Aussterben der Arbeiterdemokratie im Allgemeinen – sowohl in den Gewerkschaften wie in allen andern nicht parteilichen Massenorganisationen.

Innerparteiliche Meinungsverschiedenheiten werden verzerrt. Eine bösartige Polemik wird durch Monate und Jahre hindurch gegen die Ansichten von Bolschewisten geführt, die als die Opposition denunziert werden. Und diesen Bolschewisten ist es nicht gestattet, ihre wirklichen Ansichten in den Spalten der Parteipresse zu veröffentlichen. »Genossen« dagegen, die gestern noch Menschewisten, Sozialrevolutionäre, Kadetten und Zionisten waren, attackieren und verleumden in den Spalten der Prawda Dokumente, die dem Zentralausschuss durch dessen Mitglieder vorgelegt worden sind. Sie reißen einzelne Sätze in diesen Dokumenten aus dem Zusammenhang heraus und verdrehen sie. Aber die Dokumente selbst werden nie gedruckt. Örtliche Parteiversammlungen werden gezwungen, gegen Dokumente, die ihnen völlig unbekannt sind, Anklage zu erheben.

Die Partei ist gezwungen unsere Zwistigkeiten auf der Grundlage von offiziellen »Auslegungen« und Auszügen zu beurteilen, die oft sowohl unverständlich wie falsch und für jedermann ekelerregend sind. Der Ausspruch Lenins, »Wer an Dinge glaubt auf ein bloßes Gerede hin, ist ein hoffnungsloser Idiot«, ist durch eine neue Formel ersetzt worden: »Wer nicht an das offizielle Gerede glaubt, ist ein Oppositionist«. Industriearbeiter, die zur Opposition neigen, müssen für ihre Meinung mit Arbeitslosigkeit bezahlen. Die einfachen Parteimitglieder dürfen ihre Meinung nicht laut aussprechen. Alte Parteiarbeiter werden ihrer Rechte beraubt, sich in der Presse oder auf den Versammlungen auszusprechen.

Bolschewisten, die die Ideen Lenins verteidigen, werden verleumderisch angeschuldigt, sie wollten »zwei Parteien« schaffen. Diese Anschuldigung ist ausdrücklich erfunden worden, um die Arbeiter, die natürlich mit Leidenschaft die Einheit ihrer Partei verteidigen, gegen die Opposition aufzubringen. Jedes Wort der Kritik gegen die groben menschewistischen Fehler Stalins (bei den Problemen der chinesischen Revolution, dem anglorussischen Ausschuss usw.) wird als ein »Kampf gegen die Partei« bezeichnet. Dies alles, obgleich Stalin die Partei niemals vorher befragt hat, weder in Bezug auf seine Politik in China, noch wegen eines andern wichtigen Problems. Diese Beschuldigung, die Opposition strebe danach, »zwei Parteien« zu schaffen, wird täglich von Leuten wiederholt, deren eigene Absicht es ist, aus der Partei die bolschewistisch-leninistischen Mitglieder hinauszudrängen, um eine freie Hand zur Durchführung ihrer opportunistischen Politik zu haben.

6. Fast die ganze erziehliche Arbeit der Partei und das ganze Unternehmen der Verbreitung politischer Bildung ist jetzt hinabgedrängt auf ein allgemeines Hetzen gegen die Opposition. Die Methode der Überzeugung ist nicht nur fast gänzlich durch eine Methode des Zwangs ersetzt worden, sie wird auch noch durch die Methode der Täuschung der Partei ergänzt. Seitdem man die Parteierziehung auf eine einfache offizielle Propaganda hinab gedrängt hat, geht die allgemeine Tendenz dahin, sie überhaupt zu vermeiden. Der Besuch der Versammlungen, der Parteischulen und Kurse, ist, da sie nur noch der Hetze gegen die Opposition dienen, außerordentlich gesunken. Die Partei beginnt passiven Widerstand gegen den gegenwärtigen, falschen Kurs ihres Apparats auszuüben.

7. In der Partei sind aber nicht nur Streberei, Bürokratismus und Bevorzugung im Wachsen begriffen, es fließen auch schmutzige Ströme aus fremden und klassenfeindlichen Quellen herein – zum Beispiel Antisemitismus. Der einfache Selbsterhaltungstrieb der Partei verlangt einen rücksichtslosen Kampf gegen solche Besudelung.

8. Im Gegensatz zu diesen Tatsachen werden unterdrückende Maßregeln ausschließlich gegen die Linke angewandt. Es ist ein allgemeiner Gebrauch geworden, die Anhänger der Opposition wegen ihrer Reden in den lokalen Versammlungen, wegen scharfer Zurufe, wegen Versuchen, das Testament Lenins vorzulesen, einfach auszuschließen. In der Höhe des politischen Verständnisses und, was wichtiger ist, in der Hingabe an die Parteisache stehen die Ausgeschlossenen manchmal weit über den Ausschließenden. Indem nun diese Genossen sich jetzt außerhalb der Partei befinden, fahren sie doch fort, das Leben der Partei zu leben. Sie dienen ihm treuer, als manche der Streber und Spießbürger, die ruhig in der Partei bleiben.

9. Der augenblickliche Hagel von Unterdrückungen und Bedrohungen, der sich mit dem Herannahen des fünfzehnten Kongresses gewaltig verstärkt, ist dazu bestimmt, die Partei noch mehr einzuschüchtern. Ein Beweis dafür ist auch der Umstand, dass die vereinte Gruppe der Stalin und Rykow, um ihre politischen

Fehler zu vertuschen, zu den äußersten Mitteln greifen muss. Sie stellt die Partei vor jedem Kongress und vor jeder Konferenz vor eine vollzogene Tatsache.

10. Der ganze politische Kurs des Zentralausschusses ist falsch. Obgleich unter Schwankungen bewegt er sich unaufhörlich weiter nach rechts, und die Zerstörung der innerparteilichen Demokratie ist eine unvermeidliche Folge davon. Soweit der Zentralausschuss den Druck der kleinbürgerlichen Elemente, den Einfluss der nichtproletarischen Schichten, die unsere Partei umgeben, widerspiegelt, muss er unvermeidlich durch Gewalt von oben weitergeführt werden.

Auf dem theoretischen Gebiete hat die sog. »Schule der Jungen« ein Monopol. Dies ist eine Schule von Revisionisten, die in jedem Augenblick bereit sind, die literarischen Befehle des Parteiapparats auszuführen. Die besten Elemente der bolschewistischen Jugend, die von den echten Traditionen der bolschewistischen Partei durchtränkt sind, werden nicht nur hinausgedrängt, sondern direkt verfolgt.

Auf dem organisatorischen Gebiet ist die gänzliche Unterwerfung des politischen Büros unter das Sekretariat und des Sekretariats unter den Generalsekretär eine längst vollzogene Tatsache. Die schlimmste Befürchtung, die Lenin in seinem Testament zum Ausdruck gebracht hat – die Befürchtung, Stalin würde nicht genügend loyal sein, er würde die »übergroße Macht«, die er »in seinen Händen konzentriert hatte«, nicht im Parteisinne anwenden – hat sich bestätigt.

Augenblicklich befinden sich drei Grundströmungen im Zentralausschuss und in den allgemeinen regierenden Organen der Partei.

Die erste Strömung ist ein freies und offenes Streben nach rechts. Diese Strömung enthält nun wieder zwei Gruppen. Eine davon drückt in ihren Opportunismus und ihrer Schmiegsamkeit den starken Einfluss der wohlhabenden Mittelbauern aus. Ihr Kurs wird durch diese Klasse und ihre Ideale gelenkt. Es ist dies die Gruppe der Genossen Rykow, A. P. Smirnow, Kalinin, G. Petrowski, Chubar, Kaminski und anderer. Um sie herum und in ihrer unmittelbaren Nachbarschaft arbeiten die »unparteilichen« Politiker, die Kondratiews, Sadyrins, Tschajanows und andere Repräsentanten der wohlhabenden Bauernschaft, indem sie mehr oder weniger offen die neubürgerlichen Lehren Ustrialows predigen. Die andere Gruppe in dieser allgemeinen Strömung setzt sich aus Gewerkschaftsführern zusammen, die die besser bezahlte Klasse der Arbeiter und kaufmännischen Angestellten repräsentieren. Diese Gruppe ist besonders charakterisiert durch ein Verlangen nach engerem Anschluss an die Amsterdamer Internationale. Ihre Führer sind die Genossen Tomski, Melnischanski, Dogadow und andere. Zwischen diesen beiden Gruppen gibt es bis zu einem gewissen Grade Reibungen, aber sie sind einig in dem Bestreben, den Kurs der Partei und des Sowjetstaates sowohl in der internationalen, wie in der einheimischen Politik nach rechts herumzuwerfen. Sie zeichnen sich beide aus durch ihre Verachtung der leninistischen Theorien und ihre Neigung, auf die Taktik der Weltrevolution zu verzichten.

Die zweite Strömung ist der »Zentrismus« des offiziellen Apparats. Die Führer dieser Strömung sind die Genossen Stalin, Molotow, Uglanow, Kaganowitsch, Mikojan, Kirow. Sie sind in Wirklichkeit das augenblickliche politische Büro. Bucharin, der von einer Seite zur andern schwankt, verwässert noch die Politik dieser Gruppe. An sich lehnt sich diese zentristisch-offizielle Gruppe am wenigsten von allen an irgendeine breite Masse an, aber sie versucht trotzdem – und nicht ohne Erfolg – sich an die Stelle der Partei zu setzen. Die Kaste der »Verwaltungsbeamten« beläuft sich jetzt – in der Partei, in den Gewerkschaften, in den Industrieleitungen, in den Genossenschaften und im staatlichen Apparat – auf Zehntausende. Unter diesen befindet sich keine kleine Zahl von »Arbeiter«-Bürokraten – von früheren Arbeitern, das heißt von solchen, die jede Verbindung mit der arbeitenden Masse verloren haben.

Natürlich braucht man nicht erst zu erwähnen, dass sich in den für das Schicksal der Revolution so enorm wichtigen Organen der Verwaltung und Führerschaft noch viele Tausende von unbeugsamen Revolutionären befinden, von Arbeitern, die ihre Verbindungen mit den Massen nicht abgebrochen haben, sondern sich mit Herz und Seele der Sache der Arbeitersache widmen. Sie betreiben die wirkliche Arbeit des Kommunismus in diesen Institutionen.

Diese ändert aber nicht die Tatsache, dass die Entartung unseres politischen Kurses und unserer Parteileitung eine unzählbare Kaste von echten Bürokraten hervorbringt.

Die tatsächliche Macht dieser Kaste ist gewaltig. Es ist gerade diese Gruppe von »Verwaltungsbeamten«, die auf »Ruhe«, auf »Weiterarbeiten« – und vor allem auf »nicht Diskutieren« hält. Es ist gerade diese Gruppe, die zufrieden ankündigt (und es manchmal sogar ehrlich glaubt), dass wir schon »beinahe den Sozialismus erreicht« haben, dass »Neunzehntel des Programms« der sozialistischen Revolution schon in Erfüllung gegangen sind. Es ist diese Gruppe, die »von oben herab« die ganze Partei, und noch mehr von oben herab die ungelernten Arbeiter, die Arbeitslosen, die ländlichen Arbeiter betrachtet. Diese Gruppe sieht ihren Hauptfeind auf der linken Seite – das heißt, unter den revolutionären Leninisten. Diese Gruppe gibt die Losung: »Gefahr von links!«

Die dritte Strömung ist die sog. Opposition. Sie ist der leninistische Flügel der Partei. Die erbärmlichen Versuche, aus ihr eine Opposition von rechts, eine sozialdemokratische Ketzerei zu machen, entspringen dem Verlangen der herrschenden Gruppe, ihren eigenen Opportunismus zu verstecken. Die Opposition ist für Einigkeit der Partei. Stalin propagiert sein eigenes Programm – die Opposition zu entfernen – unter der falschen Flagge des Vorgebens, die Opposition wolle eine »zweite« Partei gründen. Die Opposition antwortet mit ihrer Losung:

»Einigkeit der leninistischen russischen kommunistischen Partei unter allen Umständen.« Das Programm der Opposition ist in dem vorliegenden Dokument dargestellt. Die Arbeitersektionen der Partei und alle echten leninistischen Bolschewisten werden dafür sein.

Einzelne Austritte aus der Opposition sind unter den harten Umständen, unter denen sie für die Sache des Leninismus zu kämpfen gezwungen ist, unvermeidlich. Umgruppierungen von Führern dieser drei Strömungen werden immer wieder vorkommen, aber sie werden an dem zugrunde liegenden Tatsachenmaterial nichts ändern.

11. Alle die vorstehend angeführten Tatsachen bilden zusammen eine Parteikrisis. Die innerparteilichen Zwistigkeiten haben sich seit dem Tode Lenins fortwährend vertieft, indem sie auf einen immerzu wachsenden Kreis von sich vertiefenden Problemen übergriffen.

Die Grundstimmung der Parteimassen ist ein Verlangen nach Einigkeit. Die augenblickliche Leitung hindert die Partei am Erkennen der Richtung, von der aus ihrer Einigkeit Gefahr droht. Die Tätigkeit Stalins geht immer wieder dahin, die Parteimitglieder bei jeder gefährlichen oder wichtigen Frage vor die einzige Wahl zu stellen, entweder ihrer eigenen Meinung zu entsagen oder unter die Anklage des Strebens nach Parteizersplitterung zu fallen.

Unsere Aufgabe ist, die Einigkeit der Partei unter allen Umständen zu wahren, entschieden einer Politik der Zersplitterung, der Amputierung, der Ausschließung, der Ausstoßung usw. zu widerstehen – aber zugleich der Partei im Rahmen dieser Einigkeit das Recht auf eine freie Diskussion und Entscheidung über alle zur Debatte stehenden Fragen zu garantieren.

Indem die Opposition die Fehler und Unregelmäßigkeiten der augenblicklichen Lage der Partei klarlegt, ist sie aufs Tiefste überzeugt, dass die große Masse der Arbeitersektion der Partei imstande sein wird, trotz allem die Partei auf den leninistischen Weg zurückzuführen. In dieser Bemühung zu helfen, ist die Hauptaufgabe der Opposition.

Praktische Vorschläge

Es ist notwendig:

1. Sich für den fünfzehnten Kongress unter Anerkennung einer wirklichen innerparteilichen Demokratie zu rüsten, wie wir es zu Lenins Zeit getan haben. »Jedes Mitglied der Partei«, schrieb Lenin, »sollte leidenschaftslos und mit höchster Ehrlichkeit beginnen, erstens das eigentliche Wesen der Zwistigkeiten und zweitens den Weg der Entwicklung des Konflikts zu studieren ... Es ist notwendig, sowohl das eine wie das andere zu studieren und dabei unbedingt zu verlangen,

dass absolut genaue Dokumente gedruckt und der Überprüfung von allen Seiten freigegeben werden.« Der Zentralausschuss sollte es jedem Mitglied der Partei ermöglichen, sowohl das eigentliche Wesen der augenblicklichen innerparteilichen Zwistigkeiten, wie auch den Weg der Entwicklung des augenblicklichen Kampfes zu studieren. Er sollte dies tun, indem er in der Presse und in besonderen Sammlungen und Flugschriften alle die Dokumente veröffentlicht, die er bis heute vor der Partei verheimlicht hat.

Jeder Genosse und jede Gruppe von Genossen sollten Gelegenheit haben, ihre Ansichten vor der Partei in der Presse, auf Versammlungen usw. zu verteidigen. Kurze Darstellungen von Ansichten (Programmdarlegungen des Zentralausschusses, der Lokalorganisationen, einzelner Mitglieder oder Gruppen von Mitgliedern) sollten in der Prawda, oder in Beilagen der Prawda, und ebenso in den lokalen Parteiblättern mindestens zwei Monate vor dem fünfzehnten Kongress veröffentlicht werden.

Die Debatte sollte in einer sachlichen und streng parteigenössischen Art ohne persönliche Angriffe und Erregungen geführt werden. Die wichtigste Losung für die ganze Vorbereitung auf den fünfzehnten Kongress sollte Einigkeit sein – aber nicht eine scheinbare, sondern eine echt leninistische Einigkeit der russischen kommunistischen Partei und der ganzen kommunistischen Internationale.

2. Es ist notwendig, sofort eine Reihe von Maßnahmen zur Verbesserung der sozialen Zusammensetzung der Partei und ihrer leitenden Organe zu treffen. Zu diesem Zwecke müssen wir aufs Neue die Entschließung des dreizehnten Kongresses betonen, dass »in naher Zukunft eine ungeheure Majorität der Parteimitglieder aus direkt in der Industrie beschäftigten Arbeitern bestehen müsste.« In den nächsten zwei oder drei Jahren müssten wir im Allgemeinen in die Partei ausschließlich wirklich arbeitende Männer und Frauen aufnehmen. Aus andern sozialen Gruppen sollten wir Mitglieder nur auf der Grundlage einer streng persönlichen Auslese aufnehmen: die roten Soldaten oder Matrosen nur, wenn sie aus der Arbeiterklasse, aus dem ländlichen Proletariat oder dem armen Bauernstand herstammen; die armen und kleinen Bauern nur, wenn man sie mindestens für eine Dauer von zwei Jahren in der sozialpolitischen Arbeit geprüft hat. Die Aufnahme von Mitgliedern, die zu uns von andern Parteien herkommen, sollte aufhören.

Wir müssen die Entscheidung des dreizehnten Kongresses durchführen – tatsächlich wurde sie durch den vierzehnten Kongress gegen den Willen der Opposition wieder aufgehoben – die dahin ging, dass in den Stäben der Bezirksausschüsse nicht weniger als 50 Prozent Arbeiter aus den Betrieben sein müssten. In den Industriezentren müssten wir eine feste Majorität von Fabrikarbeitern (von nicht weniger als Dreivierteln des ganzen Stabes), in den kleineren Ausschüssen eine gleiche Majorität von Arbeitern, Landarbeitern und kleinen Bauern haben.

3. Wir müssen den Beschluss auf innerparteiliche Demokratie bestätigen und wirklich ausführen, wie er durch den zehnten Parteikongress angenommen, durch den Zentralausschuss und den Zentralkontrollausschuss am 5. Dezember 1923 und durch den zwölften und dreizehnten Parteikongress bestätigt worden ist.

Wir müssen im Namen der ganzen Partei versichern, dass – im Gegensatz zu den neuen antileninistischen Definitionen der innerparteilichen Demokratie – »Arbeiterdemokratie die Freiheit eines offenen Urteils für alle Parteimitglieder über die wichtigen Fragen des Parteilebens, eine freie Diskussion und unbeschränkte Wahl des verantwortlichen regierenden Personals bedeutet.« Wir müssen Strafmaßnahmen gegen jeden anwenden, der dieses Grundrecht jedes Parteimitgliedes wirklich verletzt.

Der Gesichtspunkt der Parteiminorität in jeder grundsätzlichen Frage sollte jedes Mal durch die Parteiblätter usw. zur Kenntnis aller Mitglieder gebracht werden. Ausnahmen dürften nur gestattet sein, wenn geheim zu haltende Angelegenheiten besprochen werden. Es ist selbstverständlich, dass nach Annahme eines Entschlusses dieser mit eiserner bolschewistischer Disziplin durchgeführt wird. Das Netzwerk von Diskutierklubs sollte in der Partei verbreitert und eine wirkliche Kritik der Fehler der Parteileitung in den Parteiorganen (durch Diskussionsbeilagen, gedruckte Sammlungen usw.) ermöglicht werden.

Alle Veränderungen zum Schlimmeren, die seit dem vierzehnten Kongress in die Parteiverfassung eingefügt worden sind, müssen aufgehoben werden.

4. Wir müssen einen festen Kurs zu einer Proletarisierung des ganzen Parteiapparates einschlagen. Fabrikarbeiter, fortgeschrittene Parteikommunisten, die mit der Partei und den außerhalb der Partei stehenden Massen auf vertrautem Fuße stehen, sollten die entscheidende Mehrheit des ganzen Parteiapparats bilden. Der Apparat sollte durchaus nicht nur aus bezahlten Angestellten bestehen und regelmäßig aus der Zahl der Arbeiter erneuert werden. Der Etat der lokalen Organisationen sollte grundsätzlich aus Beiträgen der Mitglieder bestehen. Die lokalen Organisationen sollten regelmäßig einen Bericht über ihre Einnahmen und Ausgaben vor den Parteimitgliedern erstatten. Der augenblickliche, geschwollene Etat der Partei und die Gehälter, die an den Apparat bezahlt werden, sollten nachdrücklich beschnitten werden. Ein beträchtlicher Teil der Parteiarbeit könnte durch Parteimitglieder, denen man außerhalb ihrer industriellen oder sonstigen Tätigkeit Zeit dafür gäbe, gratis erledigt werden. Eine Maßnahme zur Neubelebung des Parteiapparats würde die systematische Entsendung eines Teils der Genossen von dem Apparat in die Fabriken und zur Arbeit der unteren Klassen sein. Wir müssen gegen das Bestreben der Sekretäre kämpfen, sich unabsetzbar zu machen. Wir müssen bestimmte Grenzen für die Zeit der Besetzung von Sekretärsstellen und andern wichtigen Posten festlegen. Wir müssen rück-

sichtslos kämpfen gegen die tatsächlich bestehende Korruption und den Verfall in den meisten Gruppen, gegen Protektion, »Bürosolidarität« usw.

5. Schon auf dem zehnten Kongress wurden unter der Leitung Lenins eine Reihe von Entschlüssen angenommen, die die Notwendigkeit einer größeren Gleichheit in der Partei und unter den arbeitenden Massen betonten. Schon auf dem zwölften Kongress machte die Partei auf die Gefahr aufmerksam, dass Parteiarbeiter durch ihre Berührung mit der Bourgeoisie entarten könnten. Es ist notwendig, »wirklich ausreichende Mittel zu schaffen, um Ungleichheiten (in den Lebensbedingungen, in Löhnen usw.) zwischen den Ingenieuren und gehobenen Arbeitern auf der einen Seite und der Masse der Arbeiter auf der andern Seite zu zerstören, falls diese Ungleichheiten die Demokratie untergraben, und eine Quelle der Korruption in der Partei und einer Schwächung der Autorität der Kommunisten sind.« Angesichts der Tatsache, dass in den letzten Jahren die Ungleichheit in einem außerordentlich schnellen Tempo gewachsen ist, müssen wir diese Frage wieder vorbringen und sie als Revolutionäre lösen.

6. Es ist notwendig, die parteiliche Erziehung in der Richtung neu zu beleben, dass die Werke von Marx, Engels und Lenin studiert und die falschen Nachahmungen des Marxismus und des Leninismus, die man jetzt in Massen herstellt, beseitigt werden.

7. Es ist notwendig, die ausgeschlossenen Oppositionsmitglieder sofort wieder in die Partei aufzunehmen.

8. Es ist notwendig, den Zentralen Kontrollausschuss wirklich im Geiste Lenins zu erneuern. Mitglieder des Kontrollausschusses müssen eng verbunden mit den Massen, unabhängig vom Parteiapparat und im Besitz von Autorität in der Partei sein.

Nur so kann man ein wirkliches Vertrauen zum Zentralen Kontrollausschuss wieder herstellen und seine Autorität auf die nötige Höhe bringen.

9. Bei der Auswahl des Stabes des Zentralausschusses und des Zentralen Kontrollausschusses und ihrer Organe müssen wir uns durch den Rat Lenins leiten lassen, wie er ihn uns in seinen Briefen vom 25. und 26. Dezember 1922 und vom 4. Januar 1923 (in seinem Testament) gegeben hat. Diese Briefe müssten zur Belehrung aller Parteimitglieder veröffentlicht werden. »Von den Arbeitern, die Mitglieder des Zentralausschusses sind, sollte der größere Teil auf einer geringeren wirtschaftlichen Stufe stehen als diejenigen, die sonst in den letzten fünf Jahren in Sowjetstellungen aufgerückt sind« – so schrieb Lenin in seinem Briefe vom 26. Dezember 1922 –, »und sie sollten enger verbunden sein mit der Masse der Arbeiter und derjenigen Bauern, die weder direkt noch indirekt zur Klasse der Ausbeuter gehören ... Arbeiter, die in den Zentralausschuss eintreten, sollten nach meiner Meinung nicht vorwiegend solche sein, die schon für längere Zeiten

Sowjetstellungen bekleidet haben ... weil diese Arbeiter schon gewisse Gewohnheiten und gewisse Vorurteile angenommen haben, gegen die wir gerade anzukämpfen wünschen.«

Diese Briefe wurden durch Lenin zu einer Zeit geschrieben, als er der Partei seinen letzten und höchst sorgsam abgewogenen Rat über die Grundprobleme der Revolution gab.

Unser fünfzehnter Parteikongress sollte seinen Zentralausschuss genau nach den Gesichtspunkten des vorstehend zitierten Leninschen Rates wählen.

Der Bund der kommunistischen Jugend

Der falsche politische Kurs und die Unterdrückung jeder selbstständigen Meinung sind besonders stark auch in den Bund der kommunistischen Jugend hineingetragen worden. Die internationale Erziehung des jungen Arbeiters ist mehr und mehr in den Hintergrund geraten. Alles kritische Denken hat man unterdrückt und verfolgt. Für leitende Stellungen in der kommunistischen Jugendorganisation verlangt der Parteiapparat vor allem einmal Gehorsam und dann Bereitwilligkeit, sich an der Verfolgung der Opposition zu beteiligen. Der proletarische Teil der unteren Organisationen, der wirklich gesunde Teil, wird durch ein solches Regime aller Persönlichkeitswirkung beraubt. Hier bereitet die verkehrte Politik, die die Parteispitze verfolgt, noch mehr als in der Partei selbst, allen kleinbürgerlichen Einflüssen den Weg.

In den letzten Jahren hat der Bund der kommunistischen Jugend sehr schnell an Mitgliedern zugenommen, aber leider auf Kosten seiner sozialen Zusammensetzung. Seit der Zeit des dreizehnten Parteikongresses ist der proletarische Kern in dieser Organisation von 40,1 Prozent auf 34,4 Prozent und die Zahl der in den Industrien beschäftigten jungen Arbeiter von 49,8 Prozent auf 47 Prozent gesunken. Die politische Aktivität der jungen Arbeiter lässt ebenfalls nach.

Unter diesen Umständen war es ein außerordentlich grober Fehler – zu dem man nur infolge der sich erweiternden Kluft zwischen dem Bund und der Masse der Arbeiterjugend kommen konnte –, dass man durch eine Reihe neuerlicher Bestimmungen unter Verletzung der Entschlüsse des vierzehnten Kongresses die soziale Lage der jungen Arbeiter noch mehr gesenkt hat (durch Beschneidung der Schutzbestimmungen für Lehrlinge, der besonderen Lohnskala für Lehrlinge, durch Verminderung der Zahl der Lehrlinge in den Industrieschulen und, was auch hierher gehört, durch den Versuch, unbezahlte Lehrlingsarbeit einzuführen).

Der Bund der kommunistischen Jugend auf dem Lande verliert immer mehr seinen proletarischen und kleinbäuerlichen Zustrom. Seine kulturelle, wirtschaftliche Arbeit bewegt sich auf dem Lande grundsätzlich in der Richtung einer Förderung individueller Unternehmungen. Der verhältnismäßige Einfluss der Armen sinkt überall – in der allgemeinen Zusammensetzung der ländlichen Lokalverbände, im aktiven Stab, in dem aus Parteimitgliedern zusammengesetzten Kern. Gleichlaufend mit dieser fortwährenden Verminderung des Einflusses der jungen Stadtarbeiter, füllt sich der Bund auf dem Lande mit mittlerer und wohlhabender Bauernjugend.

Wie in der Stadt, so wächst auch auf dem Lande das Bestreben der kleinbürgerlichen Elemente, die Leitung des Bundes in seine Hände zu bekommen. Die Gruppe der geistigen Arbeiter und der »Verschiedenen« spielt mehr und mehr eine beträchtliche Rolle, besonders in den ländlichen Organisationen.

Sechsunddreißig Prozent aller neuen Parteimitglieder kommen aus den Reihen des Bundes der kommunistischen Jugend. Nun sind aber in dem Parteikern des Bundes ein Viertel bis ein Drittel Nichtproletarier. In den Parteikernen der ländlichen Organisationen vermehren sich die Mittelbauern rapide auf Kosten der Landarbeiter und der armen Bauern. (20 Prozent waren 1925 Mittelbauern, 32,5 Prozent im Jahre 1927.) So hat sich der Bund der kommunistischen Jugend in eine Quelle zur Durchsetzung der Partei mit kleinbürgerlichen Elementen verwandelt. Um eine weitere Schwächung der beherrschenden Rolle des proletarischen Kerns und seine Rückwärtsdrängung durch Neulinge aus den Kreisen der Intelligenz, der geistigen Arbeiter und der wohlhabenden Landschichten, die unvermeidlich eine kleinbürgerliche Entartung des Bundes mit sich bringen müsste, zu verhindern, sind folgende Maßnahmen notwendig:

Sofort mit der allmählichen Vernichtung unserer revolutionären Eroberungen auf den Arbeits- und Erziehungsgebieten des jungen Proletariats aufhören und die neuerdings eingetretene Verschlechterung ihrer Arbeitsbedingungen wieder zu beseitigen. Dies ist eine der wichtigsten Voraussetzungen für den Kampf gegen ungesunde Tendenzen im Bunde der kommunistischen Jugend, gegen Trunksucht, Rohheiten und dergleichen.

Gleichzeitig mit dem allgemein wachsenden Wohlstand der Arbeiterklasse auch die materielle und kulturelle Lage der jungen Arbeiter durch höhere Löhne, durch Vermehrung der Industrieschulen und Handelskurse zu heben.

Die Beschlüsse früherer Kongresse durchzuführen, im Verlaufe von einigen Jahren die gesamte Jugend der städtischen Arbeiter und des ländlichen Proletariats in dem Bunde zu organisieren.

Mit besonderer Energie daranzugehen, die arme Bauernjugend in den Bund hineinzubringen.

Die ärmeren Mittelbauern in den Bund hineinzubringen, und von den andern Mittelbauern nur diejenigen, die sich in der sozialen Arbeit und besonders im Kampfe gegen den Kulak bewährt haben.

Den Bund zu einem Anwalt der ländlichen Armut zu machen, indem er auf dem Lande eine neue Gesellschaft heranzieht, nicht auf der Grundlage individueller Bereicherung, sondern der gemeinsamen, kollektivistischen Arbeit in der Landwirtschaft.

Die soziale Zusammensetzung des Parteikerns dadurch zu verbessern, dass in den nächsten zwei Jahren nur noch unter Arbeitern, Landarbeitern und armen Bauern Mitglieder geworben werden.

Die Leitung der Organe der kommunistischen Jugend zu proletarisieren, indem man planmäßig und entschlossen nur noch Landarbeiter und Arme in die Führerstellungen hineinbringt. Anzuordnen, dass in den großen Industriezentren die Bezirksausschüsse mit ihren Büros in überwältigender Mehrheit aus Fabrikarbeitern bestehen sollen und dass diesen eine wirkliche Führerarbeit übertragen wird.

Einen ernsten Kampf gegen alles Bürokratenwesen im Bunde zu beginnen und das bezahlte Beamtentum abzubauen, indem man es auf ein unbedingt notwendiges Minimum herabsetzt. Die Arbeit des Bundes wenigstens zur Hälfte und in den Industriezentren zu drei Vierteln durch unbezahlte Hilfe ihrer Mitglieder auszuführen und gerade die einfachen Mitglieder dazu heranziehen.

Die kulturelle und erziehliche Arbeit des Bundes aufs Engste mit einer aktiven, täglichen Teilnahme an dem allgemeinen politischen Leben der Partei, der Sowjets, der Gewerkschaften und Genossenschaften zu verbinden.

Dem bürokratischen Aktenregime, dem ertötenden Regime obrigkeitlicher Verordnungen, dem verlogenen und unwissenden Regime von Anweisungen zur Verfolgung der Opposition ein Ende zu machen. An seine Stelle und auf der Grundlage lebendigen Urteils, kameradschaftlichen Meinungsaustausches und wirklichen Lernens das Studium des Marxismus und Leninismus zu setzen.

In Taten, nicht in Worten, das demokratische Prinzip anzunehmen und mit der Unterdrückung und Verfolgung derjenigen, die noch an selbstständigen Ansichten in Partei- und Bundesfragen festhalten, endlich aufzuhören.

Unsere internationale Lage und die Kriegsgefahr

Die Sowjetunion in der Weltarena

Ein Krieg der Imperialisten gegen die Sowjetunion ist nicht nur wahrscheinlich, sondern unvermeidlich.

Diese Gefahr hinauszuschieben, möglichst viel Zeit zur Stärkung der Sowjetunion und zur Vereinigung des internationalen revolutionären Proletariats zu gewinnen, sollte eine unserer hauptsächlichsten Bemühungen sein. Nur eine siegreiche proletarische Revolution in den beherrschenden Ländern könnte letzten Endes diese Gefahr beseitigen.

Die Gefahr eines Weltkrieges ist aus folgenden Gründen im Wachsen begriffen:

Durch die Anstrengungen, die das Kapital in den letzten Jahren gemacht hat, wieder zu Kräften zu kommen, und durch den dabei zum Teil erzielten Erfolg ist die Frage der Absatzmärkte zur brennenden Frage für alle führenden Länder geworden.

Die imperialistische Bourgeoisie hat sich von dem unzweifelhaften Anwachsen der wirtschaftlichen Macht der Sowjetunion überzeugt, sieht aber auch ein, dass die proletarische Diktatur, gestützt auf das Monopol des Auslandshandels, niemals den Kapitalisten einen freien Markt in Russland gewähren wird.

Die imperialistische Bourgeoisie spekuliert auf innere Schwierigkeiten in der Sowjetunion.

Der Zusammenbruch des englischen Generalstreiks und der darauffolgende Zusammenbruch der chinesischen Revolution haben die Imperialisten mit der Hoffnung erfüllt, sie könnten auch die Sowjetunion erdrücken.

Der Abbruch der diplomatischen Beziehungen zwischen England und der Sowjetunion hatte schon lange gedroht und wurde dann durch die Niederlage der chinesischen Revolution beschleunigt. Insofern ist er eine Folge der Weigerung unseres Zentralausschusses, in China eine wirkliche bolschewistische Politik durchzuführen. Es wäre nun ein großer Irrtum sich einzubilden, die ganze Sache käme auf eine andere Form des Handelsverkehrs zwischen England und uns heraus (»Wir werden mit ihnen Handel treiben wie mit den Amerikanern«). Es ist jetzt vollkommen klar, dass das imperialistische England viel weitgehendere Pläne hat. Im Besitz eines »moralischen Mandats« der Bourgeoisie verschiedener anderer Länder bereitet es einen Krieg gegen die Sowjetunion vor und beabsichtigt, auf die eine oder andere Weise Polen, Rumänien und die baltischen Staaten, vielleicht auch Jugoslawien, Italien und Ungarn in diesen Krieg gegen uns zu verwickeln.

Polen würde wohl lieber eine längere Zeit zur Kriegsvorbereitung gegen uns haben, aber es ist nicht unmöglich, dass es durch England schneller, als es wünscht, zum Kampfe gezwungen wird.

In Frankreich wird der englische Druck zu einer Einheitsfront gegen die Sowjetunion durch einflussreiche Teile der Bourgeoisie unterstützt. Sie werden immer ungestümer in ihrem Vorgehen und schrecken natürlich im geeigneten Augenblick vor einem diplomatischen Bruch nicht zurück.

Je mehr sich Deutschlands Diplomatie neuerdings bloßstellt, desto klarer wird ihre allgemeine Orientierung nach dem Westen. Die deutsche Bourgeoisie erklärt bereits öffentlich, dass in einem Kriege gegen die Sowjetunion Deutschland wohl zunächst neutral bleiben würde (wie es Amerika 1914 tat). Sie rechnet darauf, durch den Krieg soviel wie möglich zu verdienen und nachher offen ihre Neutralität an die westlichen Imperialisten zu einem hohen Preise zu verkaufen. Nichts könnte für die Grundinteressen der Sowjetunion schlimmer sein, als den Übergang der deutschen Bourgeoisie zur westlichen Orientierung nicht zu bemerken. Ein unerwarteter Schlag von der deutschen Bourgeoisie würde vielleicht eine entscheidende Bedeutung für uns haben. Nur ein ganz offenes »Aussprechen der Dinge, wie sie sind«, nur ein wachsames Verhalten der Arbeiter in der Sowjetunion und in Deutschland kann uns gegen diesen Schlag sichern, oder es wenigstens der deutschen Bourgeoisie schwer machen, ihn auszuteilen.

Die japanische Bourgeoisie manövriert nicht weniger geschickt, als die deutsche gegen die Sowjetunion. Sie weiß klug ihre Spuren zu verstecken und stellt sich freundlich gesinnt. Sie verhinderte sogar für eine Zeit die Besetzung der chinesischen Ostbahn durch Tschang Tsolin. Aber im geheimen hält sie die Zügel in China fest und wird vielleicht bald ihre Maske uns gegenüber abwerfen.

Im Nahen Osten, in der Türkei und in Persien haben wir keineswegs Verhältnisse erreicht, die uns eine bestimmte Neutralität im Falle eines imperialistischen Angriffs gegen uns garantieren. Es wäre daher das Klügste, wenn wir uns darauf vorbereiten, dass die Regierungen dieser Staaten in einem solchen Falle unter einem gewissen Druck dem Vorgehen der Imperialisten folgen werden.

Amerika, das bisher seine unversöhnliche Haltung gegenüber der Sowjetunion niemals aufgegeben hat, würde bei einem Angriff auf uns die Rolle der Nachhut spielen. Die Bedeutung dieser Rolle dürfte um so größer sein, als sie gerade die Finanzierung dieses Krieges bedeuten würde.

Zusammenschließend: Wenn die Jahre 1923 bis 1925 Jahre der Anerkennung der Sowjetunion durch eine Reihe von bürgerlichen Staaten waren, so wird die jetzt beginnende Periode eine solche des Abbruchs von Beziehungen sein. Die Anerkennungen der verflossenen Periode bedeuteten nicht unbedingt, dass der Friede gesichert war, dass die Atempause von Dauer sein würde. Die Abbrüche der gegenwärtigen Periode bedeuten nicht unbedingt, dass der Krieg in naher Zukunft unvermeidlich ist. Dass wir aber in eine neue Zeit einer höchst gespannten internationalen Lage mit der Möglichkeit von Angriffen gegen die Sowjetunion eingetreten sind, unterliegt keinem Zweifel.

Die Gegensätze in der kapitalistischen Welt sind sehr groß, und es wird für die Weltbourgeoisie außerordentlich schwierig sein, auf eine lange Zeit eine einheitliche Front gegen uns zusammenzuhalten. Aber ein Zusammenschluss einzelner bürgerlicher Staaten gegen uns ist für eine bestimmte Zeitdauer durchaus möglich.

Alles dieses sollte unsere Partei zu der Erkenntnis bringen, dass die internationale Lage gefährlich ist. Es sollte sie veranlassen, das Problem der internationalen Politik wieder vor die breiten Massen unserer Bevölkerung zu bringen und eine ernstliche und allseitige Verteidigung für den Fall eines Krieges vorzubereiten.

Die bürgerlichen Parteien und natürlich auch die offizielle Sozialdemokratie werden in jeder Weise ihre Völker über den wahren Charakter des durch den Imperialismus gegen die Sowjetunion vorbereiteten Krieges zu täuschen suchen. Unsere Aufgabe ist es, gerade jetzt den breiten Volksmassen der ganzen Welt zu erklären, dass dies ein Krieg von Imperialisten und Ausbeutern gegen den ersten proletarischen Staat und seine Diktatur – dass es ein Krieg des Kapitalismus gegen den Sozialismus ist. In diesem Kriege wird die imperialistische Bourgeoisie im Grunde für die Erhaltung des Systems der kapitalistischen Lohnsklaverei kämpfen. Die Sowjetunion aber wird für die Sache des internationalen Proletariats kämpfen, für die kolonialen und unterdrückten Länder, für die internationale Revolution und den Sozialismus.

Zur Durchführung unserer Aufgabe müssten wir folgende Leitsätze aufstellen: 1. Nieder mit dem Krieg der Imperialisten gegen den Arbeiterstaat und die proletarische Diktatur. 2. Verwandlung des imperialistischen Krieges in einen Bürgerkrieg in allen, die Sowjetunion angreifenden Staaten. 3. Krieg allen bürgerlichen Staaten, die die Sowjetunion bekriegen. Jeder ehrliche Proletarier der kapitalistischen Länder müsste aktiv daran arbeiten, »seine« Regierung zu stürzen. 4. Übertritt jedes ausländischen Soldaten, der den Arbeitsausbeutern »seines« Landes nicht helfen will, zur Roten Armee. Die Sowjetunion ist das Vaterland aller Arbeiter. 5. Die Losung »Verteidigung des Vaterlandes« ist eine täuschende Verkleidung der Interessen des Imperialismus in allen Bourgeoisländern, ausgenommen in den kolonialen und halbkolonialen Ländern, in denen ein nationalrevolutionärer Krieg gegen die Imperialisten stattfindet. In der Sowjetunion wird die Losung »Verteidigung des Vaterlandes« deshalb eine aufrichtige sein, weil wir ein sozialistisches Vaterland und die Gründung einer weltumspannenden Arbeiterbewegung verteidigen. 6. Wir sind »Verteidiger des Vaterlandes« seit dem 25. Oktober 1917. Unser »patriotischer« Krieg wird ein Krieg für die Sowjetrepublik sein, für das erste »Regiment in der internationalen Armee des Sozialismus«. »Unser patriotischer Krieg ist keine Stufe zu einem bürgerlichen Staat, sondern eine Stufe zu einer internationalen sozialistischen Revolution« (Lenin). Unsere Verteidigung des Vaterlandes ist die Verteidigung der proletarischen Diktatur. Unser Krieg wird von Arbeitern, Landarbeitern und armen Bauern gegen die reichen Bauern, die neue Bourgeoisie, die Bürokraten und die zaristischen Emigranten unternommen werden. Unser Krieg wird wirklich ein gerechter Krieg sein. Wer nicht ein Verteidiger der Sowjetunion ist, ist unbedingt ein Verräter am internationalen Proletariat.

Der Zusammenbruch der chinesischen Revolution und seine Ursache

Der Zusammenbruch der chinesischen Revolution hat, wenn auch nur vorübergehend, das Gleichgewicht der Kräfte zum Vorteil des Imperialismus verändert. Neue revolutionäre Konflikte, eine neue Revolution, sind in China unvermeidlich. Das ergibt sich mit Sicherheit aus der ganzen Lage.

Die opportunistischen Führer versuchen ihre Niederlage als unvermeidliche Folge der ganzen Verhältnisse zu erklären, vergessen aber, dass sie noch gestern eine schnell sich ausbreitende Revolution als Folge derselben Verhältnisse prophezeit haben.

Die entscheidende Ursache des unglücklichen Ausgangs der chinesischen Revolution war die durchaus verkehrte Politik der Leiter der russischen kommunistischen Partei und der ganzen Internationalen. Diese Politik war schuld daran, dass gerade in der entscheidenden Stunde in China keine wirkliche bolschewistische Partei bestand. Jetzt die ganze Schuld allein auf die chinesischen Kommunisten abzuschieben, ist dumm und verächtlich.

Was in Russland vorging, war ein klassisches Beispiel einer bürgerlich demokratischen Revolution, und dies ist auch der Grund, warum das chinesische Proletariat keinen, dem unsern ähnlichen Erfolg erringen konnte, sondern sich mit der Rolle begnügen musste, die das europäische Proletariat in den Revolutionen von 1848 spielte. Trotzdem liegt das Eigenartige der chinesischen Revolution unter den augenblicklichen internationalen Umständen nicht in dem Bestehen einer sog. »revolutionären« liberalen Bourgeoisie, auf die die Stalinsche Politik ihre Hoffnung gesetzt hatte, sie liegt auf ganz andern Gebieten.

Die chinesische Bauernschaft, die viel unterdrückter war als die russische unter dem Zarismus, und die nicht nur unter dem Joch einheimischer, sondern auch fremder Ausbeuter litt, konnte sich endlich erheben, und sie erhob sich mächtiger, als es die russische Bauernschaft in der Revolution von 1905 tat.

Schon 1920 schlug Lenin den Chinesen vor, Sowjets, Räte zu schaffen, und wie sehr er damit das Richtige traf, zeigt die ganze Lage der Jahre 1926 und 1927, in denen ein chinesisches Rätesystem eine Bauernherrschaft unter Führung des Proletariats herbeigeführt hätte. Die Räte wären wirkliche Organe der revolutionären, demokratischen Diktatur des Proletariats und der Bauernschaft und eine entscheidende Hilfe für die bürgerliche Kuomintang, für die bürgerliche Revolution, geworden.

Die Lehre Lenins, dass eine bürgerlich-demokratische Revolution nur durch ein Zusammengehen der Arbeiter und der von ihnen geführten Bauern gegen die eigentliche Bourgeoisie durchgeführt werden kann, ist nicht nur auf China, sondern auch auf alle ähnlichen kolonialen und halbkolonialen Länder anwendbar und bietet den einzigen Weg zum Siege in diesen Ländern.

Aus dem allen folgt, dass in China eine auf Sowjets gestützte revolutionärdemokratische Diktatur des Proletariats und der Bauern unter den gegenwärtigen Verhältnissen imperialistischer Kriege und proletarischer Revolutionen alle Möglichkeiten besessen hätte, sich verhältnismäßig schnell in eine sozialistische Revolution umzuwandeln.

Außer dieser Politik gab es nur den menschewistischen Weg einer Union mit der liberalen Bourgeoisie, der aber unvermeidlich zur Niederlage der Arbeiterklasse führt. Dies ist es ja auch, was sich tatsächlich 1927 in China ereignete.

Alle Beschlüsse, die zu Lebzeiten Lenins von dem zweiten und vierten Kongress der kommunistischen Internationale gemacht worden sind – die Beschlüsse über die Sowjets im Orient, über die völlige Unabhängigkeit der kommunistischen Arbeiterparteien in Ländern mit einer nationalrevolutionären Bewegung und über das Zusammengehen der Arbeiterklasse mit den Bauern gegen ihre Bourgeoisie und die ausländischen Imperialisten – sie waren vollständig vergessen.

Der Beschluss des siebenten verstärkten Plenums der Internationale vom November 1926 vermied nicht nur eine wirklich leninistische Beurteilung der sich bereits mächtig entwickelnden Verhältnisse in China, sondern er ging zu einem ganz und gar bürgerlich menschewistischen Kurs über. In diesem Beschluss wurde, so unglaublich es klingt, auch nicht ein Wort über den ersten konterrevolutionären Staatsstreich Tschang Kai-scheks vom März 1926 gesagt. Nicht ein Wort über das Erschießen von Arbeitern und Bauern und über andere Unterdrückungsmaßregeln, die die Kantonregierung während des Frühlings und Sommers 1926 in einer ganzen Reihe von Provinzen durchführte. Nicht ein Wort über die gegen die Arbeiterklasse gerichteten Zwangsentscheidungen. Nicht ein Wort über die Niederschlagung der Arbeiterausstände durch die Kantonregierung, über den Schutz, den sie den gelben Arbeitergewerkschaften angedeihen ließ. Nicht ein Wort über die Bemühungen der Kantonregierung, die Bauernbewegung zu erdrosseln und zu verleumden und ihre Ausbreitung zu verhindern. In dem

Beschluss des siebenten Plenums ist kein Aufruf zur Bewaffnung der Arbeiter, zum Kampf gegen den konterrevolutionären Generalstab. Die Truppen Tschang Kai-scheks werden in diesem Beschluss eine revolutionäre Armee genannt. Keine Aufforderung zur Schaffung einer täglich erscheinenden kommunistischen Presse befindet sich darin, und es wird nicht einmal klar und deutlich ausgesprochen, dass wir eine ehrliche und unabhängige kommunistische Partei in China haben müssen. Zu dem allen kommt noch, dass das siebente Plenum die Kommunisten drängte, in die nationale Regierung einzutreten, was unter den augenblicklichen Verhältnissen nur das denkbar größte Unheil herbeiführen würde.

Der Beschluss der Internationale sagt: »Das System der nationalen revolutionären Regierung (damit ist die Regierung Tschang Kai-scheks gemeint) bietet einen wirklichen Weg zur Solidarität mit den Bauern.« Ferner sagt er (im November 1926!): »Selbst gewisse Schichten der Großbourgeoisie können eine Zeit lang Hand in Hand mit der Revolution marschieren.«

Der Beschluss des siebenten Plenums ging schweigend über die Tatsache hinweg, dass der Zentralausschuss der chinesischen Partei nach März 1926 die Verpflichtung annahm, den Sun-Yatsenismus nicht zu kritisieren; dass er auf die Grundrechte einer unabhängigen Arbeiterpartei verzichtete, ein reaktionäres liberales Bauernprogramm annahm und schließlich dem Sekretär seines Zentralausschusses, dem Genossen Tschen Duschiu, erlaubte, in einem offenen Briefe vom 4. Juli 1926 den Sun-Yatsenismus als die »allgemeine Ansicht« der Arbeiter und Bürger in der nationalen Bewegung anzuerkennen.

Annähernd zu der gleichen Zeit erklärten höchst verantwortliche russische Genossen, die Ausbreitung eines Bürgerkrieges in China würde die Kampffähigkeit der revolutionären Regierung schwächen, mit andern Worten, sie verhinderten offiziell die Entwicklung der agrarischen Revolution.

Am 5. April 1927, als die ganze Lage schon genügend klar sein konnte, erklärte Genosse Stalin auf einer Versammlung der Moskauer Parteileitung, Tschang Kai-schek sei ein Kämpfer gegen den Imperialismus, er habe sich den Grundsätzen der Kuomintangpartei unterworfen und müsse daher als zuverlässiger Bundesgenosse angesehen werden. Mitte Mai, als sich die Lage noch mehr geklärt hatte, erklärte Genosse Stalin, die Kuomintang in Wuhan sei eine revolutionäre Regierung, sei ein revolutionäres, von allen rechts stehenden Elementen gesäubertes Zentrum.

Das achte verstärkte Plenum der Internationale vom Mai 1927 fand nicht in sich die Kraft, diese menschewistischen Irrtümer zu korrigieren.

Die Opposition brachte auf diesem achten Plenum folgende Darlegung ein:

»Das Plenum würde richtig handeln, wenn es die Resolution Bucharins ganz verwürfe und statt dessen eine Resolution nach folgenden Gesichtspunkten annähme: Die Bauern und Arbeiter sollten den Führern der Kuomintang nicht trauen, sondern sich in Gemeinschaft mit den Soldaten ihre eigenen Sowjets schaffen. Die Sowjets sollten die Arbeiter und die Avantgarde der Bauern bewaffnen. Die kommunistische Partei sollte eine völlige Unabhängigkeit besitzen, eine täglich erscheinende Presse gründen und die Führung in der Errichtung der Sowjets übernehmen. Das Land sollte den Gutsherren sofort genommen werden. Die reaktionäre Bürokratie sollte sofort beseitigt werden. Gegen verräterische Generale und überhaupt gegen Konterrevolutionäre sollte ohne Verzug vorgegangen werden. Das allgemeine Ziel müsste eine demokratische Diktatur durch die Sowjets der Arbeiter- und Bauernvertreter sein.«

Der Versuch der Opposition, die Partei darauf aufmerksam zu machen, dass die Regierung in Wuhan durchaus nicht revolutionär sei, wurde von Stalin und Bucharin als »ein Kampf gegen die Partei«, als »ein Angriff auf die chinesische Revolution« bezeichnet.

Nachrichten, die den wirklichen Verlauf der Revolution und Konterrevolution in China kennzeichneten, wurden verheimlicht oder gefälscht. Die Sache ging so weit, dass das Zentralorgan unserer Partei die Entwaffnung der Arbeiter durch die chinesischen Generale unter der Überschrift »Verbrüderung der Soldaten mit den Arbeitern« ankündigte. In Verhöhnung der Lehren Lenins versicherte Stalin, das Verlangen der Errichtung von Sowjets in China bedeute das Verlangen einer sofortigen Diktatur des Proletariats. Tatsächlich hat Lenin schon während der Revolution von 1905 die Sowjets als Organe einer demokratischen Diktatur des Proletariats und der Bauern verlangt. Das von der Opposition zur rechten Zeit gestellte Verlangen nach Errichtung von Sowjets in China wurde von Stalin und Bucharin mit der Beschuldigung einer »Unterstützung und Förderung der Konterrevolution« beantwortet. Als die Häuser der revoltierenden Bauern und Arbeiter durch die »revolutionären« Generale zerstört wurden, erhoben Stalin und Bucharin, um ihren Bankrott zu verschleiern, plötzlich selbst die Forderung der Errichtung von Sowjets in China – und dann vergaßen sie es schon am nächsten Morgen wieder.

Zuerst wurde die chinesische kommunistische Partei als »eine Mustersektion der Internationale« bezeichnet, und die leiseste Kritik, die sich die Opposition über sie erlaubte – zu einer Zeit, da Fehler noch korrigiert werden konnten–, wurde unterdrückt und als ein »verächtlicher Angriff« auf die chinesische Partei beschimpft. Später, als der traurige Fehlschlag der Martinow, Stalin und Bucharin völlig klar wurde, versuchte man alle Schuld auf die junge chinesische kommunistische Partei zuschieben.

Diese menschewistische Politik erhält ihren schärfsten Ausdruck durch eine freie und offene Verfälschung der revolutionären Lehren Lenins. Stalin, Bucharin und die »Schule der Jungen« sind jetzt dabei, zu beweisen, dass die Lehren Lenins über die nationalen revolutionären Bewegungen auf eine Empfehlung des Zusammenwirkens mit der Bourgeoisie hinauslaufen.

Im Jahre 1920, auf dem zweiten Kongress der kommunistischen Internationale, sagte Lenin: »Es hat eine gewisse Annäherung der bürgerlichen Klassen der imperialistischen und kolonialen Länder stattgefunden, sodass sehr häufig, ja in den meisten Fällen, die Bourgeoisie des unterdrückten Landes, obgleich sie die nationale Bewegung begünstigt, zur selben Zeit gemeinsam mit der imperialistischen Bourgeoisie gegen alle revolutionären Bewegungen und revolutionären Klassen kämpft.«

Lenin würde mit denselben Worten heute diejenigen verurteilen, die sich auf ihn beziehen, um ihr menschewistisches politisches Zusammengehen mit Tschang Kai-schek und andern zu rechtfertigen. Lenin sagte gerade über diese Frage im März 1917:

»Unsere Revolution ist bürgerlich, und darum sollten die Arbeiter die Bürger unterstützen«, sagen unnütze Politiker aus dem Lager der Nutznießer der Revolution. »Unsere Revolution ist bürgerlich,« sagen wir Marxisten, »darum müssten die Arbeiter dem ganzen Volke die Augen öffnen über die Betrügereien der bürgerlichen Politiker und das Volk lehren, den Worten dieser Politiker nicht zu glauben, sondern sich auf ihre eigene Kraft, ihre eigene Organisation, ihre eigenen Verbände, ihre eigenen Waffen und Munition verlassen.«

In den Augen des internationalen Proletariats dürfte es kein größeres Verbrechen geben, als ein solcher Versuch, Lenin als den Apostel eines Bündnisses mit der Bourgeoisie hinzustellen. Man wird in der Geschichte der revolutionären Bewegung kaum einen Fall finden, wo marxistische Prophezeiungen sich so rasch erfüllt haben, wie die der Opposition über die Probleme der chinesischen Revolution in den Jahren 1926 und 1927.

Ein Studium des Verlaufs der Ereignisse in der chinesischen Revolution und der Ursachen ihres Zusammenbruchs ist eine wichtige und dringende Aufgabe für die Kommunisten der ganzen Welt.

Diese Fragen werden morgen Lebensfragen für die ganze Arbeiterbewegung nicht nur in China, sondern auch in Indien und den andern östlichen Ländern – und so für das internationale Proletariat überhaupt werden. In den Debatten über diese Fragen, die die Heranbildung von Regimentern echter Bolschewisten für die kommende Revolution.

Die Wiedererstarkung des Kapitalismus und die Taktik der kommunistischen Internationale

Einer der Hauptlehrsätze des Bolschewismus ist der, dass mit dem Weltkrieg und unserer Revolution die Epoche der sozialistischen Revolution begonnen hat. Die kommunistische Internationale wurde als eine »Partei der Weltrevolution« gegründet. Eine Anerkennung dieser Tatsache wurde in den »einundzwanzig Punkten« festgelegt. Und es war in erster Linie auf diesem Gebiete, dass die Kommunisten sich mit den sozialdemokratischen, unabhängigen Menschewisten aller Schattierungen entzweiten.

Natürlich bedeutet eine Anerkennung der Tatsache, dass mit dem Kriege und dem Oktobertag eine Epoche der Weltrevolution begonnen hat, noch nicht, dass wir zu jeder gegebenen Zeit unmittelbar vor einer revolutionären Situation stehen. In gewissen Perioden, in einzelnen Ländern und in besonderen Produktionszweigen ist der »sterbende Kapitalismus« (Lenin) einer gewissen Wiederherstellung seiner Wirtschaft und selbst einer Weiterentwicklung seiner produktiven Kräfte fähig. Die Epoche der Weltrevolution wird ihre Perioden der Hebungen und Senkungen haben. Um so wichtiger wird es für die arbeitende Klasse und ihre Partei sein, sich bereitzuhalten, nicht dem Einfluss der konterrevolutionären Sozialdemokratie zu verfallen und eine tüchtige Führerschaft in der Internationale zu besitzen. Aber diese Ebbe und Flut in der Revolution ändert nichts an der grundsätzlichen Leninschen Einschätzung unserer gegenwärtigen Epoche im Ganzen. Nur diese Einschätzung kann die Grundlage der revolutionären Strategie der kommunistischen Internationalen bilden.

Nun ist aber die Stalingruppe infolge einer Reihe von Niederlagen der internationalen revolutionären Bewegung und der daraus entstandenen pessimistischen Stimmung, ohne dass sie es selbst merkte, zu einer vollständig »neuen« und im Grunde sozialdemokratischen Einschätzung der augenblicklichen Epoche gekommen. Die neue »Theorie«, dass der Sozialismus auch in einem bestimmten Lande allein durchgeführt werden könnte, entspringt natürlich der Annahme, die Wiedererstarkung des Kapitalismus würde noch eine Reihe von Dekaden andauern. Es ist kein Zufall, dass die Theorie eines Sozialismus in einem einzelnen Lande von den Sozialrevolutionären sowohl des rechten wie des linken Flügels warm begrüßt wurde. Tschernow hat anlässlich dieses Themas über den »Kommunistischen Populismus« Stalins und Bucharins geschrieben. Das Organ der linken Sozialrevolutionäre schrieb: »Stalin und Bucharin versichern, genau wie Narodniks, dass der Sozialismus auch in einem Einzelland gewinnen kann.« Die Sozialrevolutionäre unterstützen diese Theorie deshalb, weil sie darin einen Verzicht auf die Taktik der Weltrevolution sehen.

In dem auf einen Bericht Stalins durch den vierzehnten Parteikongress angenommenen Beschluss befindet sich folgende, offenbar falsche, Feststellung: »Auf dem Gebiete der internationalen Beziehungen haben wir eine Verstärkung und Verlängerung der ›Atempause‹, die sich zu einer ganzen Periode ausdehnt.« Auf dem siebenten verstärkten Plenum stellte Stalin am 7. Dezember 1926 in seinem Bericht die ganze Politik der Internationale auf die gleiche, vollständig falsche Einschätzung der Weltsituation ein. Diese Einschätzung hat sich inzwischen als offensichtlich falsch erwiesen.

Die Resolution des vereinigten Plenums des Zentralausschusses und des zentralen Kontrollausschusses von Juli und August 1927 spricht ohne die geringste Einschränkung von der technischen, wirtschaftlichen und politischen Wiedererstarkung des Kapitalismus. Dies bringt die Stalinsche Einschätzung der Weltlage noch viel näher an die der Führer der zweiten Internationale (an Otto Bauer, Hilferding, Kautsky und andere) heran.

Seit dem vierzehnten Kongress sind etwas über anderthalb Jahre verflossen. Im Verlauf dieser Zeit hatten wir, um nur die allerwichtigsten Ereignisse anzuführen, den Generalstreik in England, die gewaltigen Ereignisse der chinesischen Revolution, den Arbeiteraufstand in Wien. Diese mit ihrer ganzen explosiven Kraft hinter den Verhältnissen der »Wiedererstarkung« versteckten Ereignisse zeigen uns, wie viel an zerstörendem Material der Kapitalismus angesammelt hat, wie schwach es in Wirklichkeit mit seiner Erstarkung steht. Diese Ereignisse widersprechen direkt der Theorie des Sozialismus in einem einzelnen Land.

Andere dunkle Seiten der Erstarkung des Kapitalismus sind die 20 Millionen Arbeitslose, die kolossale Untätigkeit des produktiven Apparats, das ungesunde Wachsen der militärischen Rüstungen, die außerordentliche Unsicherheit der internationalen wirtschaftlichen Beziehungen. Nichts enthüllt so sehr die Eitelkeit der Hoffnung auf eine lange Friedensperiode als die Kriegsgefahr, die gerade jetzt wieder über Europa hängt. Nur der Kleinbürger träumt, verblendet durch den Sieg des Kapitalismus über die Arbeiter, verblendet durch den technischen, wirtschaftlichen und politischen Erfolg des Kapitalismus, von einer Verfestigung der Verhältnisse für Dekaden. Aber die wirklichen Tatsachen, die sich in der Richtung auf einen Krieg hin entwickeln, werden jede Wiedererstarkung in die Luft sprengen. Außerdem werden die Arbeiterklassen und die unterdrückten kolonialen Massen des Ostens immer wieder versuchen, mit Gewalt diese Erstarkung zu vernichten. Jetzt in England, jetzt in China, jetzt in Wien. Wir hatten einen Generalstreik in England bei nur 5000 Mitgliedern der englischen kommunistischen Partei. Wir hatten einen Arbeiteraufstand in Wien bei nur 6000 Mitgliedern der österreichischen kommunistischen Partei. Wir hatten einen bewaffneten Aufstand der Arbeiter- und Bauernmassen in China, während der Zentralausschuss der chinesischen kommunistischen Partei, wie sich jetzt herausstellt, nur ein

Anhängsel der bürgerlichen Führerschaft der Kuomintang war. Dies sind die schreienden Widersprüche der gegenwärtigen Weltlage. Dies sind die Tatsachen, die die Erstarkung des Kapitalismus stützen und verlängern sollen. Unser größtes Problem ist heute, die kommunistischen Parteien zu der Höhe der riesigen Anforderungen hinaufzuentwickeln, die die Gegenwart an sie stellt. Aber das verlangt in erster Linie ein richtiges Verstehen der ganzen Weltlage durch die kommunistische Internationale selbst.

Die internationale kommunistische Partei müsste sich die Aufgabe stellen, die ganze internationale Arbeiterklasse zusammenzufassen zur Verhinderung des Krieges, zur Verteidigung der Sowjetunion und zur Umwandlung des imperialistischen Krieges in einen Krieg für den Sozialismus. Dazu sollte man aber vor allem auch die revolutionär gesinnten, noch nicht kommunistischen Arbeiter gewinnen, die Nichtorganisierten, die Syndikalisten, Anarchisten, Gewerkschaftler und sogar die ehrlichen Arbeiter, die noch Mitglieder rein bürgerlicher Organisationen sind.»Unter der vereinten Arbeiterfront muss man die Einheit aller Arbeiter verstehen, die gegen den Kapitalismus kämpfen wollen, und dies schließt auch diejenigen Arbeiter ein, die den anarchistischen Syndikalisten usw. folgen. In den romanischen Ländern ist die Zahl solcher Arbeiter noch recht beträchtlich.« So lautete die Resolution des vierten Kongresses der kommunistischen Internationale unter Lenin. Sie behält noch heute ihre volle Kraft und Geltung. Das gegenwärtige Handeln der Führer der zweiten Internationale und der Amsterdamer Gewerkschaftsinternationale zeigt ganz deutlich, dass sie in einem zukünftigen Krieg in ihrer Unehrlichkeit und ihrem gewissenlosen Verrat noch die Rolle übertreffen werden, die sie 1914 bis 1918 gespielt haben. Der Franzose Paul Boncour hat ein Gesetz eingebracht, das den Verrat der Arbeiterklasse schon jetzt durch einen für den Krieg vorgesehenen bürgerlichen Diktator sichert. Der Generalausschuss der englischen Gewerkschaften verteidigt die Mörder Woikows und billigt die Verschiffung von Truppen nach China. Kautsky in Deutschland predigt einen bewaffneten Aufstand gegen die russische Sowjetmacht, und der Zentralausschuss der deutschen Sozialdemokratie organisiert einen »Handgranatenfeldzug«. Die sozialdemokratischen Minister Finnlands und Litauens und die Führer der polnisch sozialistischen Partei sind ständig bereit, einen Krieg gegen die Sowjetunion zu unterstützen. Die Führer der amerikanischen Gewerkschaftsunion reden wie die giftigsten Reaktionäre und kämpfen offen gegen die Anerkennung der Sowjetunion. Die »Sozialisten« der Balkanstaaten unterstützen die Henker ihrer eigenen Arbeiter und werden ebenfalls ständig bereit sein, einen Krieg gegen die »feindliche« Sowjetunion mitzumachen. Die österreichischen sozialdemokratischen Führer sind in Worten »für die Sowjetunion«, aber Leute, die ihren Faschisten geholfen haben, sich bei dem Aufstand in Wien im Blute der Arbeiter zu baden, werden natürlich im entscheidenden Augenblick auf der Seite der Kapitalisten stehen. Die russischen Menschewisten und Sozialrevolutionäre treten nur deswegen nicht für eine Intervention gegen die Sowjetunion ein, weil bisher noch keine von den stärkeren Nationen zur Intervention bereit sind. Die Führer der sogenannten »linken Sozialdemokratie«, die ihre im Grunde konterrevolutionären Ansichten verbergen, bilden die Hauptgefahr, weil sie mehr als sonst jemand die Arbeiter, die noch dem sozialdemokratischen Banner folgen, daran hindern, endgültig mit diesen Agenten der Bourgeoisie in der Arbeiterbewegung zu brechen. Ehemalige Mitglieder der kommunistischen Internationale (wie Katz, Schwartz, Korsch und Rosenberg) spielen dadurch, dass sie mit dem Kommunismus durch eine Ultralinksschwenkung gebrochen haben, dieselbe Verräterrolle.

Ein Liebäugeln mit diesen sozialdemokratischen Führern (die in allen ihren Schattierungen, von den offen Rechtsgerichteten bis zu den angeblich Linksgesinnten, absolut antirevolutionär sind) wird immer gefährlicher werden, je mehr sich uns der Krieg nähert. Die Taktik der vereinten Front dürfte unter keinen Umständen zu einer Vereinigung mit den Verrätern des Generalausschusses der Gewerkschaften oder zu einer Verständigung mit Amsterdam führen. Solch eine Politik würde die Arbeiterklasse verwirren und schwächen, die Stellung der zweifellosen Verräter stärken und die höchste Anspannung unserer Kräfte hindern. Der falsche Kurs, der in der Stalinschen Phrase »Gefahr von links!« gipfelt, hat es in den letzten zwei Jahren so weit gebracht, dass heute die vorherrschende Führerschaft in den wichtigsten Sektionen der Internationale gegen den Willen der Arbeiterkommunisten in die Hände des rechten Flügels geraten sind. (Dies ist in Deutschland, in Polen, in der Tschechoslowakei, in Frankreich, Italien und England geschehen.)

Die Politik dieser herrschenden rechten Gruppen geht dahin, den ganzen linken Flügel der kommunistischen Internationale auszuscheiden, wodurch die Macht der ganzen Partei geschwächt und unheilvolle Gefahren heraufbeschworen werden.

Besonders hat sich diese Politik der Beseitigung des ganzen linken Flügels der Internationale beim Ausschluss der Urbangruppe in Deutschland gezeigt. Indem man einige scharfe, polemische Ausdrücke, die die Parteigänger Urbans und Maslows gebrauchten, um sich gegen Beschimpfungen wie »Renegaten«, »Konterrevolutionäre«, »Agenten Chamberlains« usw. zu wehren, in ungehöriger Weise hervorhob, hat die Stalingruppe es so weit gebracht, die deutsche Linke mit Gewalt auf den Weg der Gründung einer zweiten Partei zu bringen. Sie tut überhaupt ihr Bestes, um die Spaltung in den Reihen der deutschen Kommunisten zu einer dauernden Tatsache zu machen.

In Wirklichkeit verteidigt die Urbangruppe in allen Grundfragen der internationalen Arbeiterbewegung die Ansichten Lenins. Sie verteidigt die Sowjetunion und wird sie auch im entscheidenden Augenblick bis zum letzten Blutstropfen verteidigen. Sie umfasst Hunderttausende der alten Arbeiterbolschewisten, die mit den breiten Massen des Proletariats verbunden sind. Sie besitzt auch die Sympathie vieler Tausende von Arbeiterkommunisten, die in der Deutschen Kommunistischen Partei verblieben sind.

Eine Wiederaufnahme aller ausgeschlossenen Genossen, die die Autorität des Kongresses der Internationale anerkennen – vor allem der Genossen aus der Urbangruppe – ist der erste Schritt dazu, Stalins Handeln, das auf eine Zersplitterung der Partei gerichtet war, wieder gut zu machen. In seiner Schrift »Kinderkrankheiten der Linksbewegung«, in denen Lenin die Irrtümer der Ultralinksgerichteten schilderte, sagte er, der Hauptfeind des Bolschewismus in der Arbeiterbewegung sei und bleibe der Opportunismus. »Dieser Feind bleibe auch der Hauptgegner auf dem internationalen Gebiete.« Dieser Feststellung fügte Lenin auf dem zweiten Kongress der Internationale noch hinzu, dass »im Vergleich mit diesem Problem es ein leichtes sein würde, Irrtümer des linken Flügels im Kommunismus wieder gut zu machen.« Als Lenin von der Linken sprach, dachte er an die Ultralinksgerichteten, während Stalin, wenn er von dem Kampfe gegen die äußerste Linke spricht, die revolutionären Leninisten im Auge hat.

Ein entschiedener Kampf gegen die rechtsgerichtete opportunistische Bewegung als dem Hauptfeind und eine Verbesserung der Irrtümer der links gerichteten Bestrebungen – das war das Programm Lenins. Wir, die Anhänger der Opposition, schlagen dasselbe Programm vor.

Die Macht des »sozialistischen« Opportunismus ist letzten Endes die Macht des Kapitalismus. Während der ersten Jahre der Nachkriegskrisis (1918 bis 1921), als der Kapitalismus schnell dem Abgrund entgegen glitt, sank mit ihm auch die offizielle Sozialdemokratie. Die Niederlage der italienischen Arbeiter in den Jahren 1920 und 1921, die des deutschen Proletariats 1921 bis 1923, der Zusammenbruch des großen Streiks in England 1926 und die Besiegung des chinesischen Proletariats 1927 haben, was auch sonst die Ursachen davon waren, eine zeitweilige Unterdrückung der revolutionären Welle in den oberen Schichten des Proletariats zur Folge gehabt. Sie haben für eine gewisse Zeit die Sozialdemokratie auf Kosten der kommunistischen Partei gestärkt. Und innerhalb der kommunistischen Partei geben sie dem rechten Flügel eine vorübergehende Herrschaft auf Kosten des linken Flügels. Die Rolle der Arbeiteraristokratie, der Arbeiterbürokratie und ihrer kleinbürgerlichen Verbündeten wird in einer solchen Zeit besonders stark und besonders rückschrittlich.

In gewisser Hinsicht müssen diese Prozesse unvermeidlich die Kommunistische Partei der Sowjetunion beeinflussen. Die behördliche Zentrale richtet ihr Feuer ausschließlich nach links und hat so einfach auf mechanische Weise das Schwergewicht der Kräfte noch mehr zuungunsten des linken, leninistischen Flügels verschoben. Es hat sich eine Situation herausgebildet, in der die Partei überhaupt nicht mehr bestimmt, sondern nur noch der Apparat.

Dies sind die allgemeinen Gründe für den sinkenden Einfluss des leninistischen Flügels auf die Politik der Internationale, der russischen kommunistischen Partei und den Sowjetstaat. Die Folge davon ist nun, dass die rechts stehenden, halbsozialdemokratischen Elemente, die sich noch lange nach der Oktoberrevolution in den Reihen unserer Feinde befanden und schließlich wie zur Probe in die kommunistische Internationale aufgenommen wurden (hierzu gehören Martinow, Schmeral, Rafies, D. Petrowski, Pepper und andere) jetzt immer häufiger und immer lauter im Namen der Internationale sprechen. Und zu ihnen muss man die Namen von absoluten Abenteurern hinzufügen, wie es Heinz Neumann und ähnliche Menschen sind. In den Massen aber schließen sich die Elemente zu einer neuen Bewegung nach links, zu einer neuen revolutionären Erhebung, bereits zusammen. Die Opposition ist dabei, sich auf diesen Tag theoretisch und politisch vorzubereiten.

DIE HAUPTSCHLUSSFOLGERUNGEN

1. In den herrschenden Kreisen unserer Majorität werden unter dem Einfluss unseres Zerwürfnisses mit England und anderer auswärtiger und einheimischer Schwierigkeiten folgende Pläne erwogen: Man will die zaristische Staatsschuld anerkennen. Man will mehr oder weniger das Monopol des auswärtigen Handels aufheben. Man will sich von China zurückziehen, das heißt, man will für eine Zeit auf eine Unterstützung der chinesischen Revolution und der allgemeinen nationalrevolutionären Bewegung verzichten. Man will sich im Lande nach rechts entwickeln und der Nep, dem Privatkapitalismus, eine kleine Ausdehnung gestatten. Um diesen Preis hofft man, die Kriegsgefahr abzuwenden, die internationale Lage der Sowjetunion zu verbessern und auch die inneren Schwierigkeiten zu beseitigen, oder wenigstens zu vermindern. Der ganze Plan basiert auf der einzigen Annahme, dass der Kapitalismus auf Jahrzehnte hinaus gesichert ist.

In Wirklichkeit bedeutet dieses »Manöver« unter den augenblicklichen Umständen eine völlige Kapitulation der Sowjetmacht, den Weg von der Nep, vom kapitalistischen Einzelunternehmer, zum Kapitalismus überhaupt. Die Imperialisten würden alle unsere Zugeständnisse annehmen, um so schneller zu neuen Angriffen und selbst zum Kriege überzugehen. Die Kulaks, die Nepleute und die Bürokraten würden auf unsere Konzessionen hin um so beharrlicher alle antikommunistischen Kräfte gegen unsere Partei organisieren. Unsere ganze »Taktik« würde nur unsere neue Bourgeoisie so eng wie möglich mit der ausländischen Bourgeoisie verbinden. Die wirtschaftliche Entwicklung der Sowjetunion würde unter die völlige Kontrolle des internationalen Kapitals geraten, sodass wir jeden geliehenen Penny mit einem Rubel Sklaverei bezahlen müssten. Und die Arbeiterklasse und die große Masse der Bauern, sie würden ihren Glauben an die Macht des Sowjetstaates und an seine Führung verlieren.

Wir müssen natürlich versuchen, uns, wenn es möglich ist, vom Kriege »loszukaufen«. Aber gerade aus diesem Grunde müssen wir stark und geeint bleiben, müssen wir unentwegt die Taktik der Weltrevolution verteidigen und die Internationale zu stärken suchen. Nur auf diese Art haben wir eine ernstliche Möglichkeit, den Krieg genügend lang hinauszuschieben, ohne dabei einen Preis zu bezahlen, der die Grundlage unserer Macht zerstört und uns, falls der Krieg sich als unvermeidlich erweisen sollte, der Unterstützung des internationalen Proletariats und der Möglichkeit des Siegens beraubt.

Lenin machte den Imperialisten gewisse wirtschaftliche Zugeständnisse, um sich vom Kriege loszukaufen, oder um internationales Kapital zu billigen Bedingungen heranzuziehen. Aber weder unter diesen Umständen noch in den schwierigsten Augenblicken der Revolution hat Lenin je daran gedacht, das Monopol des auswärtigen Handels zu zerstören, den wohlhabenden Bauern politische Rechte einzuräumen, von der Unterstützung der Weltrevolution und deren Taktik abzugehen.

Wir müssen daher in erster Linie rückhaltlos und mit aller Kraft für die Ermutigung und Stärkung der internationalen Revolution eintreten. Wir müssen uns entschlossen allen diesen pseudostaatsmännischen Tendenzen des Nachgebens entgegenstellen, die sich in Bemerkungen zeigen, wie diesen, wir hätten kein Recht gehabt, uns in die chinesischen Verhältnisse einzumischen, wir sollten lieber so schnell wie möglich uns aus China hinausmachen, wenn wir uns vernünftig benähmen, würden uns die andern schon in Ruhe lassen, usw. Die »Theorie« des Sozialismus in einem einzelnen Lande spielt jetzt eine tatsächlich zersetzende Rolle und verhindert offenbar den Zusammenschluss der internationalen Kräfte des Proletariats um die Sowjetunion. Sie lullt die Arbeiter der anderen Länder ein, indem sie ihr Gefühl für die augenblicklichen Gefahren abstumpft.

2. Eine andere Aufgabe von gleicher Wichtigkeit ist die Festigung unserer Parteireihen, ist die Beschneidung der Möglichkeit für die Imperialisten und die Führer der Sozialdemokratie, offen auf eine Zersplitterung der Partei und auf weitere Ausschließungen zu hoffen. Alles dieses hat eine direkte Verbindung mit der Kriegsfrage, denn die ganzen gegenwärtigen Versuche der Imperialisten stützen sich auf solche politische Stimmungsmomente. Alle Organe der internationalen Bourgeoisie und Sozialdemokratie zeigen jetzt ein ganz ungewöhnliches Interesse für unsere inneren Parteistreitigkeiten. Sie ermutigen und hetzen offen die jetzige Majorität des Zentralausschusses, die Opposition aus den leitenden Organen der Partei, und wenn möglich, auch aus der Partei selbst zu entfernen, ja sich gänzlich ihrer zu entledigen. Von der reichsten bürgerlichen Zeitung, der New York Times an, bis zu dem höchst geschmeidigen Organ der zweiten Internationale, der Wiener Arbeiterzeitung Otto Bauers, beglückwünschen alle Organe der Bourgeoisie und der Sozialdemokraten die »Regierung Stalins« zu ihrem Kampf gegen die Opposition. Sie drängen diese Regierung, auch weiterhin ihre »staatsmännische Klugheit« zu zeigen durch eine entschlossene Beseitigung dieser oppositionellen »Propagandisten der internationalen Revolution«. Bei sonst gleichbleibenden Verhältnissen wird ein Krieg um so später eintreten, je länger die Hoffnungen des Feindes auf eine Ausschließung der Opposition unerfüllt bleiben. Ja, wir können uns sogar, wenn dies möglich ist, von einem Kriege loskaufen und, wenn wir zum Kriege gezwungen werden, siegreich behaupten – aber einzig nur, wenn wir einig bleiben, wenn wir die Hoffnung der Imperialisten auf eine Spaltung oder eine Verstümmelung zuschanden machen. Denn diese würden nur den Kapitalisten nützen.

3. Es ist notwendig, unsern Klassenstandpunkt in der internationalen Arbeiterbewegung stärker zu betonen, den Kampf gegen den linken Flügel der Internationale zu beenden, die ausgeschlossenen Mitglieder, soweit sie sich den Kon-

gressbeschlüssen fügen, wieder aufzunehmen und ein für alle Mal die Politik des »herzlichen Einvernehmens« mit den verräterischen Führern des englischen Gewerkschaftsausschusses zu verdammen. Ein Bruch mit ihnen wird in der gegenwärtigen Lage dieselbe Bedeutung haben, wie es 1914 der Bruch mit dem internationalen sozialistischen Büro der zweiten Internationale hatte. Lenin verlangte diesen Bruch in einem Ultimatum von jedem Revolutionär. Ein weiteres Verbleiben in einer Gemeinschaft mit diesem Gewerkschaftsausschuss heißt heute wie damals, den konterrevolutionären Führern der zweiten Internationale helfen.

4. Wir müssen entschieden unseren Standpunkt in der nationalrevolutionären Bewegung verbessern – vor allem in China, aber auch in einer Reihe von andern Ländern. Wir müssen die Politik der Martinow, Stalin und Bucharin aufgeben und zu dem Kurs zurückkehren, den Lenin in den Beschlüssen des zweiten und vierten Kongresses der kommunistischen Internationale festgelegt hat. Im andern Falle werden wir statt eines Förderers, ein Hemmschuh der nationalrevolutionären Bewegung sein und unvermeidlich die Sympathien der Arbeiter und Bauern des Ostens verlieren. Die chinesische kommunistische Partei muss jede organisatorische und politische Abhängigkeit von der Kuomintang beseitigen, sie muss die Kuomintang aus ihren eigenen Reihen entfernen.

5. Wir müssen beharrlich, planvoll und entschlossen für den Frieden kämpfen. Wir müssen den Krieg hinausschieben, »uns von der Kriegsdrohung loskaufen«. Alles, was uns möglich und erlaubt ist, müssen wir zu diesem Zwecke tun. Zur gleichen Zeit müssen wir uns aber auch sofort für einen Krieg bereit machen und keinen Augenblick die Hände in den Schoß legen. Vor allem aber sollten wir dem unnützen, zersetzenden Geschwätz, ob eine unmittelbare Kriegsgefahr drohe, ein Ende machen.

6. Wir müssen entschieden unseren Klassenstandpunkt auf dem Lande verbessern. Wenn der Krieg unvermeidlich ist, dann kann nur eine unbedingt bolschewistische Politik den Sieg erringen, eine Politik, in der Arbeiter, Landarbeiter und arme Bauern im Bündnis mit den Mittelbauern gegen den reichen Bauern, gegen den Privatkapitalisten, gegen den Bürokraten kämpfen.

7. Wir müssen unsere ganze Wirtschaft, unseren Etat usw. für den Kriegsfall vorbereiten.

Der Kapitalismus ist in eine neue Störungsperiode eingetreten. Ein Krieg mit der Sowjetunion würde, ebenso wie ein Krieg mit China, eine Reihe von Katastrophen für den internationalen Kapitalismus bedeuten. Der Krieg von 1914 bis 1918 war ein gewaltiger »Beschleuniger« (Lenin) der sozialistischen Revolution. Neue Kriege, und besonders ein Krieg gegen die Sowjetunion, würden, wenn wir uns einer korrekten Politik befleißigten, uns die Sympathie der arbeitenden Massen der ganzen Erde gewinnen und dann zu einem noch stärkeren »Beschleuniger« des Niederganges des Weltkapitalismus werden. Sozialistische Revolutionen entwickeln sich auch ohne neue Kriege, aber neue Kriege führen unvermeidlich zu einer sozialistischen Revolution.

Die Rote Armee und die Rote Flotte

Die internationalen Verhältnisse stellen die Frage der Verteidigung der Sowjetunion immer mehr in den Vordergrund. Die Partei, die Arbeiterklasse und die Bauernschaft werden sich mit erneuter und größerer Aufmerksamkeit der Roten Armee und der Roten Flotte zuwenden müssen.

Alle Einzelheiten unseres wirtschaftlichen, politischen und kulturellen Lebens sind mit dem Problem der Verteidigung verknüpft, und die Armee spiegelt unsere ganze soziale Struktur wieder. Aber sie zeigt nicht nur in der allerschärfsten Weise die starke, sondern auch die schwache Seite unserer Regierung. Erfahrung lehrt, dass man sich gerade auf diesem Gebiet am allerwenigsten auf den bloßen Anschein verlassen darf. Es ist hier besser, etwas zu weit zu gehen im immer erneuten Untersuchen und Kritisieren, als in einem bequemen Vertrauen und Zufriedensein.

Die Frage der gegenseitigen Beziehungen unserer Volksklassen und einer richtigen Politik auf diesem Gebiete ist von entscheidender Bedeutung für die innere Solidarität der Armee und das Verhältnis der Soldaten zu dem kommandierenden Stab. Die Frage der Industrialisierung hat eine entscheidende Bedeutung für die technischen Hilfsquellen unserer Verteidigung. Alle Maßnahmen, die sonst in diesem unserem Programm empfohlen sind – auf den Gebieten der internationalen Politik und der internationalen Arbeiterbewegung, der Industrie, des Ackerbaus, des Sowjetsystems, der nationalen Frage, der Partei und des Bundes der kommunistischen Jugend – alle diese Fragen sind von allergrößter Wichtigkeit für die Stärkung der Roten Armee und der Roten Flotte.

Unsere praktischen Vorschläge auf diesem Felde haben wir dem politischen Büro eingereicht.

Wirkliche und angebliche Meinungsverschiedenheiten

Nichts beweist so klar den falschen politischen Kurs der Stalingruppe, wie ihr beharrliches Ankämpfen, nicht gegen unsere wirklichen Meinungen, sondern gegen angebliche Meinungen, die wir gar nicht haben und nie gehabt haben.

Wenn die Bolschewisten mit den Menschewisten, Sozialrevolutionären und anderen kleinbürgerlichen Richtungen disputierten, dann erklärten sie vor den Arbeitern das wirkliche System der von ihren Gegnern vorgebrachten Ansichten. Wenn aber die Menschewisten oder Sozialrevolutionäre mit den Bolschewisten disputierten, dann unterschoben sie, statt die wirklichen Meinungen der Bolschewisten zu widerlegen, ihnen Dinge, die diese nie behauptet hatten. Die Menschewisten und Sozialrevolutionäre durften gar nicht die Ansichten der Bolschewisten vor den Arbeitern einigermaßen gerecht auseinanderlegen, denn dann hätten die Arbeiter sich auf die Seite der Bolschewisten gestellt. Überhaupt verstanden diese kleinbürgerlichen Gruppen unter Klassenkampf nichts anderes, als die Bolschewisten anzugreifen und sie Verschwörer, Verbündete der Gegenrevolution und später Agenten Wilhelms zu nennen. Genau in der gleichen Weise darf jetzt eine kleinbürgerliche Clique in unserer Partei gegen unsere leninistischen Ansichten kämpfen, indem sie uns Worte unterschiebt, die wir nie gesagt haben. Die Stalingruppe weiß ganz genau, dass, wenn wir unsere wirkliche Meinung auch nur mit einer Spur von Freiheit aussprechen dürften, eine ungeheure Mehrheit von Parteimitgliedern sich auf unsere Seite stellen würde.

Selbst die einfachsten Grundsätze einer ehrlichen innerparteilichen Auseinandersetzung werden nicht beachtet. Über die Frage der chinesischen Revolution, eine Frage von Weltbedeutung, hat der Zentralausschuss bis jetzt auch nicht ein Wort von allem, was die Opposition darüber gesagt hat, drucken lassen. Nachdem man die Opposition ganz von der Presse ausgeschlossen und der Partei gehörig die Augen verschlossen hat, bekämpft man uns immer wieder mit dem gleichen Argument, indem man uns eine fortwährend anwachsende Reihe von Dummheiten und Verbrechen vorwirft. Die Parteimitglieder zeigen aber mit jedem Tag geringere Neigung, diese Anklagen zu glauben.

Wenn wir feststellen, dass die gegenwärtige Erstarkung des Kapitalismus keine Erstarkung für Jahrzehnte ist und dass unsere Epoche, wie es Lenin gesagt hat, eine Epoche imperialistischer Kriege und sozialer Revolutionen bleibt, so unterschiebt uns die Stalingruppe, wir leugneten die Erstarkung des Kapitals überhaupt.

Wenn wir, wiederum in den Worten Lenins, sagen, dass zur wirklichen Errichtung einer sozialistischen Gesellschaft in unserem Land der Sieg einer proletarischen Revolution in einem oder mehreren der fortgeschrittenen kapitalistischen Länder nötig und dass der endgültige Sieg des Sozialismus in einem Land allein, und dazu noch in einem rückständigen, unmöglich sei, wie es auch Marx, Engels und Lenin überzeugend nachgewiesen haben, dann behauptet die Stalingruppe fälschlicherweise, wir glaubten überhaupt nicht an den Sozialismus und an die Möglichkeit seines Aufbaus in der Sowjetunion.

Wenn wir, Lenin folgend, auf den anwachsenden Bürokratismus in unserem proletarischen Staat hinweisen, dann schiebt uns die Stalingruppe die Meinung zu, unser Sowjetstaat sei überhaupt nicht proletarisch. Wenn wir vor der ganzen kommunistischen Internationalen ankündigen, dass »jeder unserer Anhänger, der den proletarischen Charakter unserer Partei und unseres Staates und den sozialistischen Charakter des Aufbauwerks der Sowjetunion leugnet, rücksichtslos von uns bekämpft und aus unseren Reihen entfernt wird«, dann unterschlägt die Stalingruppe unsere Ankündigung und fährt fort, gegen uns zu hetzen.

Wenn wir darauf hinweisen, dass die thermidorischen, die antirevolutionären Elemente mit dem ziemlich ernsthaften Charakter unserer Wirtschaftslage im Lande zunehmen; wenn wir fordern, dass die Parteileitung diesen Erscheinungen und ihrem Einfluss auf gewisse Glieder unserer Partei einen entschlosseneren und festeren Widerstand entgegensetzen sollte, dann macht die Stalingruppe daraus die Behauptung, die Partei sei thermidorisch, und die proletarische Revolution sei degeneriert. Wenn wir der ganzen Internationale sagen: »Es ist nicht wahr, dass wir der Mehrheit unserer Partei ein Abweichen nach rechts vorwerfen; wir glauben nur, dass es rechtsgerichtete Tendenzen und Gruppen in unserer Partei gibt, die einen unverhältnismäßig großen Einfluss haben, die aber durch die Partei überwunden werden können« – dann unterschlägt die Stalingruppe unsere Erklärung und fährt fort, gegen uns zu hetzen.

Wenn wir auf das enorme Anwachsen der reichen Bauern, der Kulaks, hinweisen; wenn wir, Lenin folgend, immerzu versichern, dass »der Kulak nicht ruhig in den Sozialismus hineinwachsen kann«, dass er ein höchst gefährlicher Gegner der proletarischen Revolution ist – dann erhebt die Stalingruppe gegen uns die Anklage, wir wollten die Bauern berauben.

Wenn wir die Aufmerksamkeit unserer Partei auf das Erstarken des privaten Kapitals, auf seine immer größer werdende Anhäufung und auf seinen Einfluss im Lande richten, dann beschuldigt uns die Stalingruppe eines Angriffs auf die Nep, auf die das Privatkapital gestattende Wirtschaft und des Verlangens, zum militärischen Kommunismus zurückzukehren.

Wenn wir zeigen, wie falsch unsere Parteipolitik hinsichtlich der materiellen Lage unserer Arbeiter ist, wie unzulänglich die Maßnahmen gegen Arbeitslosigkeit und Wohnungsnot sind; wenn wir zeigen, dass der Anteil der nichtproletarischen Elemente am Nationaleinkommen unverhältnismäßig wächst – dann beschuldigen sie uns einer gildensozialistischen Ketzerei und des Demagogentums.

Wenn wir auf das allseitige Zurückbleiben der Industrie hinter den Anforderungen der öffentlichen Wirtschaft hinweisen und auf ihre unvermeidlichen Konsequenzen – auf das Missverhältnis der Preise, auf Warenhunger, Differenzen zwischen Stadt und Land – so nennt sie uns »Überindustrialisten«.

Wenn wir die falsche Preispolitik beleuchten, die, statt die hohen Lebenskosten herabzusetzen, den Privatkapitalisten einen wahnsinnigen Profit erlaubt, dann beschuldigt uns die Stalingruppe, wir wollten höhere Preise herbeiführen. Als wir vor einem Jahre vor der ganzen Internationale erklärten: »Die Opposition hat nie in irgendeiner Äußerung höhere Preise verlangt oder vorgeschlagen, sondern sieht den Hauptfehler unserer Wirtschaftspolitik gerade in der Tatsache, dass wir nicht mit gehöriger Energie auf eine Beseitigung des Warenmangels und der damit unvermeidlich verbundenen hohen Detailpreise hinarbeiten« – da wurde unsere Erklärung unterschlagen und die Hetze gegen uns fortgesetzt.

Wenn wir gegen das »herzliche Einvernehmen« mit den Verrätern des Generalstreiks, den Konterrevolutionären des englischen Generalausschusses, die offen die Rolle von Agenten Chamberlains spielen, auftreten, dann klagt man uns als Gegner des Zusammenarbeitens der Kommunisten mit den Gewerkschaften, als Gegner der Taktik der gemeinsamen Front an.

Wenn wir Widerspruch gegen den Eintritt der Gewerkschaften der Sowjetunion in die Amsterdamer Gewerkschaftsinternationale oder gegen irgendein Liebäugeln mit den Führern der zweiten Internationale erheben, dann beschuldigt man uns einer sozialdemokratischen Ketzerei.

Wenn wir einer Politik widersprechen, die sich auf die chinesischen Generale stützt, wenn wir einer Unterwerfung der chinesischen Arbeiterklasse unter die bürgerliche Kuomintang widersprechen, wenn wir der in China geübten menschewistischen Taktik unserer jetzigen Regierung widersprechen, dann wirft man uns vor, wir seien gegen die agrarische Revolution in China, wir seien die Spießgesellen Tschang Kai-scheks.

Wenn wir aufgrund unserer Ansicht über die Weltlage zu dem Schluss kommen, dass ein Krieg im Anzuge ist, und die Partei rechtzeitig warnen, so erheben die Stalinisten gegen uns die schimpfliche Anklage, wir sehnten einen Krieg herbei.

Wenn wir, getreu den Lehren Lenins, daran erinnern, dass gerade die Kriegsgefahr dringend eine feste und scharf umrissene Klassenpolitik verlangt, behaupten die Stalinisten ohne Scham, wir wollten überhaupt nicht die Sowjetrepublik verteidigen, wir seien Angsthasen und Defaitisten.

Wenn wir auf die unzweifelhafte Tatsache hinweisen, dass die gesamte kapitalistische und sozialdemokratische Presse der Welt auf Seite Stalins in seinem Kampf gegen die Opposition in der russischen kommunistischen Partei steht, dass sie Stalin wegen seiner Unterdrückung des linken Flügels belobt und ihn ermuntert, die Opposition aus dem Zentralausschuss und aus der Partei auszuschließen, dann behaupten die Prawda und die ganze Parteipresse fälschlich, die Bourgeoisie und die Sozialdemokratie seien für die Opposition.

Wenn wir uns dem Übergang der Führerschaft der kommunistischen Internationale in die Hände des rechten Flügels und der Ausschließung Hunderttausender von Arbeiterbolschewisten widersetzen, so beschuldigt uns Stalin des Versuchs einer Spaltung der kommunistischen Internationale.

Wenn unter dem jetzigen verderbten Parteiregime Oppositionsangehörige, die glühende Parteianhänger sind, Mitglieder über ihre Ansichten aufzuklären suchen, dann werden sie aus der russischen kommunistischen Partei hinausgeworfen. Man beschuldigt sie der Stiftung von Zwietracht und beginnt gerichtlich gegen sie wegen versuchter Parteispaltung vorzugehen. Die allerwichtigsten Parteifragen werden, anstatt dass man sie bespricht, unter einem Wirrwarr von Phrasen zur Seite geschoben.

Aber die Lieblingsanklage der letzten Jahre besteht doch darin, wir glaubten an den »Trotzkismus«. Wir haben vor der ganzen kommunistischen Internationale gesagt: »Es ist nicht wahr, dass wir Trotzkismus verteidigen. Trotzki hat der Internationale erklärt, dass in allen grundsätzlichen Fragen, über die er sich mit Lenin gestritten hatte, Lenin im Recht war – besonders in der Frage der ständigen Revolution und des Bauerntums«. Diese, für die ganze kommunistische Internationale bestimmte Aussage, weigert sich die Stalingruppe zu drucken. Sie fährt fort, uns des Trotzkismus zu beschuldigen. Natürlich bezieht sich diese Aussage auf zurückliegende Meinungsverschiedenheiten mit Lenin und nicht auf die von Stalin und Bucharin gewissenlos erfundenen angeblichen Zwistigkeiten. Alles, was sie über unsere Differenzen in jüngerer Vergangenheit, besonders aus der Zeit der Oktoberrevolution, entdeckt haben wollen, ist Einbildung.

Die Stalingruppe reißt einzelne Sätze von uns aus dem Zusammenhang, sie missbraucht in einer brutalen und unehrlichen Weise falsch ausgewählte, alte polemische Bemerkungen Lenins, wobei sie vor der Partei andere und spätere Bemerkungen verbirgt, sie fälscht direkt die Parteigeschichte und die Tatsachen der Vergangenheit, und was noch wichtiger ist, sie verdreht und ändert einfach alles, was wir über die gegenwärtig zur Debatte stehenden Fragen schreiben. Dadurch entfernt sich die Gruppe der Stalin und Bucharin immer weiter von den Grundsätzen Lenins und versucht zugleich die Partei in den Glauben zu versetzen, es handele sich um einen Kampf zwischen Leninismus und Trotzkismus. Tatsächlich handelt es sich aber um einen Kampf zwischen Leninismus und dem Stalinschen Opportunismus. Unser unbekümmerter, gemeinsamer Kampf gegen den Stalinkurs war nur möglich, weil wir uns alle durchaus einig waren in dem Wunsch und der Entschlossenheit, den echtleninistischen, proletarischen Kurs zu verteidigen.

Das vorliegende Programm ist die beste Antwort auf die Anklage des »Trotzkismus«. Jeder, der es durchliest, weiß, dass es vom ersten bis zum letzten Wort auf den Lehren Lenins beruht. Es ist durchtränkt von dem echten Geist des Bolschewismus.

Möge die Partei unsere wirklichen Ansichten herausfinden. Möge sie die wirklichen Unterlagen unserer Zwistigkeiten kennenlernen – vor allem unserer Zwistigkeiten in der Frage von internationaler historischer Wichtigkeit, der chinesischen Revolution. Lenin hat uns gelehrt, im Falle von Meinungsverschiedenheiten nicht an ein bloßes Gerede zu glauben, sondern Dokumente zu verlangen, beide Parteien anzuhören, leere Behauptungen zurückzuweisen und deutlich herauszufinden, wie es um die Sache steht. Wir, die Opposition, wiederholen den Rat Lenins.

Wir müssen ein für alle Mal unmöglich machen, dass, wie es auf dem vierzehnten Kongress geschehen ist, Meinungsverschiedenheiten plötzlich, zwei oder drei Tage vor dem Kongressbeginn, der Partei vorgelegt werden. Wir müssen eine ehrliche Besprechung und eine ehrliche Entscheidung über den Grund der Meinungsverschiedenheiten ermöglichen, wie es unter Lenin auch immer der Fall war.

Gegen den Opportunismus – für die Einheit der Partei

Wir haben frei und offen unsere Meinung über die schweren Fehler gesagt, die die Mehrheit des Zentralausschusses auf allen wichtigen Gebieten auswärtiger und inländischer Politik begangen hat. Wir haben gezeigt, wie durch diese Fehler des Zentralausschusses unsere Partei, die doch das Hauptwerkzeug der Revolution ist, geschwächt wurde. Wir haben gezeigt, wie aber trotzdem unsere Partei ihre Politik von innen heraus verbessern kann. Aber dazu ist erforderlich, dass wir klar und deutlich den Charakter der von der Parteiführung begangenen Fehler beschreiben.

Die Fehler, die gemacht wurden, waren opportunistische Fehler. Opportunismus ist in seiner entwickelten Form nach der klassischen Definition Lenins ein Block der Arbeiterführer mit der Bourgeoisie, der sich gegen die große Masse der Arbeiter richtet. Unter den Verhältnissen, wie sie jetzt in der Sowjetunion vorhanden sind, würde ein Opportunismus in seiner entwickelten Form das Streben der Arbeiterführer sein, mit der sich neu entwickelnden Bourgeoisie (den Kulaks und Nepleuten) und mit dem Weltkapitalismus auf Kosten der breiten Masse der Arbeiter und armen Bauern einen Kompromiss abzuschließen.

Wenn wir das Bestehen solcher Bestrebungen in gewissen Kreisen unserer Partei feststellen – in einigen fangen sie gerade an sich zu zeigen, in anderen sind sie schon voll entwickelt –, so ist es lächerlich, uns daraufhin der Parteiverleumdung zu beschuldigen. Wir wenden uns ja gerade an die Partei gegen diese sie bedrohenden Bestrebungen. Ebenso lächerlich ist es, zu behaupten, wir klagten diese oder jene Sektion des Zentralausschusses oder der Partei der Unehrlichkeit gegen die Revolution, des Verrats an den Interessen des Proletariats an. Ein falscher politischer Kurs kann durch die aufrichtigste Rücksicht auf die Interessen der Arbeiterklasse diktiert sein. Selbst die extremsten Vertreter des rechten Flügels sind überzeugt, dass die von ihnen beabsichtigten Kompromisse mit den bürgerlichen Elementen notwendig für die Interessen der Arbeiter und Bauern sind, dass sie nur eins von jenen Manövern sind, die Lenin für durchaus erlaubt hielt. Selbst jene rechte Gruppe, die ein offenes Bestreben zeigt, die proletarische Revolution im Stich zu lassen, wünscht nicht bewusst den Thermidor, den Sturz der Revolution, herbei. Und dies gilt noch mehr für die Mitte, die eine typische Politik der Illusion und der Selbsttäuschung betreibt.

Stalin und seine engsten Anhänger sind überzeugt, dass sie mit ihrem mächtigen Apparat die Kräfte der Bourgeoisie, denen sie sich offen nicht gewachsen fühlen, wenigstens überlisten können. Stalin und die Stalinisten glaubten zweifellos in aller Aufrichtigkeit, dass sie mit den chinesischen Generalen für eine gewisse Zeit spielen, und sie nachher, wenn sie sie für die Interessen der Revolution benutzt hätten, wie ausgesaugte Apfelsinen wegwerfen könnten. Stalin und die Stalinisten glauben noch jetzt in aller Aufrichtigkeit, dass sie ruhig ihrer Bourgeoisie Konzessionen machen und später ebenso ruhig diese Konzessionen wieder zurücknehmen können.

In ihrem bürokratischen Eigendünkel erleichtern sich die Stalinisten ihre Manöver, indem sie die Partei von allen wirklichen Entscheidungen fernhalten und so ihren Widerstand vermeiden. Aber dadurch schwächen oder lähmen sie gerade diejenigen Kräfte, die bei einem guten Manöver mit Nutzen entfaltet werden können, und die bei einem schlechten Manöver die Führer vor den schlimmen Folgen ihres Vorgehens schützen könnten. Das Gesamtergebnis aber der Kompromissbestrebungen des rechten Flügels des Zentralausschusses und seines Manövrierens kann nichts anderes sein als eine Schwächung der wirtschaftlichen Lage des Proletariats im Sowjetstaat, eine Schwächung seines Bündnisses mit dem armen Bauern und dem Mittelbauern, eine Bedrohung seiner Stellung im Staatsbetrieb und eine Verlangsamung der Industrieentwicklung. An diese Folgen der Politik des Zentralausschusses, nicht an seine Absichten, dachte die Opposition, als sie auf die Gefahr eines Thermidors – das heißt, eines Abweichens aus den Geleisen der proletarischen Revolution in die kleinbürgerlichen Geleise dachte. Der gewaltige Unterschied in der Geschichte und im Charakter unserer Partei von den Parteien der zweiten Internationalen ist jedermann klar. Die russische kommunistische Partei ist in den Feuern von drei Revolutionen geschmiedet worden. Sie hat die Macht ergriffen und sie gegen eine Welt von Feinden behauptet. Sie hat die dritte Internationale gegründet; ihr Schicksal ist das Schicksal der ersten siegreichen Revolution. Die Revolution bestimmt das Tempo ihres inneren Lebens. Alle intellektuellen Prozesse in der Partei haben, da sie unter dem starken Druck einer Klassenbewegung vor sich gehen, eine Tendenz, schnell sich zu entwickeln und heranzureifen. Gerade deshalb müssen wir in unserer Partei aber auch rechtzeitig und energisch gegen die ersten Bestrebungen eines Abweichens von der leninistischen Linie ankämpfen.

Die opportunistischen Tendenzen in der russischen kommunistischen Partei haben tief gehende Wurzeln: 1. Die internationale Einkreisung durch bürgerliche Staaten und die vorübergehende Kräftigung des Kapitalismus verführen zu dem Glauben an eine dauernde Wiedererstarkung des Kapitalismus. 2. Die neue Wirtschaftspolitik, die bei uns einen gewissen Privatkapitalismus gestattet und als ein Übergang zum Sozialismus unbedingt notwendig war, hat durch die Neuschaffung von Kapitalismus wieder die dem Sozialismus feindlichen Kräfte neu belebt. 3. Die kleinbürgerlichen Elemente müssen in einem Lande, das in einer enormen Mehrheit aus Bauern besteht, nicht nur in die Sowjets, sondern auch in die Partei hineinfluten. 4. Die für die Revolution unbedingt notwendige Tatsache, dass die Partei auf politischem Gebiete ein Monopol hat, schafft noch eine weitere Reihe von Gefahren. Der elfte Parteikongress unter Lenin wies direkt und offen darauf hin, dass in unserer Partei sich bereits ganze Gruppen von Leuten befänden (aus den Schichten der wohlhabenden Bauern und der Intelligenz), die sich in den Sozialrevolutionären und menschewistischen Parteien befinden würden, wenn diese Parteien nicht verboten wären. 5. Der staatliche Apparat durchtränkt die Partei, obgleich er von ihr geleitet wird, doch wieder mit vielem, was bürgerlich und kleinbürgerlich ist, und schafft so Opportunismus. 6. Durch die für unsere Aufbauarbeit notwendigen Ingenieure, Spezialisten und geistigen Arbeiter, fließt in unseren staatlichen, wirtschaftlichen und parteilichen Apparat ein unaufhörlicher Strom nichtproletarischer Beeinflussung.

Dies sind die Gründe, warum die leninistische Opposition so beharrlich auf das von Tag zu Tag immer klarer werdende Abweichen der Stalingruppe hinweist. Es ist eine verbrecherische Leichtfertigkeit, zu behaupten, dass in der großen Vergangenheit der Partei und in seinen alten bolschewistischen Mitgliedern unter allen Umständen und für immer eine Garantie gegen die Gefahr einer opportunistischen Entartung läge. Solch eine Ansicht hat auch nicht das Geringste mit dem Marxismus zu tun.

Es waren nicht solche Gedanken, die Lenin uns gelehrt hat. Auf dem elften Parteikongress sagte Lenin: »Die Geschichte kennt Entartungen aller Art. Sich auf Überzeugung, Treue und ähnliche schöne Eigenschaften der Individuen zu verlassen – das heißt keine ernsthafte Politik treiben.«

Die Arbeiter, die die ungeheure Majorität der sozialistischen Parteien des Westens in der Zeit vor dem imperialistischen Krieg bildeten, waren unbedingte Gegner des Opportunismus. Aber sie widersetzten sich nicht von Anfang an den opportunistischen Fehlern ihrer Führer, da diese Fehler zunächst nicht groß waren. Sie unterschätzten die Bedeutung dieser Fehler. Sie verstanden nicht, dass nach der langen friedlichen Entwicklungsperiode, die eine so mächtige Bürokratie und Aristokratie unter den Arbeitern entwickelte, die erste ernstliche, historische Störung nicht nur die Opportunisten, sondern auch die Vertreter der Mitte zwingen würde, gerade im kritischen Augenblick waffenlos vor der Bourgeoisie zu kapitulieren. Wenn man den revolutionären Marxisten, die den linken Flügel der zweiten Internationale vor dem Kriege bildeten, einen Vorwurf machen kann, dann ist es nicht, dass sie die Gefahr des Opportunismus übertrieben, indem sie sie eine nationalliberale Arbeiterpolitik nannten, sondern dass sie sich zu sehr auf die Arbeitermitglieder der damaligen sozialistischen Parteien verließen. Sie verließen sich auf die revolutionären Instinkte des Proletariats und auf die Verschärfung der Klassenunterschiede. Sie unterschätzten die wirkliche Gefahr und mobilisierten gegen sie mit ungenügender Energie die revolutionären unteren Klassen. Wir wollen diesen Fehler nicht wiederholen, wir wollen zur rechten Zeit den Kurs der Parteiführer verbessern. Und das soll auch unsere Antwort auf die Anklage sein, wir beabsichtigen, die Partei zu spalten und eine neue zu bilden. Die Diktatur des Proletariats verlangt gebieterisch eine einzige und einheitliche proletarische Partei als Führerin der arbeitenden Massen und der Armen. Eine solche, von keinem fraktionellen Hader geschwächte Einheit braucht das Proletariat unbedingt zur Erfüllung seiner historischen Mission. Diese kann nur auf der Grundlage der Lehren von Marx und Lenin verwirklicht werden, wenn diese Lehren durch keine persönlichen Auslegungen verwässert und durch keinen Revisionismus verdorben werden.

Indem die Opposition für ein entschlossenes Tempo unserer Industrieentwicklung als der Vorbedingung unseres Aufbaus kämpft, indem sie kämpft gegen das Anwachsen der wohlhabenden Bauern und seine Herrschaftsbestrebungen auf dem Lande, indem sie für eine rechtzeitige Verbesserung der Lebensbedingungen unserer Arbeiter, für Demokratie in der Partei, in den Gewerkschaften, in den Sowjets kämpft – kämpft sie keineswegs für Ideen, die die Arbeiter der Partei entfremden, sondern im Gegenteil für ein neues Erstarken der wirklichen Einheit der allgemeinen kommunistischen Partei. Ohne Verbesserung der opportunistischen Fehler gibt es nur eine Scheineinheit, die die Partei vor dem Angriff der wachsenden Bourgeoisie schwächt und sie im Falle eines Krieges zwingt, ihre Reihen auf dem Marsch und unter dem Feuer des Feindes umzuformen. Wenn der proletarische Kern unserer Partei unsere wirklichen Ansichten und Vorschläge erkennt, dann wird er – dessen sind wir sicher – sie annehmen und für sie, nicht als parteiliche Losungen, sondern als das rechte Banner der Parteieinigkeit kämpfen.

Unsere Partei hat die Fehler ihrer Führerschaft bis jetzt noch nicht richtig erkannt und sie deshalb auch nicht verbessert. Das außerordentlich schnelle Anwachsen unserer Industrie während der Restaurationsperiode war eine der Grundursachen jener opportunistischen Selbsttäuschung, die die Mehrheit des Zentralausschusses systematisch in der Partei und unter den Arbeitern gefördert hat. Die schnellen Anfänge einer Besserung der Lage der Arbeiter gegenüber den Verhältnissen während des Bürgerkrieges erweckten in weiten Kreisen der Arbeiterschaft die Hoffnung auf eine schnelle und schmerzlose Überwindung der Missstände, die der Privatkapitalismus mit sich brachte. Dies hinderte aber auch die Partei, zur rechten Zeit die Gefahr einer opportunistischen Abweichung zu erkennen.

Das Anwachsen der leninistischen Opposition in der Partei hat die schlimmsten Elemente der Bürokratie zu Anwendungen von Mitteln getrieben, die bisher in der Tätigkeit des Bolschewismus unerhört waren. Da sie nicht länger durch Verordnungen die Besprechung politischer Fragen in den Parteiverbänden verhindern konnten, haben sie jetzt – gerade vor dem fünfzehnten Kongress – besondere Banden organisiert, die durch Schreien Pfeifen, Lichtauslöschen und dergleichen jede Diskussion unmöglich machen.

Dieser Versuch, in unserer Partei direkte physische Gewaltmethoden einzuführen, wird den Unwillen aller anständigen proletarischen Elemente erregen und sich unvermeidlich gegen ihre eigenen Urheber wenden. Keine noch so schlauen Gewaltmaßregeln des Parteiapparates werden aber die Masse der Partei von der Opposition trennen. Hinter der Opposition stehen die leninistischen Traditionen unserer Partei, steht die Erfahrung der ganzen internationalen Arbeiterbewegung, steht der augenblickliche Zustand der internationalen Politik und unserer wirtschaftlichen Aufbauarbeit, wie sie das Proletariat sieht. Die in der Restaurationsperiode unvermeidlich immer schärfer werdenden Klassenunterschiede werden unsere Ansichten über einen Ausweg aus der augenblicklichen Krisis bestätigen. Sie werden die Vorkämpfer des Proletariats in dem Kampf für den Leninismus vereinigen.

Die zunehmende Kriegsgefahr zwingt die Arbeiter bereits, tiefer über die Grundprobleme der Revolution nachzudenken. Ihre Gedanken werden sie unvermeidlich dahinbringen, wirksam an die Verbesserung der opportunistischen Fehler heranzugehen.

Die eigentlichen Arbeiter in unserer Partei sind in den letzten Jahren in weitem Maße aus der Parteileitung hinausgedrängt worden. Man hat sie dem vergiftenden Einfluss eines langen Verleumdungsfeldzuges unterworfen, dessen Ziel es war, zu beweisen, dass links rechts ist, und rechts links ist. Die Arbeiter in der Partei werden aber zu sich selber kommen; sie werden erkennen, was wirklich vorgeht, und das Schicksal der Partei in die eigene Hand nehmen. Den Vorkämpfern der Arbeit bei diesem Vorgang zu helfen, ist die Aufgabe der Opposition, ist die Aufgabe dieses Programms.

Die wichtigste und tiefgehendste Frage, die Frage, die alle Mitglieder unserer Partei beunruhigt, ist die Frage der Einheit der Partei. Und in Wahrheit hängt auch gerade von dieser Frage das Schicksal der proletarischen Revolution ab. Unzählige Klassenfeinde des Proletariats beobachten gespannt unsere innerparteilichen Auseinandersetzungen und warten entzückt und ungeduldig auf eine

Spaltung in unserer Partei. Eine solche Parteispaltung, die Bildung von zwei Parteien, würde eine ungeheure Gefahr für die Revolution bedeuten.

Wir, die Opposition, verdammen uneingeschränkt jeden Versuch, eine zweite Partei zu gründen. Es ist die Stalingruppe, die in dem Bestreben, die leninistische Opposition aus der allgemeinen kommunistischen Partei hinauszudrängen, dem Zweiparteien-Programm spricht. Wir wollen aber nicht eine neue Partei schaffen, sondern den Kurs der allgemeinen kommunistischen Partei richtigstellen. Die proletarische Revolution in der Sowjetunion kann letzten Endes nur durch eine geeinte bolschewistische Partei den Sieg erringen. Wir kämpfen in der kommunistischen Partei für unsere Ansichten und verdammen entschieden das Zweiparteiensystem als eine abenteuerliche Politik. Die Losung »Zwei Parteien« drückt auf der einen Seite den Wunsch gewisser Elemente im Parteiapparat nach einer Spaltung aus und auf der anderen Seite eine verzweifelte Stimmung und eine Unfähigkeit, zu verstehen, dass es die Aufgabe der Leninisten sein muss, in der Partei trotz aller Schwierigkeiten die Ideen Lenins zum Sieg zu bringen. Niemand, der ernstlich auf dem Boden Lenins steht, kann an ein Zweiparteiensystem oder an eine Spaltung denken. Nur wer Lenins Kurs mit einem anderen vertauschen will, kann mit solchen Gedanken spielen.

Wir werden mit aller Kraft gegen die Bildung zweier Parteien kämpfen, denn die Diktatur des Proletariats braucht als ihren innersten Kern eine einheitliche proletarische Partei. Sie verlangt eine einzelne Partei. Sie verlangt eine proletarische Partei – eine Partei, deren Politik durch die Interessen des Proletariats bestimmt und durch einen proletarischen Kern durchgeführt wird. Eine Verbesserung unserer Parteirichtung und ihrer sozialen Zusammensetzung – das ist nicht der Weg zu einem Zweiparteiensystem, sondern eine Stärkung und eine bessere Gewähr für die Einigkeit der revolutionären Partei des Proletariats.

Am zehnten Jahrestag der Oktoberrevolution geben wir unserer tiefen Überzeugung Ausdruck, dass die Arbeiterklasse nicht deswegen ihre zahlreichen Opfer verloren und den Kapitalismus niedergeworfen hat, um sich jetzt als unfähig zu erweisen, die Fehler ihrer Führerschaft zu verbessern, die proletarische Revolution mit starker Hand weiterzuführen und die Sowjetunion, das Zentrum der Weltrevolution, zu verteidigen.

Gegen den Opportunismus! Gegen eine Spaltung! Für die Einheit der leninistischen Partei!

DRITTER TEIL

Stalin fälscht Geschichte

An das Büro für Parteigeschichte im Zentralausschuss der russischen kommunistischen Partei: Über die Fälschung der Geschichte des Oktoberaufstandes, der Geschichte der Revolution und der Geschichte der Partei.

Geehrte Genossen!

Ihr habt mir einen ausführlichen Fragebogen über meine Teilnahme an der Oktoberrevolution gesandt und verlangt eine Antwort. Ich weiß nicht, ob ich zu dem, was schon in Dokumenten, Reden und Büchern, einschließlich meiner eigenen, gedruckt ist, viel hinzufügen könnte. Aber ich möchte mir zunächst selbst eine Frage erlauben: Welchen Sinn hat es, mich über meine Teilnahme an der Oktoberrevolution zu befragen, wenn der ganze offizielle Apparat, der Eure nicht ausgeschlossen, nur damit beschäftigt ist, jede Spur von dieser Teilnahme zu verbergen, zu zerstören, oder wenigstens zu verdrehen?

Hunderte von Genossen haben mich immer und immer wieder gefragt, warum ich angesichts der gegen mich gerichteten, einfach schändlichen Verfälschung der Geschichte der Oktoberrevolution und der Parteigeschichte fortfahre zu schweigen. Ich beabsichtige gewiss nicht, das Thema dieser Fälschungen hier erschöpfend zu behandeln. Das würde mehrere Bände füllen. Aber in Beantwortung Eures Fragebogens will ich ein paar Dutzend Beispiele dieser bewussten und gehässigen Verdrehung der Vergangenheit aufführen, wie sie jetzt in einem riesigen Umfange erzeugt, durch die Autorität aller möglichen Institutionen gestützt und sogar in die staatlichen Dokumentensammlungen hineingetragen werden.

Der Krieg und meine Ankunft in Petrograd

Ich kam nach Petrograd aus einem kanadischen Gefängnis Anfang Mai 1917, am zweiten Tage nach dem Eintritt der Menschewisten und Sozialrevolutionäre in die Koalitionsregierung.

Die Organe Eures Büros, wie so viele andere Publikationen, versuchen, wegen dieses späten Datums, meine Arbeit wegen des Krieges als eine Art »Sozialpatriotismus« zu bezeichnen. Bei diesem Versuch »vergessen« sie aber, dass eine Sammlung von Artikeln, die ich im Verlauf des Krieges geschrieben hatte, unter dem Titel »Krieg und Revolution«, zu Lebzeiten Lenins veröffentlicht und in vielen Auflagen verbreitet wurde. Man studierte sie auf den staatlichen Parteischulen, und sie erschien in fremden Übersetzungen unter den Publikationen der kommunistischen Internationale.

Ihr versucht, die jüngere Generation über meine Haltung während des Krieges zu täuschen, obgleich es doch wohlbekannt ist, dass ich wegen meines revolutionären, international gesinnten Kämpfens gegen den Krieg schon zu Ende 1914 in Deutschland steckbrieflich verfolgt wurde. Es geschah dies wegen meines deutschen Buches »Der Krieg und die Internationale«. Aus Frankreich, wo ich mit den zukünftigen Gründern der kommunistischen Partei zusammenarbeitete, wurde ich ausgewiesen. In Spanien, wo ich Verbindungen mit den zukünftigen Kommunisten angeknüpft hatte, wurde ich verhaftet. Man deportierte mich nach den Vereinigten Staaten, worauf ich in Neuyork die internationale revolutionäre Arbeit aufnahm, mit Bolschewisten die Zeitung »Novy Mir« leitete und dort in leninistischem Sinne über die ersten Anfänge der Februarrevolution schrieb. Beim Versuch, von Amerika nach Russland zurückzukehren, wurde ich durch die englischen Behörden von dem Dampfer entfernt, verbrachte einen Monat in einem Konzentrationslager in Kanada, wo ich mit sechs- oder siebenhundert deutschen Matrosen zusammenlebte und sie nach und nach zu den Ansichten Liebknechts und Lenins bekehrte. (Viele von ihnen nahmen nachher an dem Bürgerkrieg in Deutschland teil, und ich bekomme von ihnen bis zum heutigen Tage Briefe.)

Gelegentlich einer Depesche über die Ursache meiner Verhaftung in Kanada schrieb am 16. April 1917 Lenins Prawda Folgendes:

»Ist es möglich, auch nur für eine Minute die Behauptung der beim englischen Gesandten eingetroffenen Depesche zu glauben, dass Trotzki, der frühere Präsident der Sowjets der Arbeiterdelegierten in Petrograd im Jahre 1905 – ein Revolutionär, der seit Jahrzehnten dem Dienste der Revolution ergeben war –, dass dieser Mann irgendeine Verbindung mit einem von der deutschen Regierung mit Geld unterstützten Plan hatte? Dies ist offenbar eine ungeheuerliche und freche Verleumdung eines Revolutionärs.«

Wie frisch klingen jetzt solche Worte in einer Epoche verächtlicher Verleumdungen gegen die Opposition, die sich im Grunde in nichts von den Verleumdungen gegen die Bolschewisten vom Jahre 1917 unterscheiden.

In den Anmerkungen zu dem 1921 veröffentlichten Band XIV der Gesammelten Werke Lenins liest man auf S.482:

»Vom Beginn des imperialistischen Krieges an nahm (Trotzki) eine internationale Haltung an.«

Solche Urteile und noch viel entschiedenere könnten in beliebiger Zahl hier aufgeführt werden. Die Mitarbeiter der russischen und ausländischen Parteipresse haben in Hinsicht auf mein Buch »Krieg und Revolution« wohl hundertmal darauf hingewiesen, dass, wenn man meine Arbeit während des Krieges im Ganzen betrachtet, man erkennen muss, dass meine Meinungsverschiedenheiten mit

Lenin von sehr nebensächlicher Art waren, und ich mich als ein entschiedener Revolutionär immer mehr – und zwar nicht nur in Worten, sondern auch in Taten – zum Bolschewismus hin entwickelt habe. Ich will mir nicht die Mühe geben, in den politischen Biografien meiner jetzigen Ankläger – und vor allem in ihrer Tätigkeit während des Krieges herumzuwühlen.

Sie versuchen nunmehr, ihre Beschuldigungen auf vereinzelte, scharf polemische Äußerungen Lenins gegen mich zu stützen, von denen mehrere auch noch während des Krieges gefallen sind. Lenin konnte niemals halb ausgesprochene Dinge und Unklarheiten vertragen. Mit Recht schlug er zweimal und dreimal zu, wenn ein politischer Gedanke ihm unbestimmt oder unvollständig erschien. Aber eine scharfe politische Bemerkung in einem bestimmten Augenblick hat nichts mit dem Urteil zu tun, das man über die ganze politische Tätigkeit des anderen fällt.

Im Jahre 1918 oder 1919 veröffentlichte ein gewisser F. in Amerika eine Sammlung von Aufsätzen von Lenin und mir aus der Kriegszeit, unter denen sich auch meine Aufsätze über die damals debattierte Frage der Vereinigten Staaten von Europa befanden. Und wie stellte sich Lenin dazu? Er schrieb:

»Der amerikanische Genosse F. tat ganz recht, als er ein dickes Buch mit Artikeln von Trotzki und mir herausbrachte und so eine Übersicht über die Geschichte der russischen Revolution gab.«

Ich will nicht auf die Haltung der Mehrzahl meiner jetzigen Ankläger während des Anfangs der Februarrevolution hinweisen, obgleich man dabei manche interessante Dinge über Skvortzow, Stepanowitsch, Jaroslawski und viele, viele andere erzählen könnte. Ich beschränke mich auf ein paar Worte über den Genossen Melnischanski, der versucht hat, mich in der Presse wegen meiner Haltung in Neuyork im Jahre 1917 zu verleumden. Jeder in Amerika kannte Melnischanski als einen Menschewisten. In dem Kampf der Bolschewisten und internationalen Revolutionäre gegen den kriegsbejahenden Sozialpatriotismus enthielt sich Melnischanski einer Stellungnahme. Er ging allen solchen Fragen aus dem Wege. Dasselbe tat er auch in dem kanadischen Lager, wo er wie viele andere mit mir und Tschudnowski zufällig hingelangte. Man braucht nur zu lesen, was Melnischanski in den Jahren 1924 und 1927 geschrieben hat. Jeder, der Melnischanski in Amerika gekannt hat, würde nur darüber lachen. Aber wozu nach Amerika gehen? An jeder einzelnen Rede Melnischanskis erkennt man den opportunistischen bürokratischen Streber, dem der bürgerliche Standpunkt Purzells viel näher steht als der Leninismus.

Bei der Ankunft unserer Gruppe in Leningrad begrüßte uns Genosse Fedorow, ein damaliges Mitglied des bolschewistischen Zentralausschusses, an der Bahnstation, und in seiner Willkommensrede berührte er die Frage der weiteren Stufen der Revolution, der proletarischen Diktatur und des sozialistischen Entwicklungsganges. In meiner Antwort stimmte ich durchaus dem von ihm formulierten Programm der Revolution zu. Fedorow erzählte mir nachher, dass er die Hauptpunkte seiner Rede gemeinsam mit Lenin – oder genauer auf Lenins Anweisung – festgelegt hatte. Ich brauche nicht erst zu sagen, dass Lenin diese Punkte als entscheidend für die Möglichkeit unseres Zusammenarbeitens ansah.

Ich trat nicht unmittelbar nach meiner Ankunft aus Kanada in die bolschewistische Organisation ein. Warum? Etwa, weil Zwistigkeiten vorhanden waren? Man versucht ja jetzt nachträglich, solche zu erfinden. Wer aber als ein Mitglied des zentralen Kerns des Bolschewismus das Jahr 1917 durchlebt hat, der weiß, dass es auch nicht den Schatten einer Zwistigkeit zwischen Lenin und mir vom ersten Tage an gegeben hat. Bei meiner Ankunft in Petrograd, oder vielmehr auf der Grenzstation, erfuhr ich von den uns entgegengesandten Genossen, dass in Petersburg eine Organisation von revolutionären Internationalisten (den sog. Meschrajontzi) bestehe, die die Frage einer Vereinigung mit den Bolschewisten erwögen, aber mit ihrer Entscheidung doch bis zu meiner Ankunft warten wollten. In dem Stab der Meschrajontziorganisation, die etwa 3000 Petrograder Arbeiter umfasste, befanden sich Uritzki, A. A. Joffe, Lunatscharski, Jurenew, Karachan, Wladimirow, Manuilski, Posern, Litwens und andere.

Vielleicht darf ich die nachfolgende Charakteristik der Meschrajontzi anführen, die sich im vierzehnten Band der Werke Lenins befindet:

»In der Kriegsfrage nahmen die Meschrajontzi eine internationale Haltung ein, und in ihrer Taktik waren sie eng mit den Bolschewisten verbunden.«

Von den ersten Tagen meiner Ankunft an habe ich zuerst zum Genossen Kamenew und nachher in Gegenwart von Lenin, Sinowjew und Kamenew zu dem Leiter der Prawda gesagt, ich sei bei dem Fehlen jeder Meinungsverschiedenheit sofort bereit, mich der bolschewistischen Organisation anzuschließen, aber ich hielte es für notwendig, so schnell wie möglich die Frage der Aufnahme der Meschrajontziorganisation in die Partei zu entscheiden. Ich erinnere mich, wie einige der Anwesenden mich fragten, wie ich mir denn die Ausführung dieser Vereinigung dächte, welche Vorstandsmitglieder der Meschrajontzi in die Leitung der Prawda, welche in den Zentralausschuss usw. gehen sollten. Ich antwortete, dass diese Frage bei der Abwesenheit aller Meinungsverschiedenheiten für mich keine politische Bedeutung habe.

Im Vorstand der Meschrajontzi befanden sich aber Elemente, die die Vereinigung hinauszuschieben suchten, indem sie allerlei Bedingungen vorbrachten. Zwischen dem Petersburger Parteiausschuss und den Meschrajontzi hatten sich alter Groll, Misstrauen und dergleichen aufgetürmt. Dies ganz allein verursachte den Aufschub unserer Vereinigung.

Raskolnikows zwei Meinungen

Genosse Raskolnikow hat in der letzten Zeit ziemlich viel Papier beschrieben, um meine Haltung im Jahre 1917 zu der Haltung Lenins in einen Gegensatz zu bringen. Es ist unnötig, Beispiele aufzuführen, besonders da das, was er schreibt, sich in nichts von den andern Fälschungen über diese Periode unterscheidet. Es genügt, wenn ich einige Worte wiedergebe, die dieser selbe Raskolnikow einige Zeit früher über jene Periode geäußert hat.

Er schrieb 1923 in der »Proletarischen Revolution« in einem Artikel »Kerenskis Gefängnis«: »Die früheren Misshelligkeiten aus der Vorkriegsperiode waren vollständig verschwunden. Keine Unterschiede gab es mehr zwischen der taktischen Haltung Lenins und der Trotzkis. Die Vereinigung, die sich schon während des Krieges bemerkbar gemacht hatte, war eine vollständige und endgültige geworden von dem Augenblick an, da Trotzki nach Russland zurückkehrte. Bei seiner ersten öffentlichen Rede fühlten wir alten Leninisten alle, dass er einer der Unsrigen war.«

Diese Worte waren geschrieben, nicht um etwas zu beweisen oder um jemand anzugreifen, sondern einfach, um zu erzählen, wie es war. Später zeigte dann Raskolnikow, dass er auch zu erzählen weiß, wie es nicht ist. Als er seine Artikel im Organ des Büros für Parteigeschichte von Neuem herausbrachte, entfernte er sorgfältig aus ihnen, was war, um es zu ersetzen mit dem, was nicht war.

Vielleicht lohnt es sich nicht, bei dem Genossen Raskolnikow zu verweilen, aber sein Beispiel ist so einleuchtend. In seiner Besprechung des dritten Bandes meiner Werke fragt Raskolnikow: »Und welche Haltung nahm Genosse Trotzki im Jahre 1917 ein?« Und er antwortete darauf: »Genosse Trotzki betrachtete sich noch immer als Mitglied derselben allgemeinen Partei mit den Menschewisten, mit Tseretelli und Skobelew.« Und weiter sagt er: »Genosse Trotzki war sich seiner Wahl zwischen dem Bolschewismus und dem Menschewismus noch immer nicht klar geworden. Zu jener Zeit nahm Genosse Trotzki noch immer eine schwankende unentschlossene und unentschiedene Haltung ein.«

Wie kann man diese wirklich unverschämten Behauptungen mit den oben angeführten Worten desselben Raskolnikow in Übereinstimmung bringen: »Die früheren Misshelligkeiten aus der Vorkriegszeit waren vollständig verschwunden?« Wenn Trotzki sich noch nicht klar geworden war über seine Haltung gegenüber dem Bolschewismus und dem Menschewismus, wie war es dann möglich, dass, »alle wir alten Leninisten fühlten, dass er einer der Unsrigen war?«

Aber das ist nicht alles. In dem Artikel »Julitage« in der Proletarischen Revolution schrieb dieser gleiche Raskolnikow 1923:

»Leo Davidowitsch (Trotzki) war zu jener Zeit formell kein Mitglied unserer Partei, aber tatsächlich arbeitete er in ihr ununterbrochen von dem Tage seiner Ankunft in Amerika an. Jedenfalls betrachteten wir alle ihn nach seiner ersten Rede im Sowjet als einen unserer Parteiführer.«

Das klingt klar und deutlich, und es erscheint fast unmöglich, eine falsche Auslegung in diese Worte hineinzulegen. Aber keine Angst, den planvoll vorgehenden und durch behördliche Anweisungen gestützten Fälschern ist alles möglich.

Damit nun das Verhalten Raskolnikows, das so charakteristisch ist, nicht nur für ihn persönlich, sondern auch für das ganze jetzige System unserer Führerschaft, in seiner vollen Schönheit erstrahlt, muss ich aus seinem Artikel über »Kerenskis Gefängnis« einen längeren Absatz zitieren. Er lautet:

»Trotzkis Haltung gegenüber Wladimir Iljitsch war die der höchsten Verehrung. Er stellte Lenin über alle Zeitgenossen, die er in Russland und im Ausland kennengelernt hatte. In dem Ton, in dem Trotzki von Lenin sprach, fühlte man die Ehrfurcht eines Schülers. Zu jener Zeit hatte Lenin dreißig Jahre, Trotzki zwanzig Jahre für das Proletariat gearbeitet. Die früheren Misshelligkeiten aus der Vorkriegszeit waren vollständig verschwunden. Keine Unterschiede gab es mehr zwischen der taktischen Haltung Lenins und der Trotzkis. Die Vereinigung, die sich schon während des Krieges bemerkbar gemacht hatte, war eine vollständige und endgültige geworden von dem Augenblick an, da Trotzki nach Russland zurückkehrte. Bei seiner ersten Rede fühlten wir alten Leninisten alle, dass er einer der Unsrigen war.«

Dieses Zeugnis Raskolnikows über die Beziehungen zwischen Lenin und Trotzki hindert ihn natürlich nicht, in gehässiger Weise einen Brief an Scheidse, einen Führer der Menschewisten, zu zitieren, in dem ich – es war 1912, zur Zeit meines heftigsten Disputs mit Lenin – diesen scharf angriff.

Ich muss noch hinzufügen, dass Raskolnikow mich oft während seiner Tätigkeit in den Sommermonaten des Jahres 1917 traf. Er brachte mich im Wagen nach Kronstadt, wandte sich oft an mich um Rat, hielt mit mir lange Unterredungen im Gefängnis usw. Seine Erinnerungen haben daher eine unschätzbare Beweiskraft, während seine späteren »Verbesserungen« weiter nichts sind, als die Arbeit eines Fälschers, der auf Befehl seinen Auftrag erfüllt.

Mai bis Oktober 1917

Eine Reihe von Dokumenten, die die Bolschewisten im Mai, Juni und Juli 1917 herausbrachten, sind von mir oder mit mir zusammen geschrieben worden. Hierzu gehören zum Beispiel die Erklärung der bolschewistischen Fraktion des ersten Sowjetkongresses zu dem beabsichtigten Vorgehen an der Front, der Brief an den Exekutivausschuss der bolschewistischen Partei in den Tagen der Junidemonstration und andere. Ich bin zufällig auf eine ganze Anzahl von bolschewistischen Resolutionen aus dieser Zeit gestoßen, die ich ganz oder zum Teil geschrieben habe. In allen meinen Reden, auf allen Versammlungen habe ich mich mit den Bolschewisten solidarisch erklärt.

Einer der »marxistischen Historiker« des neuen Stils versuchte unlängst, zwischen mir und Lenin Zwistigkeiten wegen des verunglückten Juliaufstandes zu entdecken. Solche Leute wollen natürlich auch ihr Schärflein zu dem allgemeinen Verleumdungsfeldzug beitragen, weil sie hoffen, dafür hundertfältig belohnt zu werden. Man muss ein Gefühl des Ekels überwinden, um solche Fälschungen auch nur zurückzuweisen. Ich werde keine Erinnerungen zitieren. Ich begnüge mich mit Dokumenten. In meiner Erklärung an die damalige vorläufige Regierung schrieb ich:

»Ich teile die grundsätzlichen Ansichten Lenins, Sinowjews und Kamenews und habe sie in meiner Zeitung und überhaupt in allen meinen öffentlichen Reden vertreten ...

Dass ich nicht an der Redaktion der Prawda teilnehme und nicht zur bolschewistischen Organisation gehöre, hat nichts mit politischen Differenzen zu tun, sondern kommt aus Verhältnissen unserer Parteigeschichte, die jetzt jede Bedeutung verloren haben.«

Aus Anlass des Juliaufstandes berief der sozialrevolutionär-menschewistische Vorstand eine Versammlung des ausführenden Zentralkomitees. Die bolschewistische Fraktion lud mich ein, ihre Erklärung über die neue Lage und über die Probleme der Partei abzugeben. Es geschah das vor meinem formellen Beitritt zur Partei und trotz der Tatsache, dass Stalin zum Beispiel sich damals in Petrograd befand. Die »marxistischen Historiker« des neuen Stils existierten damals noch nicht, und die versammelten Bolschewisten stimmten einmütig den Grundgedanken meiner Erklärung über den Juliaufstand und die Probleme der Partei zu. Es gibt gedruckte Zeugnisse dafür, besonders in den Erinnerungen N. I. Muralews.

Lenin litt, wie wohl bekannt ist, nicht gerade an einem gutmütigen Vertrauen auf Menschen, wenn er unter schwierigen Umständen auf deren politische Gesinnung oder Haltung angewiesen war, und eine solche Gutmütigkeit lag ihm völlig fern gegenüber Revolutionisten, die in einer früheren Periode außerhalb der Reihen der bolschewistischen Partei gestanden hatten. Es war der Juliaufstand, der alle Überbleibsel der alten, trennenden Linien nieder riss. In seinem Briefe über die Liste der bolschewistischen Kandidaten für die konstituierende Versammlung schrieb Wladimir Iljitsch:

»Wir können uns nicht eine so übermäßige Anzahl von Kandidaten mit geringer Erfahrung gestatten, die, wie U. Larin, sich gerade erst der Partei angeschlossen haben. Wir müssen die Liste darauf hin noch einmal durchsehen und verbessern ...

Selbstverständlich würde sich zum Beispiel niemand einer solchen Kandidatur, wie der L. D. Trotzkis, widersetzen, denn zunächst einmal hat Trotzki vom Tage seiner Ankunft an sofort eine internationale Stellung eingenommen; zweitens kämpfte er unter den Meschrajontzi für eine Vereinigung mit den Bolschewisten; und drittens zeigte er sich in den schwierigen Julitagen auf der Höhe seiner Aufgabe als ein glühender Verteidiger der Partei des revolutionären Proletariats. Es ist einleuchtend, dass das für die Mehrzahl der jüngeren Parteimitglieder, die in der Liste erscheinen, nicht gesagt werden kann.« Die Frage unserer Stellung zu dem Vorparlament, zu dem Versuch der zusammenbrechenden halbbürgerlichen Regierung der Menschewisten und Sozialrevolutionäre, sich durch eine Entscheidung der demokratischen Konferenz noch einmal auf einen Kompromiss aller Parteien zu stützen, wurde in Lenins Abwesenheit entschieden. Ich erschien als Sprecher für diejenigen Bolschewisten, die das Vorparlament boykottieren wollten. Die Majorität der bolschewistischen Fraktion auf jener demokratischen Konferenz stimmte, wie wohlbekannt ist, gegen den Boykott. Lenin trat entschieden für die Minorität ein. Er schrieb Folgendes über die Angelegenheit:

»Wir müssen das Vorparlament boykottieren. Wir müssen den Sowjet der Arbeiter-, Soldaten- und Bauernvertreter verlassen und zu den Gewerkschaften, zu den Massen im Allgemeinen gehen. Wir müssen sie zum Kampf aufrufen. Wir müssen ihnen die klare und ehrliche Losung geben: Zerstreut die Bonapartistenbande Kerenskis, mit seinem falschen Vorparlament, mit seiner Tseretelli-Bulyginski-Duma. Die Menschewisten und Sozialrevolutionäre haben unseren Kompromissvorschlag einer friedlichen Übergabe der Gewalt an die Sowjets abgelehnt, obgleich wir damals darin nicht die Majorität hatten. Sie versanken wieder in den Sumpf schmutzigen Verhandelns mit den Kadetten. Nieder mit den Menschewisten und Sozialrevolutionären! Beginnt einen rücksichtslosen Kampf gegen sie!

Treibt sie ohne Erbarmen aus allen revolutionären Organisationen. Keine Verbindungen, keine Verhandlungen mit diesen Freunden der Grundeigentümer und Kapitalisten.«

Und am 23. September schrieb Lenin:

»Trotzki war für den Boykott. Bravo, Genosse Trotzki!

Der Boykott ist von der bolschewistischen Fraktion auf der Tagung der demokratischen Konferenz abgelehnt worden. Es lebe der Boykott!«

Mein Anteil an der Oktoberrevolution

Über meine Teilnahme an der Oktoberrevolution kann man in den Anmerkungen zum 14. Band der Gesammelten Werke Lenins Folgendes lesen:

»Als die Mehrheit des Petersburger Sowjets in die Hände der Bolschewisten gelangt war, wurde Trotzki zum Vorsitzenden gewählt und organisierte und leitete in dieser Stellung den Aufstand vom 25. Oktober.«

Wie viel hiervon wahr und wie viel falsch ist, das mag das Büro für Parteigeschichte – wenn nicht das gegenwärtige, dann ein zukünftiges – entscheiden. Genosse Stalin hat vor Kurzem klar und deutlich die Wahrheit dieser Versicherung bestritten. Er erklärte in seiner Schrift über »Trotzkismus und Leninismus«:

»Ich muss sagen, dass Genosse Trotzki bei dem Oktoberaufstand keine besondere Rolle spielte und auch nicht spielen konnte, da er als Vorsitzender des Petrograder Sowjets einfach den Willen der entsprechenden Parteiautorität ausführte, die jeden seiner Schritte leitete.«

Und weiter erklärte er:

»Genosse Trotzki spielte keine besondere Rolle weder im Parteileben, noch im Oktoberaufstand, und er konnte es auch nicht, da er in der Oktoberperiode noch ein verhältnismäßig neuer Mann in der Partei war.«

Indem Stalin dieses Zeugnis gab, vergaß er ganz, was er selbst am 6. November 1918 gesagt hatte – also am ersten Jahrestag der Revolution, als die Tatsachen und Ereignisse sich noch frisch in der Erinnerung aller befanden. Schon damals hatte Stalin begonnen, gegen mich zu arbeiten. Aber er war zu jener Zeit noch gezwungen, seinen Kampf gegen mich viel vorsichtiger und heimlicher zu führen, als er es jetzt zu tun braucht. Hier steht, was er damals unter dem Titel »Die Rolle der am meisten hervorragenden Parteiführer« in der Prawda geschrieben hat:

»Das gesamte Werk der praktischen Organisation des Aufstandes wurde unter der unmittelbaren Leitung des Vorsitzenden der Petrograder Sowjets, des Genossen Trotzki geführt. Man kann mit Sicherheit erklären, dass die Partei den schnellen Übergang der Garnison auf die Seite der Sowjets und die kühne Ausführung der Arbeit des revolutionären Soldatenausschusses hauptsächlich und vor allem dem Genossen Trotzki verdankt.«

Es erscheint heute ganz unglaubhaft, dass diese Worte, die durchaus keine lobende Übertreibung sein sollten – im Gegenteil, Stalins Absicht war damals eine ganz andere, aber ich will dabei nicht verweilen –, dass diese Worte von den Lippen Stalins gekommen sind.

Es ist einmal gesagt worden, dass ein wahrheitsliebender Mann den Vorteil hat, sich auch bei einem schlechten Gedächtnis nie zu widersprechen. Ein verlogener, gewissenloser und unehrlicher Mann muss sich, um sich nicht zu beschämen, immer dessen erinnern, was er früher einmal gesagt hat.

Genosse Stalin versucht mithilfe Jaroslawskis jetzt, eine neue Geschichte der Organisation des Oktoberumsturzes auf der Tatsache aufzubauen, dass die Partei damals einen »tätigen Ausschuss für die planmäßige Durchführung des Aufstandes« geschaffen hatte, zu dessen Mitgliedern, wie es scheint, Trotzki nicht gehörte. Lenin war aber auch kein Mitglied dieses Ausschusses, und dies allein zeigt schon, dass der Ausschuss nur eine ganz untergeordnete organisatorische Bedeutung hatte. Er spielte überhaupt keine unabhängige Rolle. Die Legende von diesem Ausschuss ist heute auch nur aus dem einfachen Grunde geschaffen worden, weil Stalin deren Mitglied war. Ich gebe hier die Namen der Mitglieder: Swerdlow, Stalin, Tscherschinski, Bubnow, Uritzki. So wenig angenehm es ist, in altem Kehricht zu wühlen, so erscheint es mir, als einem genügend vertrauten Teilnehmer und Zeugen jener Ereignisse, doch notwendig, Folgendes festzustellen:

Die Rolle Lenins bedarf natürlich keiner Beleuchtung. Swerdlow traf ich häufig, und ich wandte mich oft an ihn, wenn ich Rat brauchte oder Menschen, die mir helfen sollten. Genosse Kamenew, der damals eine zögernde und für die Bewegung schädliche Haltung einnahm, deren Verkehrtheit er schon längst anerkannt hat, beteiligte sich dann an den eigentlichen Ereignissen der Revolution doch sehr tätig. Die entscheidende Nacht vom 25. zum 26. Oktober verbrachten Kamenew und ich im Quartier des revolutionären Soldatenausschusses, indem wir Anfragen beantworteten und am Telefon Befehle austeilten. Aber wenn ich mein Gedächtnis auch noch so anstrengte, ich könnte nicht die Frage beantworten, worin in diesen entscheidenden Tagen die Rolle Stalins bestanden hat. Nicht ein einziges Mal habe ich mich an ihn um Rat oder Mitarbeit gewandt. Er zeigte aber auch nicht die leiseste Initiative. Nie hat er einen selbstständigen Vorschlag gemacht. Diese Tatsachen kann kein »marxistischer Historiker« des neuen Stils ändern.

Stalin und Jaroslawski haben, wie ich im Vorstehenden schon sagte, mit vieler Mühe zu beweisen versucht, dass der von der Partei eingesetzte, aus den Genossen Swerdlow, Stalin, Tscherschinski, Bubnow und Uritzki bestehende tätige Ausschuss sozusagen den ganzen Verlauf des Aufstandes geleitet habe. Stalin hat in jeder ihm möglichen Art darauf hingewiesen, dass Trotzki kein Mitglied jenes Ausschusses gewesen sei. Aber leider erschien infolge einer Unachtsamkeit der Stalinschen Historiker in der Prawda vom 2. November 1927 – das heißt, als dieser ganze Brief von mir schon geschrieben war – ein genauer Auszug von dem Bericht, den der Zentralausschuss über die Zeit vom 16. bis zum 29. Oktober 1917 gegeben hat.

»Der Zentralausschuss schafft ein militärisches revolutionäres Zentrum mit den folgenden Mitgliedern:
Swerdlow, Stalin, Bubnow, Uritzki und Tscherschinski. Dieses Zentrum soll ein wesentlicher Teil des revolutionären Sowjetausschusses sein.«

Der revolutionäre Sowjetausschuss ist der durch den Petrograder Sowjet geschaffene militärisch revolutionäre Ausschuss. Es bestand kein anderes Organ für die Führerschaft im Aufstand. Jene fünf, durch den Zentralausschuss gewählten Genossen sollten als Ergänzung in den Stab desselben revolutionären Soldatenausschusses eintreten, dessen Vorsitzender Trotzki war. Überflüssig wäre es doch wohl gewesen, Trotzki noch einmal in den Stab einer Organisation aufzunehmen, dessen Vorsitzender er bereits war! Ja, es ist schwer, Geschichte zu korrigieren, wenn sie schon beendet ist!

11. November 1927.

Ich schrieb in Brest eine kurze Beschreibung der Oktoberrevolution. Dieses Buch hat in den verschiedensten Sprachen eine große Anzahl von Auflagen gehabt. Niemand hat mir je gesagt, dass in dem Buch eine auffällige Lücke vorhanden ist – nämlich, dass es nirgendwo auf den Hauptleiter des Aufstandes, auf »das militärisch revolutionäre Zentrum«, dessen Mitglieder Stalin und Bubnow waren, hinweist. Wenn ich mich so schlecht der Geschichte des Oktoberaufstandes erinnerte, warum hat mich nie jemand aufgeklärt? Warum wurde mein Buch unbehelligt in den ersten Jahren der Revolution in allen staatlichen Parteischulen studiert?

Selbst im Jahre 1922 schien das Organisationsbüro der Partei der Ansicht zu sein, ich verstünde doch wohl ziemlich viel von der Geschichte der Oktoberrevolution. Hier ist eine kleine, aber vielsagende Anerkennung:

»Nr. 14302 Moskau, den 24. Mai 1922

An Genosse Trotzki:

Auszug aus dem Bericht der Sitzung des Organisationsbüros des Zentralausschusses vom 22. Mai 1922, Nr. 21. Auftrag an Genosse Jakowlew vom 1. Oktober, unter der redaktionellen Leitung von Genosse Trotzki ein Lehrbuch der Geschichte der Oktoberrevolution zu schreiben.

Das Sekretariat der Unterabteilung für Propaganda.«

Dies geschah im Mai 1922. Und dabei waren meine Bücher über das Jahr 1905 und über die Oktoberrevolution schon vor dieser Zeit erschienen und dem Organisationsbüro – dessen Leiter schon damals Stalin war – wohlbekannt. Trotzdem hielt es das Organisationsbüro für notwendig, mir die Aufgabe der Redaktion des Schulbuchs über die Geschichte der Oktoberrevolution zu übertragen. Wie kam das? Es kam daher, weil die Augen Stalins und der Stalinisten sich für den »Trotzkismus« erst geöffnet haben, als die Augen Lenins für immer geschlossen waren.

Verlorene Dokumente

Kurz nach der Oktoberrevolution bildeten sich unter den Führern der Partei scharfe Meinungsverschiedenheiten über unsere Beziehungen zu den andern »sozialistischen Parteien«. Es handelte sich vor allem um die Frage, ob wir eine einheitliche bolschewistische Regierung oder eine Verbindung mit den Menschewisten und Sozialrevolutionären bilden sollten. Am 14. November sprach Lenin über diese Frage auf der Versammlung des Petrograder Ausschusses. Die Berichte der Zentralausschussversammlungen vom Jahre 1917 wurden am zehnten Jahrestag der Oktoberrevolution veröffentlicht. Ursprünglich befand sich auch der Bericht über diese Versammlung vom 14. November darunter, und in dem ersten Probeabzug des Inhaltsverzeichnisses war er aufgeführt. Aber dann wurde der Bericht vom 14. November auf höheren Befehl entfernt und vor der Partei verheimlicht. Der Grund ist leicht zu verstehen. Über die Koalitionsfrage sagte nämlich Lenin zum Ausschuss Folgendes:

»Was eine Koalition angeht, so kann ich darüber nicht einmal ernstlich sprechen. Trotzki hat schon vor langer Zeit gesagt, dass eine Verbindung unmöglich sei. Trotzki begriff das, und von jener Zeit an hat es keinen besseren Bolschewisten gegeben.«

Die Rede schloss mit der Losung:

»Kein Kompromiss! Eine einheitlich bolschewistische Regierung.«

Wie erzählt wird, kam der Befehl zur Entfernung dieses Berichts vom Büro für Parteigeschichte, und zwar mit der Erklärung, die Rede Lenins sei »offenbar« falsch wiedergegeben worden. Sicherlich ist eins wahr, nämlich, dass die Rede Lenins nicht mit der Geschichte der Oktoberrevolution, wie sie jetzt geschrieben wird, übereinstimmt.

Übrigens zeigt auch gerade dieser Bericht über die Versammlung des Petersburger Ausschusses, wie sich Lenin zur Frage der Disziplin stellte, sobald man hinter dieser Disziplin eine ausgesprochen opportunistische Politik verstecken wollte. Nach der Rede des Genossen Fenigstein erklärte Lenin:

»Wenn ihr eine Spaltung wollt, dann führt sie durch. Wenn ihr die Mehrheit bekommt, dann ergreift die Macht im Zentralausschuss und geht weiter. Wir aber werden zu den Matrosen gehen.«

Gerade durch diese kühne, entschlossene und unnachgiebige Haltung rettete Lenin die Partei vor einer Spaltung.

Eiserne Disziplin, jawohl! Aber auf der Grundlage einer revolutionären Politik!

Am 4. April sagte Lenin auf einer Parteikonferenz, dessen Bericht Stalin vor der Partei verbirgt:

»Selbst unsere Bolschewisten zeigen Vertrauen zur provisorischen Regierung. Offenbar sind sie betäubt von dem Rausch der Revolution. Aber das ist das Ende der Revolution. Ihr, Genossen, habt also Vertrauen zu dieser Regierung. Wenn das wirklich so ist, dann können wir nicht mehr zusammenarbeiten.«

Und weiter sagte er:

»Ich höre, dass eine Tendenz zur Koalition in Russland herrscht, zu einer Koalition mit den Anhängern der nationalen Verteidigung. Das ist ein Verrat am Sozialismus. Ich halte es für besser, allein zu bleiben, wie Liebknecht – einer gegen hundertundzehn.«

Warum drückte sich Lenin so drastisch aus – einer gegen hundertundzehn? Weil auf der Märzkonferenz von 1917 die Tendenzen nach einem halben Kompromiss sehr stark waren.

Stalin war auf jener Konferenz für die Resolution des Krasnojarsker Sowjets, welcher vorschlug:

»Unterstützt die provisorische Regierung in ihrem Vorgehen nur soweit, als sie die Forderungen der Arbeiterklasse und der revolutionären Bauernschaft in der sich entwickelnden Revolution befriedigt.«

Aber noch mehr: Stalin trat für eine Koalition mit Tseretelli, dem Führer der Menschewisten ein. Hier ist ein genauer Auszug aus einem Bericht über die Konferenz:

Auf der Tagesordnung der Antrag Tseretellis für eine Koalition.

Stalin: »Wir müssen darauf eingehen. Es ist notwendig, unsere Bedingungen zu einer solchen Koalition festzulegen. Eine Koalition wäre auf der Linie Zimmerwald-Kienthal möglich.«

Auf den Einwurf verschiedener Mitglieder der Konferenz, dass eine solche Koalition doch sehr buntscheckig sein würde, antwortete Stalin:

»Es hat keinen Zweck, schon vorzeitig Meinungsverschiedenheiten vorzubringen. Meinungsverschiedenheiten gibt es immer im Parteileben. Wir werden aber geringe Meinungsverschiedenheiten schon innerhalb der Partei überwinden.«

Meinungsverschiedenheiten mit Tseretelli betrachtet Stalin als geringfügig. In seinen Beziehungen zu den Anhängern Tseretellis war Stalin für weitherzige Demokratie. »Meinungsverschiedenheiten gibt es immer im Parteileben«, sagte er.

Nun, Genossen, die ihr Leiter im Büro für Parteigeschichte seid, erlaubt mir eine Frage an euch: Warum sind die Berichte über die Parteikonferenz vom März 1917 bis jetzt noch immer nicht veröffentlicht worden? Ihr überschwemmt das Land mit Fragebogen, die von Rubriken und Zahlen wimmeln. Ihr sammelt alle möglichen Kleinigkeiten, manchmal solche ohne jeden Wert. Warum verbergt ihr die Berichte über die Märzkonferenz, die eine monumentale Bedeutung für die Geschichte unserer Partei haben? Diese Berichte enthüllen die Haltung der leitenden Elemente der Partei am Vorabend von Lenins Rückkehr nach Russland. Im Sekretariat des Zentralausschusses und im Vorstand des Zentralkontrollausschusses habe ich wiederholt die Frage gestellt: Warum verbirgt das Büro für Parteigeschichte vor der Partei ein Dokument von so außerordentlicher Bedeutung? Das Dokument ist euch bekannt, es ist in eurem Besitz. Ihr veröffentlicht es aus dem einfachen Grunde nicht, weil es ein grelles Licht auf die politische Haltung Stalins von Ende März und Anfang April wirft, also von jener Zeit, als Stalin ganz selbstständig eine politische Betätigung versuchte.

In seiner angeführten Rede auf der Konferenz vom 4. April sagte Lenin:

»Die Prawda verlangt von der Regierung, dass sie von Annexionen zurücktritt. Unsinn. Offenbarer Hohn des ...«

Der Bericht ist nicht herausgekommen. Es ist hier eine Lücke. Aber der allgemeine Gedanke und die allgemeine Richtung der Rede sind ganz klar. Einer der Redakteure der Prawda war Stalin. Stalin schrieb in der Prawda halbpatriotische Artikel und trat für die provisorische Regierung ein, »so weit sie« usw. Mit Vorbehalten begrüßte Stalin das Manifest Kerenskis und Tseretellis an das Volk – ein verlogenes, sozialpatriotisches Dokument, das bei Lenin nur Unwillen auslöste.

Das ist der Grund, und es ist der einzige Grund, warum ihr Genossen vom Büro für Parteigeschichte den Bericht über die Konferenz vom März 1917 nicht veröffentlicht, sondern ihn vor der Partei versteckt.

Ich habe die Rede Lenins auf der Sitzung des Petersburger Ausschusses vom 14. November zitiert. Wo ist der Bericht über diese Sitzung veröffentlicht worden? Nirgends. Und warum? Weil ihr es verboten habt. Soeben ist eine Sammlung von Protokollen des ersten legalen Petersburger Ausschusses vom Jahre 1917 erschienen. Der Bericht über die Sitzung vom 14. November hat sich anfänglich in dieser Sammlung befunden und war auch in dem Inhaltsverzeichnis aufgeführt. Aber dann wurde, wie ich schon sagte, auf dem Büro für Parteigeschichte der Bericht aus dem Buche entfernt, und zwar mit der merkwürdigen Erklärung, dass »offenbar« die Rede Lenins bei der Niederschrift durch den Sekretär falsch wiedergegeben sei. Worin besteht nun diese »offenbar« falsche Wiedergabe? Sie besteht darin, dass Lenins Worte aufs Schärfste die falschen Behauptungen der jetzigen historischen Schule der Stalin und Jaroslawski in Bezug auf Trotzki widerlegen. Jeder, der die Sprechart Lenins kennt, wird ohne Bedenken die Echtheit der ihm zugeschriebenen Worte anerkennen. Hinter den Leninschen Worten über den Kompromiss, hinter seiner Drohung: »Wir werden zu den Matrosen gehn!« – fühlt man deutlich den lebendigen Lenin jener Tage. Ihr verbergt ihn vor der Partei. Warum? Wegen seines Urteils über Trotzki. Nur deshalb.

Die Berichte über die Märzkonferenz vom Jahre 1917 verbergt ihr, weil sie Stalin bloßstellen. Den Bericht über die Sitzung vom 14. November verbergt ihr, weil er euer Fälschungswerk gegen Trotzki stört.

Die Zwei Meinungen Jaroslawskis

Neunzehntel seiner Verleumdungen und Fälschungen widmet Jaroslawski dem Schreiber dieser Zeilen, und es würde schwer sein, sich dümmere und zugleich verächtlichere Lügen auszudenken. Aber man darf sich nicht einbilden, dass Jaroslawski immer so geschrieben hat. Er hat einmal ganz anders geschrieben. Es waren genau dieselben knalligen Worte, es war genau derselbe schlechte Geschmack, aber die Richtung war eine ganz entgegengesetzte. Im Frühjahr 1923 schrieb Jaroslawski einen Aufsatz über die Anfänge meiner politischen Tätigkeit. Der Aufsatz triefte so von schreienden Lobsprüchen, dass man ihn fast nicht lesen konnte. Nur mit Überwindung kann man daraus zitieren, aber es ist notwendig. Als Inquisitor der Partei macht es Jaroslawski ein wollüstiges Vergnügen, Kommunisten ins Kreuzverhör zu nehmen, die das Verbrechen begangen haben, das Testament Lenins, die Briefe Lenins über die nationale Frage und andere illegale Dokumente, in denen Lenin Stalin zu kritisieren wagte, zu verbreiten. Heute wollen wir Jaroslawski ins Kreuzverhör nehmen.

»Die glänzende literarisch-publizistische Tätigkeit des Genossen Trotzki«, so schrieb Jaroslawski 1923 in den »Sibirischen Feuern«, »haben ihm den weltbekannten Namen des »Fürsten der Journalisten« erworben. Der englische Schriftsteller Bernhard Shaw nannte ihn so. Wer seine Tätigkeit im Verlauf eines Vierteljahrhunderts verfolgt hat, erkennt deutlich, wie sich seine Begabung als Flugschriftenschreiber und Polemiker allmählich entwickelt hat, wie es heranwuchs und in den Jahren unserer proletarischen Revolution zu einer glänzenden Blüte kam. Aber schon im Anfang seiner Tätigkeit war es klar zu sehen, welch ein tiefes Talent wir in ihm hatten. Alle seine Zeitungsartikel sprühten von Feuer, sie besaßen Anschaulichkeit und Farbe. Und dabei waren sie unter den eisernen Krallen der zaristischen Zensur geschrieben, die einen freien Gedanken und eine freie Form für jeden unmöglich machten, der diesen Krallen entgehen und sich doch über die Durchschnittsansichten erheben wollte. Aber so groß waren die heranreifenden unterirdischen Kräfte, so stark fühlte man den Herzschlag des erwachenden Volkes, so scharf waren die Widersprüche der Entwicklung, dass alle

Zensoren der Welt nicht die Schaffenskraft einer solchen ausgesprochenen Persönlichkeit, wie es damals schon L. D. Trotzki war, hätten unterdrücken können.

Sicherlich haben viele die weitverbreitete Fotografie des jungen Trotzki gesehen, aus der Zeit seiner ersten Verbannung nach Sibirien – diesen Kopf mit dem wilden Haar, mit den charakteristischen Lippen und den gewölbten Augenbrauen. Unter dem dichten Haar dieses Kopfes, hinter den gewölbten Augenbrauen wirbelte ein gewaltiger Strom von Ideen, Gedanken und Gefühlen – die manchmal den Genossen Trotzki etwas von der breiten Straße der Geschichte abbrachten, die ihn manchmal zwangen, einen langen Umweg zu machen, oder auch in anderen Fällen ihn antrieben, furchtlos einen Weg zu gehen, von dem ihm alle abrieten. Aber bei all seinem Suchen blieb er immer voll tiefer Hingabe für die Sache der Revolution, ein geborener Volksredner mit einer scharfen und doch geschmeidigen Zunge, die mit jedem Feinde fertig wurde, und mit einer Feder, die wie Perlen die Reichtümer seiner Gedanken verstreute.«

Und weiter sagt Jaroslawski: »Die uns zur Verfügung stehenden Artikel umfassen eine Periode von mehr als zwei Jahren – die Zeit vom 15. Oktober 1900 bis zum 12. September 1902. Die sibirischen Genossen lasen mit Entzücken diese brillanten Artikel und erwarteten ungeduldig ihr Erscheinen. Wenige wussten, wer ihr Verfasser war, und die, die ihn kannten, hätten wohl in jenen Tagen nie daran gedacht, dass er einer der anerkannten Führer der revolutionärsten Armee und der größten Revolution der Welt sein würde.«

Und so schloss er: »Seinen Protest gegen den Pessimismus der müde gewordenen russischen Intelligenz erhob Genosse Trotzki später. Nicht in Worten, sondern in Taten erhob er ihn, Schulter an Schulter mit dem revolutionären Proletariat der großen proletarischen Revolution. Dazu war eine gewaltige Kraft erforderlich. Das sibirische Dorf hatte diese Kraft nicht in ihm zerstört. Es stärkte ihn nur noch mehr in den Entschluss, gründlich bis zur Wurzel mit diesen ganzen Verhältnissen zu brechen, unter denen die von ihm geschilderten Dinge möglich waren.«

Obgleich der Genosse Jaroslawski sich in einigen seiner Einschätzungen um 180 Grad gedreht haben mag, so muss man doch gestehen, dass er in einer Hinsicht sich gleich geblieben ist: Er ist ebenso unerträglich in seiner Beschimpfung wie in seinem Lob.

Die zwei Meinungen Olminskis und Lunatscharskis.

Unter den Bekämpfern des »Trotzkismus« hat Olminski eine ziemlich bedeutende Rolle gespielt. Er wandte sich mit besonderem Eifer, wie ich mich erinnere, gegen mein ursprünglich in deutscher Sprache erschienenes Buch »1905«. Aber

Olminski hat über dieses Buch zwei Meinungen gehabt: eine in den Tagen Lenins, eine in den Tagen Stalins. Im Oktober 1921 schlug irgendjemand vor, mein Buch »1905« auf Russisch herauszubringen. Olminski schrieb mir darüber folgenden Brief:

»Lieber Leo Davidowitsch!

Das Büro für Parteigeschichte wird natürlich entzückt sein, Ihr Buch auf Russisch herauszubringen, aber es entsteht die Frage: Wer soll es übersetzen? Man kann doch nicht den ersten besten Menschen ein Buch von Trotzki übersetzen lassen! Die ganze Schönheit und Persönlichkeit des Stils würde verloren gehen. Vielleicht wäre es Ihnen möglich, eine Stunde täglich von Ihrer für den Staat so wichtigen Arbeit für diese Arbeit – die ja schließlich für den Staat ebenfalls von Wichtigkeit ist – zu erübrigen und den russischen Text einer Stenografin zu diktieren.

Noch eine andere Frage: Warum beginnen Sie nicht, eine vollständige Ausgabe Ihrer literarischen Arbeiten vorzubereiten? Wir könnten sehr leicht jemand mit der dazu nötigen Arbeit beauftragen. Es ist Zeit, damit anzufangen. Die neue Generation, die die Parteigeschichte nicht so kennt, wie sie es sollte, und in den älteren und neueren Schriften der Parteiführer wenig bewandert ist, gerät immerzu aus dem Geleise. Ich übersende Ihnen das Buch in der Hoffnung, dass es bald in einem russischen Text zum Büro zurückkommt.

Mit den besten Wünschen

10. Oktober 1921.«

M. Olminski.

So schrieb Olminski Ende 1921 – also lange nach den Meinungsverschiedenheiten wegen des Brest-Litowsker Friedens und der Gewerkschaften – Meinungsverschiedenheiten, denen Olminski und Genossen jetzt eine so übertriebene Bedeutung beizulegen versuchen. Im Herbst 1921 hielt Olminski die russische Herausgabe des »1905« für eine Arbeit von staatlicher Wichtigkeit. Olminski war auch der Anreger zur Veröffentlichung meiner gesamten Werke, die er zur Erziehung der Parteimitglieder für nötig hielt. Im Herbst 1921 war aber der jetzt neunzigjährige Olminski kein Kind. Er kannte die Vergangenheit. Meine Meinungsverschiedenheiten mit dem Bolschewismus waren ihm besser bekannt, als irgendeinem anderen Menschen. Er selbst hatte ja mit mir in alten Tagen polemisiert. Alles dieses hinderte ihn aber nicht, im Herbst 1921 auf die Herausgabe einer vollständigen Sammlung meiner Werke im Interesse der Erziehung der Parteijugend zu bestehen. War vielleicht Olminski 1921 ein »Trotzkist«?

Genosse Lunatscharski erscheint jetzt ebenfalls unter den »Entlarvern« der Opposition. Wie die andern klagt er uns des Pessimismus und des mangelnden Vertrauens an. Diese Rolle steht Lunatscharski besonders gut.

Wie die andern begnügt sich Lunatscharski nicht damit, Leninismus und »Trotzkismus« in Gegensatz zu stellen, sondern er bewirft uns auch in einer kaum verhüllten Form mit persönlichen Verdächtigungen. Wie gewisse andere versteht es auch Lunatscharski, über ein und dieselbe Frage sowohl lobend wie tadelnd zu schreiben. 1923 gab er ein kleines Buch heraus: »Revolutionäre Silhouetten«. Ein Kapitel in dem Buch ist mir gewidmet. Ich will dieses Kapitel wegen der Überschwänglichkeit seines Lobes zitieren, und zwar werde ich nur zwei Stellen herausnehmen, in denen Lunatscharski über meine Haltung gegenüber Lenin spricht:

»Trotzki ist eine leicht gereizte, gebietende Persönlichkeit. Nur in seinem Verhältnis zu Lenin zeigte Trotzki seit seiner Einigung mit ihm immer eine verehrende, rührende Hingabe, und mit einer Bescheidenheit, die ein Kennzeichen wirklicher Größe ist, erkannte er Lenins höhere Autorität an.«

Und ein paar Zeilen vorher:

»Als Lenin, wie wir fürchteten, tödlich verwundet dalag, drücke keiner unsere Gefühle gegen ihn besser aus als Trotzki. In dem schrecklichen Sturm der Weltereignisse sagte Trotzki, der andere Führer der russischen Revolution, der doch durchaus nicht zur Sentimentalität neigte: ›Wenn man denkt, Lenin könnte jetzt sterben, so erscheint das Leben von uns allen wertlos, und man möchte aufhören, weiter zu leben‹.«

Was sind das nun für Menschen, die wie bezahlte Sekretäre bald so und bald so schreiben können?

Die Debatten über Brest-Litowsk und die Gewerkschaften

Was ich mit Beispielen aus dem Jahre 1917 nachgewiesen habe, könnte ich auch weiterhin aus allen den folgenden Jahren aufweisen. Ich behaupte nicht, dass es keine Meinungsverschiedenheiten zwischen Lenin und mir gegeben hat. Es gab deren. Die Meinungsverschiedenheiten über den Frieden von Brest-Litowsk dauerten mehrere Wochen und nahmen für einige Tage einen scharfen Charakter an. Der Versuch aber, diese Meinungsverschiedenheiten als eine Folge meiner angeblichen Geringschätzung des Bauerntums hinzustellen, ist lächerlich und kann nur in der Absicht geschehen sein, mir jetzt nachträglich die Bucharinschen Ansichten, mit denen ich nichts zu tun hatte, aufzubürden. Ich habe auch nicht einen Augenblick daran gedacht, 1917 und 18 die Massen der Bauern zu einem revolutionären Krieg aufzurufen. In der Beurteilung der Stimmung, wie sie unter den Massen der Arbeiter und Bauern nach dem imperialistischen Kriege bestand, war ich mit Lenin völlig einig. Ich habe zwar darauf bestanden, den Augenblick der Kapitulation vor den Hohenzollern solange wie möglich hinauszuschieben.

Aber das tat ich nicht, um einen revolutionären Krieg hervorzurufen, sondern um den deutschen und überhaupt den europäischen Arbeitermassen zu zeigen, dass es zwischen uns und den Hohenzollern keine geheimen Abmachungen gab, und um die Arbeiter Deutschlands und Österreichs zu einer größeren revolutionären Tätigkeit anzuspornen. Zu dem Beschluss, den Kriegszustand als beendet anzusehen, ohne dabei den Gewaltfrieden zu unterschreiben, kamen wir dann, weil wir prüfen wollten, ob die Hohenzollern noch fähig seien, einen Krieg gegen die Revolution zu führen. Dieser Beschluss wurde von der Mehrheit unseres Zentralausschusses angenommen. Lenin betrachtete den Beschluss als ein kleineres Übel, da ein bedeutender Teil der führenden Kommunisten für den von Bucharin propagierten revolutionären Krieg war, wobei sie die Stimmung der Arbeiter und Bauern völlig ignorierten. Nach der Unterschrift unter den Friedensvertrag mit den Hohenzollern war die vorübergehende Meinungsverschiedenheit mit Lenin erledigt, und unsere beiderseitige Arbeit ging im besten Einvernehmen weiter. Bucharin aber machte aus seinen Brester Differenzen einen großen Kampf gegen den »linken Kommunismus«, zu dem ich gar keine Beziehungen hatte.

Noch immer gibt es kluge Leute, die sich über die Losung »Weder Krieg noch Frieden!« nicht beruhigen können. Diese Losung scheint ihnen einen Widerspruch in sich zu enthalten, während es doch oft, sowohl zwischen den Klassen, wie zwischen den Staaten zu einem Zustande kommt, der weder ein Krieg noch ein Frieden ist. Man braucht nur daran zu denken, dass einige Monate nach Brest, als sich die revolutionäre Lage in Deutschland ziemlich geklärt hatte, wir einfach den Brester Frieden als ungültig erklärten, aber durchaus nicht an einen Krieg mit Deutschland dachten. Auch mit den Ententestaaten hatten wir in den ersten Jahren der Revolution weder Krieg noch Frieden, und im Grunde besteht zwischen uns und England auch heute noch dasselbe Verhältnis. Zu der Zeit der Brester Verhandlungen kam schließlich alles auf die Frage an, ob in Deutschland im Anfang des Jahres 1918 sich die revolutionären Verhältnisse schon so weit entwickelt hätten, dass wir, ohne weiter Krieg zu führen – denn eine Armee besaßen wir ja gar nicht mehr –, trotzdem den Frieden nicht zu unterschreiben brauchten.

Die Erfahrung hat dann gezeigt, dass Lenin im Recht war: Eine solche Entwicklung war in Deutschland noch nicht eingetreten. Die ungeheuerliche Übertreibung, die man dieser Meinungsverschiedenheit beigelegt hat, habe ich im 14. Band meiner »Werke« und in den Anmerkungen zu diesem Bande mit Dokumenten widerlegt.

Diese Meinungsverschiedenheit ließ auch nicht den Schatten irgendeiner Bitterkeit in unseren persönlichen Beziehungen zurück. Gerade wenige Tage nach der Unterzeichnung dieses Friedens wurde ich – auf Anweisung Wladimir Iljitschs (Lenins) – an die Spitze des Militärwesens gestellt.

Der Zwiespalt über die Gewerkschaftsfrage war schärfer und zog sich auch länger hinaus. Die Schärfe dieser Meinungsverschiedenheit war eine Folge der Tatsache, dass die Wirtschaft des Landes in eine Sackgasse geraten war. Der Ausweg aus dieser Sackgasse durch die »Neue Wirtschaftspolitik«, durch die Einführung eines gewissen Privatkapitalismus, wurde aber vollständig einmütig beschlossen. Mit derselben Einmütigkeit wurde einige Monate später die neue Resolution über die Gewerkschaften, die die entgegenstehende Resolution des zehnten Kongresses ersetzte, angenommen.

Wenn man den jetzigen Parteihistorikern glauben wollte, so könnte man annehmen, die ersten sechs Jahre der Revolution seien ganz mit Streitigkeiten über Brest-Litowsk und die Gewerkschaften ausgefüllt gewesen. Alles Übrige ist verschwunden: Die Vorbereitung des Oktoberaufstandes, der Aufstand selbst, die Einsetzung der Regierung, die Bildung der Roten Armee, der Bürgerkrieg, die vier Kongresse der kommunistischen Internationale, die ganze literarische Arbeit der kommunistischen Propaganda, die Arbeit der Leitung der ausländischen kommunistischen Parteien und unserer eigenen. Von dieser ganzen Arbeit, über die ich mich in allen wichtigen Fragen in völliger Übereinstimmung mit Lenin befand, verbleiben nach unseren jetzigen Historikern nur zwei Momente, Brest-Litowsk und die Gewerkschaften.

Stalin und seine Lakaien haben sich die härteste Mühe gegeben, aus der Gewerkschaftsdiskussion einen »bitteren« Kampf Trotzkis gegen Lenin zu machen. Ich will hier nur anführen, was ich in der Zeit der heftigsten Diskussion, am 26. Januar 1921 dem Genossen Schliapnikow, dem entschiedenen Gegner der Leninschen Politik, auf dem Bergarbeiterkongress sagte:

»Genosse Schliapnikow sagte hier – vielleicht drücke ich seinen Gedanken etwas grob aus: »Glaubt nicht an diese Meinungsverschiedenheit zwischen Trotzki und Lenin. Sie werden sich schon wieder einigen, und der Kampf wird sich dann nur gegen uns richten!« Er sagt: »Glaubt nicht daran!«

Ich verstehe nicht, was er mit diesem Glauben oder Nichtglauben eigentlich meint. Natürlich werden wir uns wieder einigen. Wir mögen uns streiten bei der Entscheidung einer wirklich wichtigen Frage, aber der Streit treibt doch nur unsere Gedanken nach der Richtung einer Einigung.«

Dies waren meine Schlussworte auf dem zweiten allrussischen Bergarbeiterkongress am 26. Januar 1921.

Den folgenden Absatz aus der gleichen Rede hat Lenin in seiner Broschüre (im 18. Band seiner Werke) zitiert: »In meiner schärfsten Polemik mit dem Genossen Tomski habe ich immer betont, es sei mir völlig klar, dass unsere Führer in den Gewerkschaften nur Leute mit einer Erfahrung und einer Autorität sein könnten, wie sie Genosse Tomski besitzt. Eine Meinungsverschiedenheit in der Partei bedeutet doch keine gegenseitige Unterdrückung und Ablehnung.«

Und hier ist, was Lenin über dieselbe Frage in seinem die Diskussion über die Gewerkschaften zusammenfassenden Schlusswort auf dem zehnten Parteikongress sagte: »Schliapnikow meinte, Lenin und Trotzki würden sich schon wieder einigen, und Trotzki antwortete: »Wer nicht versteht, dass es notwendig ist, sich zu einigen, geht gegen die Partei; natürlich werden wir uns einigen, denn wir sind Parteigenossen.« Ich habe Trotzki zugestimmt. Gewiss waren Trotzki und ich verschiedener Meinung. Aber wenn sich im Zentralausschuss eine mehr oder weniger gleichstarke Meinungsverschiedenheit bildet, dann entscheidet die Partei, und sie entscheidet in einer solchen Weise, dass wir uns auf den Willen und den Kurs der Partei einigen. Dies ist die Ankündigung, mit der Trotzki und ich zum Bergarbeiterkongress gegangen und mit der wir auch hierher gekommen sind.«

Gleicht das irgendwie dem verächtlichen Geschreibsel, das man heutzutage als Geschichte der Gewerkschaftsdiskussion ausgibt?

Die Sache wird lächerlich, wenn Bucharin sorglos versucht, die Gewerkschaftsdiskussion zu einer Waffe gegen den »Trotzkismus« auszunutzen. Auf folgende Art kennzeichnet Lenin (im 18. Band seiner Werke) Bucharins Haltung in jener Diskussion:

»Bis jetzt ist Trotzki der ›Häuptling‹ in dem Kampfe gewesen, aber nunmehr hat ihn Bucharin eingeholt und ihn sogar völlig überrundet. Bucharin hat eine ganz neue Lage in dem Kampfe herbeigeführt, denn er hat sich in einen Irrtum hineingeredet, der hundertmal schlimmer ist als alle Irrtümer Trotzkis zusammengenommen.

Wie konnte Bucharin sich in diese Abkehr vom Kommunismus hineinreden? Wir kennen alle das weiche Wesen des Genossen Bucharin, eine Eigenschaft an ihm, wegen der wir ihn gern haben und gern haben müssen. Wir wissen, dass man ihn oft im Scherz ›weiches Wachs‹ genannt hat. Es scheint, dass ›jeder grundsatzlose Mensch‹ jeder ›Demagoge‹ in dieses weiche Wachs hineindrücken kann, was er will. Die Worte dieser scharfen Kennzeichnung stammen vom Genossen Kamenew aus der Diskussion vom 17. Januar. Er hatte ein Recht, sie anzuwenden, aber es wäre natürlich niemals Kamenew oder irgendjemand anderem eingefallen, das Vorgefallene als grundsatzloses Demagogentum zu bezeichnen oder es auf ein solches zurückzuführen.«

Mit Lenin in der Internationale

War denn überhaupt die Frage der Gewerkschaften die einzige im Leben der Partei und der Sowjetrepublik während der Jahre meines Zusammenarbeitens mit Lenin? In dem gleichen Jahre 1921, dem Jahre des zehnten Kongresses unserer Partei, hatten wir den dritten Kongress der Komintern (der kommunistischen Internationale), der in der Geschichte der internationalen Arbeiterbewegung eine ganz bedeutende Rolle gespielt hat.

Auf diesem dritten Kongress entwickelte sich ein tief gehender Streit über die wichtigsten Fragen der kommunistischen Politik. Dieser Streit kam vor unser politisches Büro. Ich erzählte vor noch nicht langer Zeit einiges davon in kurzen Worten aus einer Sitzung des politischen Büros:

»Zu jener Zeit bestand die Gefahr, dass die Politik der Komintern sich in der Linie der Märzereignisse in Deutschland entwickeln würde – das heißt, dass man künstlich eine revolutionäre Situation schaffen würde, eine ›Elektrisierung‹ des Proletariats, wie ein deutscher Genosse es genannt hat. Die Stimmung war auf dem Kongress entschieden dafür, aber Wladimir Iljitsch (Lenin) kam zu der Ansicht, dass bei einem solchen Kurs die Internationale sicherlich zertrümmert würde. Vor dem Kongress schrieb ich dem Genossen Radek meinen Eindruck von den Märzereignissen in einem Briefe, von dem Wladimir Iljitsch nichts wusste. In Anbetracht der kitzligen Lage und weil ich die Ansicht Wladimir Iljitschs nicht kannte, wohl aber wusste, dass Sinowjew, Bucharin und Radek im Allgemeinen für die deutsche Linke waren, drückte ich mich natürlich nicht offen aus und schrieb in der Form eines Briefes an Radek, indem ich ihn bat, mir seine Meinung mitzuteilen. Radek und ich kamen zu keiner Übereinstimmung. Wladimir Iljitsch, der davon hörte, ließ mich kommen und schilderte mir die Lage in der Komintern als eine solche, die die schwersten Gefahren herbeiführen könnte. In der Einschätzung der Lage und ihrer Probleme waren wir völlig einer Meinung.

Nach dieser Besprechung ließ Wladimir Iljitsch den Genossen Kamenew kommen, um sich einer Mehrheit im politischen Büro zu versichern. Da damals das politische Büro aus fünf Genossen bestand, so waren wir mit Kamenew zu drei und hatten infolgedessen die Majorität. Aber in unserer Delegation auf der Komintern waren auf der einen Seite die Genossen Sinowjew, Bucharin und Radek, auf der anderen Seite Wladimir Iljitsch, ich und Kamenew, und wir hatten auch, nebenbei gesagt, besondere Sitzungen dieser Gruppen. Wladimir sagte damals: ›Wir bilden eben eine neue Fraktion‹. In den Debatten über den Text der vorgeschlagenen Resolutionen vertrat ich die Fraktion Wladimir Iljitschs, und Radek vertrat die Fraktion des Genossen Sinowjew.

Sinowjew bemerkte, dass sich die ganze Sachlage verschoben hätte.

Ja, sie hatte sich verschoben, und Genosse Sinowjew beschuldigte, nebenbei bemerkt, damals aufs Schärfste den Genossen Radek, weil er bei unseren Verhandlungen seine Fraktion ›betrogen‹, das heißt uns zu große Konzessionen gemacht hätte.

Der Kampf war in allen Parteien der Komintern sehr heftig, und Wladimir Iljitsch beriet sich mit mir, was wir tun sollten, wenn der Kongress gegen uns stimmen würde. Sollten wir uns einem Kongress unterwerfen, dessen Entscheidung vielleicht verderblich sein könnte, oder sollten wir uns nicht unterwerfen? Das Echo unserer Besprechung kann man in dem stenografischen Bericht meiner Rede finden. Ich sagte damals – im Einvernehmen mit Iljitsch: ›Wenn ihr, der Kongress, eine Entscheidung gegen uns annehmt, dann werdet ihr uns hoffentlich genügend Spielraum geben, um auch in Zukunft unsere Ansicht verteidigen zu können.‹ Der Sinn dieser Warnung war völlig klar. Ich muss aber hinzufügen, dass die Beziehungen, die damals in unserer Delegation bestanden, dank der Führung Lenins durchaus kameradschaftlich blieben.«

Im Einvernehmen mit Lenin verteidigte ich unsere gemeinsame Haltung im Exekutivausschuss unserer Partei, dessen Sitzung dem dritten Kongress voranging. Ich erhob einen heftigen Angriff gegen die sog. Linksgruppe. Wladimir Iljitsch, der in die Sitzung des Exekutivausschusses geeilt war, sagte dort Folgendes:

»Ich kam hierher, um gegen die Rede des Genossen Bela Kun zu protestieren. Er hat sich gegen den Genossen Trotzki gewandt, statt ihn zu verteidigen, wie er es hätte tun müssen, wenn er ein echter Marxist wäre …

Genosse La Porte hatte völlig unrecht, und Genosse Trotzki, der gegen ihn auftrat, völlig recht … Genosse Trotzki hatte tausendmal recht, als er diese Versicherung aussprach. Und es ist hier noch ein Luxemburger Genosse aufgetreten, der der französischen Partei vorwarf, sie hätte nicht die Besetzung Luxemburgs sabotiert. Da haben wir es. Er glaubt auch, dass es sich um eine geografische Frage handelt, gerade wie Bela Kun es tut. Nein, es ist eine politische Frage, und Genosse Trotzki hatte durchaus recht, dagegen zu protestieren …

Dies ist der Grund, warum ich es für meine Schuldigkeit hielt, aufs Stärkste alles zu unterstützen, was Genosse Trotzki sagte …«

Durch die ganze Rede Lenins über den dritten Kongress geht diese scharfe Betonung der absoluten Einigkeit mit Trotzki.

Ich füge noch ein weiteres Beispiel unserer Solidarität hinzu. Im Jahre 1922 wurde auf Veranlassung des Genossen Ter-Vaganian ein Magazin begründet: »Unter dem Banner des Marxismus«. In der ersten Nummer veröffentlichte ich einen Aufsatz über den Unterschied in den Erziehungsbedingungen der beiden Generationen der Partei, der alten und der neuen, und über die Notwendigkeit einer besonderen theoretischen Schulung der neuen Generation, damit diese die theoretische und politische Erbschaft der Partei bewahre. In der folgenden Nummer des neuen Magazins schrieb dann Lenin:

»Über die allgemeine Aufgabe des Magazins ›Unter dem Banner des Marxismus‹ hat Genosse Trotzki in der ersten und zweiten Nummer alles Wesentliche gesagt, und er hat es sehr gut gesagt. Ich möchte nun gewisse Fragen berühren, indem ich genauer auf den Inhalt und das Arbeitsprogramm eingehe, wie es die Herausgeber der Zeitschrift in ihrer einleitenden Ankündigung zu der ersten und zweiten Nummer entwickelt haben.«

Konnte unsere Übereinstimmung in diesen Grundfragen nur eine zufällige gewesen sein? Der einzige Zufall war die Tatsache, dass unsere Übereinstimmung einmal so klar in der Presse zum Ausdruck kam. In der überragenden Mehrzahl der Fälle prägte sich unsere Solidarität nur in Taten aus.

Mit Lenin in der Bauernfrage

Als Bucharin aus reiner Ablehnung oder Geringschätzung der Bauern zu seiner reaktionären Losung: »Bereichert euch!« gekommen war, glaubte er mit einem Wort alle seine Fehler verbessert zu haben. Noch mehr, er glaubte er könnte die Bauernfrage auf demselben Faden aufreihen wie meine Meinungsverschiedenheit mit Lenin über Brest-Litowsk und meine anderen kleinen Differenzen mit ihm. Die Albernheiten und Dummheiten, die die Parteischule Bucharins über diesen Gegenstand in Umlauf gesetzt hat, sind einfach nicht zu zählen. Man müsste ein besonderes Buch schreiben, um sie alle zurückzuweisen. Ich will daher nur die wichtigsten Punkte erwähnen:

Auf die alten, vorrevolutionären Meinungsverschiedenheiten, die wirklich bestanden haben, gehe ich nicht ein. Ich will nur sagen, dass sie durch die Stalinschen Agenten und die Schule Bucharins maßlos übertrieben, verdreht und entstellt worden sind.

Im Jahre 1917 bestand nicht die geringste Meinungsverschiedenheit zwischen mir und Lenin über diese Frage.

Das Sozialrevolutionäre Landprogramm wurde von Wladimir Iljitsch in vollem Einvernehmen mit mir entworfen.

Ich habe zuerst Lenins Verordnung über die Landfrage in der Bleistiftniederschrift gelesen. Es gab darüber nicht die Spur einer Meinungsverschiedenheit. Wir waren der gleichen Ansicht.

In der Ernährungspolitik nimmt die Bauernfrage natürlich keinen geringen Platz ein. Oberflächliche Menschen wie Martinow sagen, diese Politik sei »trotzkistisch« gewesen. Nein, sie war eine bolschewistische Politik. Ich führte sie Hand in

Hand mit Lenin durch. Es herrschte dabei nicht der Schatten einer Meinungsverschiedenheit.

Der sich auf die mittlere Bauernschaft stützende Kurs wurde mit meiner allertätigsten Teilnahme angenommen.

Die Mitglieder des politischen Büros wissen, dass nach dem Tode Swerdlows der anfängliche Gedanke Wladimir Iljitschs war, den Genossen Kamenew zum Vorsitzenden des allrussischen Exekutivausschusses zu ernennen. Der Vorschlag, statt dessen einen Bauernarbeiter zu wählen, stammt von mir, und ich habe auch die Kandidatur des Genossen Kalinin vorgeschlagen. Er erhielt, ebenfalls durch mich, den Titel eines »allrussischen Starosten«. Alles dieses ist natürlich von nebensächlicher Bedeutung, und es würde sich gar nicht lohnen, es besonders zu erwähnen. Aber heutzutage haben solche Kleinigkeiten, solche Symptome, eine vernichtende Bedeutung gegenüber den Fälschern der Vergangenheit.

Neun Zehntel unserer ganzen militärischen Politik und Organisation gehen auf das Problem der Beziehungen zwischen Bauern und Arbeitern zurück. Diese Politik – gegen die kleinbürgerlichen Parteigänger und die Hausindustrie – führte ich Hand in Hand mit Wladimir Iljitsch durch.

Zu Anfang 1920, also ein Jahr bevor die Neue Wirtschaftspolitik durch Lenin vorgeschlagen und angenommen wurde, schlug ich aufgrund einer Untersuchung der bäuerlichen Wirtschaftslage dem politischen Büro eine Reihe von Maßnahmen vor, die ähnlich waren wie die der neuen Wirtschaftspolitik. Dieser Vorschlag von mir konnte doch wirklich nicht durch »Gleichgültigkeit« gegen die Bauern diktiert sein.

Die Diskussion der Gewerkschaften war, wie ich schon sagte, ein Suchen nach einem Ausweg aus einer wirtschaftlichen Sackgasse. Der Übergang zur Neuen Wirtschaftspolitik wurde in völliger Einmütigkeit durchgeführt.

Alles dieses kann durch unanfechtbare Dokumente bewiesen werden. Eines Tages wird es auch geschehen. Hier begnüge ich mich mit zwei Zitaten.

In Beantwortung einer Frage über unser Verhältnis zum Kulak, zum mittleren und zum ärmeren Bauern, und über die angeblichen Meinungsverschiedenheiten zwischen Lenin und Trotzki über die Bauernfrage, schrieb ich im Jahre 1919 in der Iswestia:

»Es hat über diese Frage in den Zentren der Sowjetmacht keine Meinungsverschiedenheiten gegeben, und es gibt auch jetzt keine darüber. Den Gegenrevolutionären, deren Sache immer hoffnungsloser wird, ist, um die arbeitenden Massen zu täuschen, weiter nichts mehr geblieben, als dieser angebliche Konflikt, der auch den Sowjet der Volksbevollmächtigten ergriffen haben soll.«

Lenin schrieb über dieses Thema in Beantwortung einer Frage des Bauern Gulow im Februar 1919 in der Prawda folgende Worte:

»In der Iswestia vom 7. Februar erschien ein Brief des Bauern G. Gulow, der die Frage des Verhältnisses unserer Arbeiter- und Bauernregierung zur mittleren Bauernschaft berührt und von Gerüchten spricht, dass Lenin und Trotzki nicht mehr übereinstimmten, dass schwere Meinungsverschiedenheiten zwischen ihnen beständen, vor allem über dieses Problem des mittleren Bauern.

Genosse Trotzki hat hierauf schon am 7. Februar in der Iswestia geantwortet. Genosse Trotzki erklärt die Gerüchte über Meinungsverschiedenheiten zwischen ihm und mir für eine ungeheure Lüge, die von den Landeigentümern und Kapitalisten oder ihren bewussten und unbewussten Lakaien verbreitet wird. Ich für meinen Teil schließe mich durchaus der Erklärung des Genossen Trotzki an. Es gibt über die Bauernfrage keine Meinungsverschiedenheiten zwischen ihm und mir, noch überhaupt in der kommunistischen Partei, deren Mitglieder wir doch beide sind.

Genosse Trotzki hat in seinem Brief klar und im Einzelnen auseinandergesetzt, warum die kommunistische Partei und die von den Sowjets und den Mitgliedern der Partei gewählte Arbeiter- und Bauernregierung die mittleren Bauern nicht als ihre Feinde betrachten. Ich unterschreibe ganz und gar alles, was Trotzki hierüber geschrieben hat.«

Hier stoßen wir wieder auf dieselbe Geschichte. Das Gerücht wurde zuerst von der weißen Garde in die Welt gesetzt. Jetzt wird es von den Anhängern Stalins und Bucharins aufgegriffen, vergrößert und bewusst verbreitet.

Meine militärische Arbeit

Über meine militärische Arbeit, die im Frühjahr 1918 begann, ist ebenfalls unter der Führung Stalins der Versuch gemacht worden, die Geschichte umzuschreiben. Man hat wirklich versucht, um gegen den »Trotzkismus« zu kämpfen, oder ehrlicher gesagt, um gegen Trotzki zu kämpfen, die ganze Geschichte des Bürgerkrieges umzuschreiben.

Hier den Hergang der Bildung der Roten Armee und der Beziehung Lenins zu diesem Werk zu erzählen, hieße eine Geschichte des Bürgerkrieges schreiben. Augenblicklich schreiben sie im Auftrage Stalins, Leute wie Gusew. Später werden andere sie schreiben. Ich muss mich begnügen, zwei oder drei, auf Dokumente gestützte Beispiele zu geben.

Als Kasan von unseren Truppen genommen war, erhielt ich einen telegrafischen Glückwunsch von Wladimir Iljitsch, der sich damals grade von seiner Krankheit erholte:

»Mit Begeisterung begrüße ich den herrlichen Sieg der Roten Armee. Er möge uns ein Wahrzeichen sein, dass die Verbindung der Arbeiter und revolutionären

Bauern die Bourgeoisie vollständig zerschmettern, dass sie jeden Widerstand der Ausbeuter vernichten und den Sieg des Weltsozialismus sichern wird. Hoch lebe die Arbeiterrevolution.

Lenin.

Den 19. September 1918.«

Die gegen Lenins sonstige Art sehr gehobene Sprache des Telegramms – »Mit Begeisterung begrüße ich« – bezeugt, welche ungeheure Bedeutung er, und zwar mit Recht, der Einnahme von Kasan beilegte. Hier wurde der erste und tief entscheidende Beweis für die Stärke der vereinigten Arbeiter und revolutionären Bauern geliefert, die sich inmitten des wirtschaftlichen Ruins und der durch den imperialistischen Krieg geschaffenen furchtbaren Verheerung doch noch fähig erwiesen, eine kämpfende, revolutionäre Armee zu schaffen. Hier erlebte das System der Roten Armee seine Feuerprobe, und Lenin erkannte die Bedeutung dieser Feuerprobe.

Auf dem achten Parteikongress hat eine Gruppe von Soldatenabgeordneten die Kriegspolitik kritisiert. Die Stalins und Woroschilows haben sich neuerdings so geäußert, als hätte ich mich nicht getraut, auf dem Kongress zu erscheinen und diese Kritik anzuhören. Wie völlig fern ist das von dem wirklichen Hergang. Ich gebe hier den Beschluss des Zentralausschusses über meine Abreise zur Front am Vorabend des Kongresses:

Auszug aus dem Bericht über die Sitzung des Zentralausschusses vom 16. März 1919. Anwesende Mitglieder: die Genossen Lenin, Sinowjew, Krestinski, Wladimirski, Stalin, Schmidt, Smilga, Tscherschinski, Laschewitsch, Bucharin, Sokolnikow, Trotzki, Stasow.

Gegenstand:

(12) Verschiedene Genossen von der Front, die von dem Beschluss einer sofortigen Rückkehr der Führer an die Front hörten, haben die Richtigkeit dieses Beschlusses angezweifelt, da die Frontorganisationen daraus eine Weigerung der zentralen Regierung, die Beschwerden der Armee anzuhören, herauslesen könnten. Einige bezeichnen es sogar als eine Ausflucht, denn die Abreise des Genossen Trotzki und die Nichtzulassung der Soldatenabgeordneten machten es nutzlos, die Frage der militärischen Politik auch nur anzuschneiden. Genosse Trotzki protestiert gegen die Auslegung des Beschlusses des Zentralausschusses als einer Ausflucht und weist auf die äußerst ernste Lage hin, die durch den Rückzug von Ufa und noch weiter nach Westen geschaffen ist. Er besteht auf seiner Abreise.

Beschluss:

Genosse Trotzki soll sofort an die Front reisen.

Genosse Sokolnikow soll auf einer Sitzung der Frontführer ankünden, dass der Befehl zur Abreise aller aufgehoben und dafür beschlossen ist, dass nur diejenigen sofort abreisen sollten, die ihre Anwesenheit an der Front selbst für notwendig hielten.

Die Frage der militärischen Politik soll der erste Gegenstand auf der Tagesordnung des Kongresses sein.

Genosse V. M. Smirnow hat entsprechend seiner Bitte die Erlaubnis erhalten, in Moskau zu bleiben.

In dem Vorstehenden hat man ein klares Beispiel des Parteiregimes jener Zeit. Alle, die den Zentralausschuss wegen seiner militärischen Politik angriffen, und besonders der Führer der militärischen Opposition, V. M. Smirnow, durften trotz der schwierigen Lage an der Front auf dem Parteikongress bleiben. Diejenigen, die die offizielle Politik unterstützten, wurden vor der Eröffnung des Kongresses an die Front gesandt. Heutzutage würde man genau umgekehrt handeln.

Die Berichte der militärischen Sektion des achten Parteikongresses, in der Lenin entschieden die von mir auf Weisung des Zentralausschusses durchgeführte Politik verteidigte, sind bisher nicht veröffentlicht worden. Warum? Weil sie vernichtend das falsche Verhalten Stalins und Gusews während des Bürgerkrieges treffen.

Stalin hat den Versuch gemacht, einen lächerlich übertriebenen Bericht über eine militärische Meinungsverschiedenheit, die sich zu Beginn des Jahres 1919 im politischen Büro hinsichtlich der Lage der östlichen Front bildete, in Umlauf zu setzen. Diese Meinungsverschiedenheit beruhte in der Hauptsache auf der Frage, ob es besser sei, in Sibirien weiter vorzugehen oder am Ural eine feste Stellung einzunehmen und alle unsere Kräfte nach dem Süden zu werfen, um die Bedrohung Moskaus aufzuheben. Ich war eine Zeit lang für den zweiten Plan. Viele militärische Mitarbeiter, darunter Smilga, Laschewitsch, I. N. Smirnow, K. I. Grünstein und andere zogen den ersten Plan vor. Der erste Plan wurde angenommen und erzielte bewundernswerte Ergebnisse. Es befand sich nichts Tiefgehendes in dieser Meinungsverschiedenheit; es handelte sich um eine rein praktische Frage. Der Versuch bewies, dass die Armee Koltschaks in vollständiger Auflösung begriffen war, und das Vorgehen in Sibirien hatte einen durchschlagenden Erfolg.

Die Wiederherstellung der militärischen Disziplin war eine raue Arbeit. Sie wurde nicht ohne Unterdrückung und Gewaltanwendung durchgeführt. Mancher Stolz wurde verletzt – manchmal, weil es notwendig war, manchmal aber auch infolge eines Irrtums. Daraus entstand nicht selten Unzufriedenheit, die natürlich häufig ganz berechtigt war. Als sich die Meinungsverschiedenheiten bezüglich der östlichen Front bildeten, und sich der Zentralausschuss über die Frage eines Wechsels der obersten Leitung schlüssig werden musste, bot ich meinen Rücktritt von dem Posten des Volksbeauftragten für Heeres- und Marineangelegenheiten an. An demselben Tage, am 6. Juli 1919, fasste der Zentralausschuss einen Beschluss, dessen hauptsächlichen Teil ich in Folgendem wiedergebe:

»Das Organisationsbüro und das politische des Zentralausschusses haben die Erklärung des Genossen Trotzki allseitig erwogen und sind einmütig zu dem Schluss gekommen, dass sein Rücktritt nicht angenommen werden kann.

Das Organisationsbüro und das politische Büro des Zentralausschusses werden alles tun, was sie können, um die Arbeit an der Südfront, die Genosse Trotzki sich selbst ausgewählt hat, und die die schwierigste, die gefährlichste und wichtigste im gegenwärtigen Augenblick ist, für den Genossen Trotzki bequemer und für die Republik ersprießlicher zu machen. In seiner Stellung als Volkskommissar für den Krieg und Präsident des militärisch-revolutionären Sowjets der Südfront ist Genosse Trotzki, zusammen mit dem von ihm ernannten und vom Zentralausschuss bestätigten Beauftragten der Südfront, Jegorow, vollkommen frei in seinen Handlungen.

Das Organisationsbüro und das politische Büro des Zentralausschusses geben dem Genossen Trotzki die volle Berechtigung, mit allen Mitteln jede ihm nötig erscheinende militärische Maßnahme zu treffen und selbst dem Parteikongress vorzugreifen.«

Die Unterschriften unter diesem Beschluss waren: Lenin, Kamenew, Krestinski, Kalinin, Serebriakow, Stalin, Stasow. Der Beschluss spricht natürlich für sich selbst. Er beendete die Meinungsverschiedenheit und brachte die Arbeit in das richtige Geleise.

Noch eine Bemerkung hierzu: Auf der gemeinsamen Sitzung des politischen Büros und des Vorstandes des Kontrollausschusses am 8. September 1927 trat Stalin nach dem stenografischen Protokoll dafür ein, der Zentralausschuss solle mir verbieten, die südliche Front zu berühren. Auf diesen Antrag gab ja der oben angeführte Beschluss eine erschöpfende Antwort.

Aber war denn die Meinungsverschiedenheit wegen der östlichen Front die einzige Meinungsverschiedenheit ihrer Art? Keineswegs. Da gab es eine Meinungsverschiedenheit wegen des strategischen Plans gegen Denikin. Da gab es eine Meinungsverschiedenheit wegen Petrograds – ob man es Judenitsch überlassen oder es verteidigen sollte. Da war eine Meinungsverschiedenheit über das Vorgehen auf Warschau und über die Möglichkeit eines zweiten Feldzuges, nachdem wir uns auf Minsk zurückgezogen hatten. Meinungsverschiedenheiten solcher Art entstanden aus dem praktischen Tageskampf und wurden auch im Kampf entschieden.

Über das Vorgehen an der Südfront sind die notwendigen Dokumente in meinem Buch »Wie sich die Revolution bewaffnete« enthalten.

Während Judenitschs Vormarsch auf Petrograd glaubte Lenin einmal, es lohne sich nicht, die Stadt zu verteidigen, und wir sollten unsere Verteidigungslinie näher an Moskau heranrücken. Ich widersprach aber. Genosse Sinowjew unterstützte mich, und wenn ich nicht irre, auch Genosse Stalin. Am 17. Oktober telegrafierte mir Lenin nach Petrograd:

»Genosse Trotzki!

Ich verbrachte die letzte Nacht im Sowjet für Verteidigung und habe Ihnen in Chiffreschrift seinen Entschluss zugesandt.

Wie Sie sehen, wurde Ihr Plan angenommen. Der Rückzug der Petersburger Arbeiter nach dem Süden wurde nicht abgelehnt (man erzählte mir, Sie hätten diese Idee mit Krassin und Rykow entworfen). Vorzeitig hiervon reden würde aber die Aufmerksamkeit von dem Kampf ablenken.

Ein Versuch, Petersburg einzuschließen und abzuschneiden würde natürlich eine entsprechende Veränderung Ihres Handelns verlangen, wozu Sie sofort übergehen wollen.

Bestimmen Sie in jeder Abteilung des dortigen ausführenden Ausschusses jemand, der die Sowjetpapiere und Dokumente sammelt für den Fall, dass eine Räumung nötig wird.

Ich füge ein vom Sowjet für Verteidigung genehmigtes Manifest bei. Ich befand mich etwas in Eile, und so ist das Manifest nicht besonders gut geworden. Setzen Sie meine Unterschrift unter die Ihrige.

Grüße! Lenin.«

Ich könnte viele solcher Geschehnisse aufführen. Sie waren in dem bestimmten Augenblick von großer praktischer Wichtigkeit, aber der Streit darüber hatte keine grundsätzliche Bedeutung. Es war kein Kampf um Grundprinzipien, sondern ein Ausarbeiten des besten Plans zur Bekämpfung des Feindes zu einer bestimmten Zeit und an einem bestimmten Ort. Die Stalins und Gusews sind dabei, die Geschichte des Bürgerkrieges umzuschreiben. Es wird ihnen nicht gelingen.

Die verächtlichste Lüge der Stalinisten

Das alleverächtlichste an dem Feldzug der Stalinisten gegen mich ist die Beschuldigung, ich hätte Kommunisten erschießen lassen. Diese Beschuldigung wurde einmal durch unsere Feinde, durch die bekannte »Informationsagentur« in Umlauf gesetzt. Die politischen Abteilungen der Weißen Armeen versuchten nämlich, gedruckte Blättchen unter den roten Soldaten zu verbreiten, auf denen das rote Kommando und besonders Trotzki blutdürstiger Taten beschuldigt wurden. Jetzt gehen die Agenten Stalins denselben Weg.

Nehmen wir einen Augenblick an, diese Lüge sei Wahrheit. Warum haben dann Stalin, Jaroslawski, Gusew und die andern Stalinisten während des Bürgerkrieges geschwiegen? Was bedeutet denn diese jetzige, so spät kommende »Enthüllung« der Stalinagentur? Sie bedeutet Folgendes:

»Arbeiter, Bauern und rote Soldaten, die Partei hat euch betrogen, als sie euch erzählte, dass Trotzki, der Befehlshaber der Armee, nach dem Willen der Partei gehandelt und nur ihren Auftrag ausgeführt hat. Die Partei hat euch betrogen, als sie in unzähligen Artikeln über das Werk Trotzkis und in den Resolutionen ihrer Kongresse die Tätigkeit Trotzkis billigte und vor euch solche Tatsachen, wie die Hinrichtung von Kommunisten verbarg. Lenin nahm an dieser Täuschung teil, indem er entschieden die militärische Politik Trotzkis unterstützte.«

Dies ist die wirkliche Bedeutung dieser verspäteten »Enthüllung« Stalins. Sie kompromittiert nicht Trotzki, sondern die Partei und ihre Führerschaft. Sie untergräbt das Vertrauen der Massen auf den ganzen Bolschewismus. Als in der Vergangenheit Lenin und die bewährtesten seiner Helfer an der Spitze der Partei standen, war es unmöglich, grobe Fehler und selbst Verbrechen zu verheimlichen, aber was kann man jetzt erwarten, da der Stab des Zentralausschusses unendlich geringere Autorität genießt? Wenn zum Beispiel im Jahre 1923, als der Bürgerkrieg lange vorüber war, Jaroslawski ein maßloses Lob auf Trotzki sang, auf seine Treue, auf seine revolutionäre Hingabe an die Sache der arbeitenden Klasse; was werden dann nachdenkliche junge Parteimitglieder heute sagen? Sie werden sich fragen: »Wann hat mich eigentlich Jaroslawski belogen – damals, als er Trotzki in den Himmel erhob, oder jetzt, da er ihn mit Schmutz zu bewerfen sucht?«

Dies sind die wirklichen Ergebnisse der Bemühungen Stalins und seiner Agenten, die Geschichte umzuschreiben.

Ähnlich steht es mit der famosen »Enthüllung« Stalins über Kamenew, den er fälschlich beschuldigte, ein Glückwunschtelegramm an Michael Romanow (an den Großfürsten Michael) wegen dessen angeblichen Plans, in Russland eine konstitutionelle Monarchie zu errichten, abgesandt zu haben. Was hat damit Stalin der Partei und der Komintern in Wirklichkeit aber gesagt? Er sagte: »Zehn Jahre lang hat euch der Zentralausschuss über Kamenew getäuscht. In der Prawda haben die Redakteure eine falsche Dementierung abgedruckt. Lenin betrog die Partei. Ich, Stalin, habe an diesem Betrug teilgenommen und jetzt, da Kamenew andere politische Ansichten hat als ich, mich entschlossen, diesen ganzen Betrug zu enthüllen.« Die Partei kann unmöglich den größeren Teil der Stalinschen Enthüllungen glauben. Sie kann jetzt nur einen geringeren Glauben an die

Parteileitung haben – an die frühere, die gegenwärtige und die kommende. Wir müssen diesen Glauben wieder zurückgewinnen – gegen Stalin und die Stalinisten.

Bekanntlich hat Genosse Gusew sich mit besonderem Eifer der literarischen Revision unserer Kriegsgeschichte gewidmet. Er hat sogar eine besondere Broschüre geschrieben mit dem Titel: »Unsere militärischen Meinungsverschiedenheiten.« In dieser Broschüre erschien zuerst das vergiftende Geschwätz über die Erschießung von Kommunisten (nicht von Deserteuren oder Verbreitern, sondern von wirklichen Kommunisten).

Gusews Unglück, wie das so manches anderen, ist aber, dass er zweimal über dieselbe Tatsache, über dasselbe Problem geschrieben hat – einmal zur Zeit Lenins, einmal zur Zeit Stalins.

Folgendes schrieb Gusew zu Lenins Zeit, im Jahre 1924 in der »Proletarischen Revolution«:

»Die Ankunft des Genossen Trotzki in der Nähe von Kasan führte eine entscheidende Veränderung der Lage herbei. In Trotzkis Zug auf der kleinen Station Sviaschk war eine fest« Entschlossenheit zum Sieg, zum Angriff, zur wohlüberlegten Durchführung aller militärischen Aufgaben. Vom allerersten Tag an fühlte jeder in dieser von den Wagenparks unzähliger Truppen angefüllten Station, in der sich die Hauptquartiere befanden, und ebenso in den fünfzehn Werst weiter vorliegenden Regimentern, dass der große Wendepunkt erreicht war.

Dies wurde zuerst auf dem Gebiete der Disziplin klar ... Das strenge Verfahren des Genossen Trotzki war in jener Epoche der Parteigängerschaft, der undisziplinierten und kleinbürgerlichen Selbstsucht besonders angebracht und nützlich. Durch Überredung konnte man nichts erreichen, und es war auch vor allem keine Zeit dafür vorhanden. Im Verlauf der fünfundzwanzig Tage, die Genosse Trotzki in Sviaschk verbrachte, wurde eine ungeheure Arbeit vollbracht. Die unbotmäßigen und entarteten Regimenter der fünften Armee wurden in Kampftruppen umgewandelt und zur Einnahme Kasans geschult.«

Jedes Parteimitglied, das den Bürgerkrieg erlebt und sein Gedächtnis nicht verloren hat, wird sagen – wenigstens zu sich selbst, falls er sich fürchtet, es laut zu sagen –, dass man Tausende solcher gedruckten Zeugnisse der gleichen Art, wie dieses von Gusew geschriebene Zeugnis finden könnte.

Ich beschränke mich hier auf Zeugnisse von höchst autoritativem Charakter. In seinen Erinnerungen an Lenin sagt Gorki:

»Indem er mit der Faust auf den Tisch schlug, rief er (Lenin) aus: Zeigt mir einen andern Mann, der imstande ist, in einem Jahre eine fast vorbildliche Armee zu schaffen, jawohl, und die Hochachtung militärischer Sachkenner zu gewinnen. Wir haben solch einen Mann. Wir haben alles, aber ihr verlangt Wunder.«

Und in derselben Besprechung sagte Lenin nach Gorki:

»Ja, ja, ich weiß das. Man lügt eine ganze Menge über meine Beziehungen zu ihm. Man lügt, wie es scheint, besonders viel über Trotzki und mich.«

Ja, sie logen eine ganze Menge über die Beziehungen Lenins und Trotzkis. Aber kann man das armselige private Lügen jener Tage mit dem richtig organisierten allrussischen und internationalen Lügen von heute vergleichen? In jenen Tagen waren die Lügner die Schwarzen Hundert, die Weiße Garde und zum Teil auch die Sozialrevolutionäre und Menschewisten. Heute ist es die Stalingruppe, die diese Methode übernommen hat.

Die Blankovollmacht Lenins

In der bolschewistischen Fraktion des allrussischen Zentralausschusses der Gewerkschaften sagte Lenin am 12. Januar 1920:

»Wenn wir Denikin und Koltschak geschlagen haben, so geschah es, weil unsere Disziplin höher stand als die aller kapitalistischen Länder der Welt. Genosse Trotzki hat die Todesstrafe eingeführt, und wir werden ihm zustimmen. Er hat sie eingeführt unter bewusster Leitung und Beihilfe der Kommunisten.«

Ich habe nicht die vielen anderen Reden Lenins zur Hand, in denen er meine militärische Politik, die ich übrigens in vollem Einvernehmen mit ihm durchführte, verteidigt hat. Besonders ist der Bericht der Delegiertensitzung des achten Kongresses über militärische Fragen nicht veröffentlicht worden. Warum hat man diesen Bericht nicht veröffentlicht? Weil Lenin auf jener Sitzung mit aller Energie den Freunden Stalins, die jetzt so betriebsam die Vergangenheit fälschen, entgegentrat.

Aber ich besitze ein Dokument, das hundert andere aufwiegt. Ich sprach über dieses Dokument im Vorstand des Kontrollausschusses, als Jaroslawski eine vergiftete Intrige gegen mich begann. Ich zitierte es auf dem letzten Plenum im August 1927, als Woroschilow sich auf die Seite Jaroslawskis stellte.

Lenin gab mir ganz aus freien Stücken ein leeres Blatt Papier, auf dessen unterem Ende folgende Zeilen geschrieben waren:

»Genossen: indem ich den strengen Charakter der von Genossen Trotzki gegebenen Befehle kenne, bin ich zugleich so überzeugt, so völlig überzeugt von der Richtigkeit, Zweckmäßigkeit und Notwendigkeit der von ihm im Interesse der guten Sache gegebenen Befehle, dass ich sie in jeder Hinsicht billige.

W. Ulianow (Lenin).«

Den Zweck dieses Blanketts erklärte ich dem Vorstand des Kontrollausschusses in folgenden Worten:

»Als er mir das Blatt Papier mit den unter einem freien Raum geschriebenen Zeilen einhändigte, war ich verblüfft. Er sagte: ›Ich habe erfahren, dass Gerüchte gegen Sie verbreitet sind, Sie ließen Kommunisten erschießen. Ich gebe Ihnen dieses Blankett und will Ihnen so viele geben, wie Sie wünschen, um damit zum Ausdruck zu bringen, dass ich Ihre Entschließungen billige. Sie können darüber jeden Beschluss, den Sie gefasst haben, setzen und haben dann schon meine Unterschrift.‹ Das war im Juli 1919. Da nun jetzt mancher Klatsch über meine Beziehungen zu Wladimir Iljitsch und, was noch wichtiger ist, über seine Haltung mir gegenüber im Umlauf ist, so möchte ich vorschlagen, dass irgendjemand anderer mir ein solches weißes Blatt mit der Unterschrift Lenins und seiner Vollmacht für in der Zukunft zu machende Beschlüsse vorzeigte. Von meinen damaligen Entschlüssen hingen aber nicht nur die Schicksale einzelner Kommunisten, sondern oft viel größere Dinge ab.«

Die Lüge über die Militarisierung der Arbeit

Martino (der langjährige Führer der Sozialdemokraten und spätere Menschewist, der dann plötzlich 1923 zu den Bolschewisten überging) behauptet bekanntlich, Bürgerkrieg und militärischer Kommunismus seien »Trotzkismus«. Diese Lehre hat jetzt eine weitverbreitete Volkstümlichkeit gewonnen. Die Bildung von Industriearmeen, die Militarisierung der Arbeit und ähnliche Maßregeln, die gerade wie die Nahrungsmittelverteilung unvermeidlich aus den Verhältnissen jener Epoche entstanden, werden von Spießbürgern und Pedanten als Auswirkungen des »Trotzkismus« geschildert. Wie stand Lenin zu diesen Fragen?

In der Organisationsabteilung des siebenten Sowjetkongresses debattierten wir am 8. Dezember 1918 über die Frage des Führertums in den leitenden Zentren. In meiner Rede führte ich aus, dass die Alleinherrschaft des Führertums unsere Industrien erwürgen könnte, dass Zentralisierung kein unbedingter Grundsatz sei und dass in der Praxis lokale Initiative und zentrale Leitung sich harmonisch ergänzen müssten. Lenin betonte dann in seiner Rede sein völliges Einvernehmen mit mir und fügte hinzu:

»Zum Schlusse möchte ich meine unbedingte Zustimmung zu den Ausführungen des Genossen Trotzki erklären, der sagte, es seien hier ganz zu Unrecht Versuche gemacht worden, aus unseren Diskussionen Meinungsverschiedenheiten zwischen Arbeitern und Bauern zu machen und mit dieser Frage die Frage der proletarischen Diktatur zu vermengen.«

Es handelte sich übrigens um sehr ausgedehnte Diskussionen, in denen sich Lenin und Trotzki auf der einen Seite, Rykow, Larin, Tomski und andere auf der andern Seite befanden. In diesen Diskussionen hielt sich Genosse Stalin, wie in vielen andern, manövrierend und abwartend hinter der Szene.

Auf der Versammlung des allrussischen Zentralausschusses sagte Lenin am 12. Januar 1920 über den Gegenstand unserer Diskussionen mit Rykow, Tomski und anderen:

»Wer hat nun diesen widerlichen Streit angefangen? Sicherlich nicht Trotzki. In seinen Thesen ist nichts darüber enthalten. Es waren die Genossen Lomow, Rykow und Larin. Sie nehmen alle die höchsten Stellungen ein, sie sind Vorstandsmitglieder des allrussischen Wirtschaftsrates. Unter ihnen befindet sich der Vorsitzende des Rates, der so viele Titel hat, dass ich, wenn ich sie alle aufzählen wollte, fünf Minuten von meiner Zehnminutenrede verlieren würde. Deshalb ist es überflüssig zu sagen, dass er eine große Freundlichkeit und Herablassung und ein unbezweifelbares Interesse in dieser Sitzung gezeigt hat ... Rykow und andere haben sich hier erhoben und einen widerlichen Zank begonnen. Genosse Trotzki stellt neue Probleme zur Debatte, und sie haben daraus eine Abteilungspolemik mit dem siebenten Sowjetkongress gemacht. Natürlich wissen wir, dass die Genossen Lomow, Rykow und Larin dies nicht direkt in ihrem außerordentlich dummen Artikel zum Ausdruck brachten. Wie schon ein Redner hier gesagt hat: ›Man muss sich nicht in Auseinandersetzungen mit dem siebenten Sowjetkongress einlassen.‹ Der siebente Sowjetkongress hat einen Fehler gemacht. Berichtigen Sie diesen Fehler in der Sitzung, und hören Sie mit dem Streite über Zentralisation und Dezentralisation auf. Genosse Rykow sagt, es sei notwendig, über Zentralisation und Dezentralisation zu reden, weil Genosse Trotzki das nicht erfasst habe. Dieser Mann glaubt, die Leute, die hier sitzen, seien so rückständig, dass sie die erste Zeile von Trotzkis Thesen, ›Wirtschaftsleitung verlangt einen allgemeinen Plan‹, vergessen haben. Könnt ihr denn kein Russisch lesen, ihr hochgestellten Rykow, Lomow und Larin? Wollen wir nicht zu der Zeit zurückgehen, da wir sechzehn Jahre alt waren und anfingen, über Zentralisation und Dezentralisation zu plappern? Ist das die Regierungsarbeit der Vorstandsmitglieder des allrussischen Wirtschaftsrates? Solch ein Unsinn und trauriges Zeug – es ist eine Schmach und Schande, seine Zeit darauf zu verwenden!«

Und weiter sagte Lenin:

»Der Krieg gab uns die Fähigkeit, Disziplin aufs Höchste zu steigern und Hunderttausende von Menschen – Genossen – zu vereinigen, die dann starben, um die Sowjetrepublik zu retten. Ohne das wären wir alle zum Teufel gegangen.«

Ich bemerke, dass diese Rede, über die das Lenininstitut verfügt, nicht veröffentlicht wurde, einfach weil sie den jetzigen Parteibetrügern unbequem ist. Die Unterschlagung eines Teiles der geistigen Erbschaft Lenins vor der Partei hängt notwendigerweise mit dem Abweichen von dem leninistischen Kurs zusammen.

Die oben zitierte Rede Lenins wird vorgebracht werden, wenn es Zeit ist, Rykow zu entthronen.

Mein Einvernehmen mit Lenin im Industrieaufbau

Über meine Arbeit im Eisenbahndienst sagte Lenin am 22. Dezember 1920 auf dem achten Kongress der Sowjets:

»Aus den Leitsätzen der Genossen Emschanow und Trotzki ist ja schon ersichtlich, dass wir es auf diesem Gebiete (dem Wiederaufbau unseres Transportwesens) mit einem wirklichen, auf viele Jahre berechneten Plan zu tun haben. Die Verfügung Nr. 1042 rechnet auf fünf Jahre. In fünf Jahren können wir unseren Eisenbahnbetrieb wiederherstellen, die Zahl der schadhaften Lokomotiven vermindern, wir können sogar, und zwar nach meiner Ansicht selbst im ungünstigsten Falle, auch diese Frist noch verkürzen.

Wenn große, auf viele Jahre rechnende Pläne gemacht werden, dann gibt es immer Skeptiker, die sagen: ›Wie kann man nur über so viele Jahre reden? Wir wollen froh sein, wenn wir das tun können, was wir jetzt gerade zu tun haben!‹ Genossen, wir müssen lernen, das eine mit dem andern zu verbinden. Man kann nicht arbeiten ohne einen Plan, der mit einer langen Zeit und auf einen ernstlichen Erfolg rechnet. Wie notwendig dies ist, beweist die zweifellose Verbesserung unseres Transportwesens. Ich möchte auf die Stelle im neunten Artikel hinweisen, die von einem Termin von vier und einem halben Jahre spricht. Dieser Termin ist jetzt bereits auf dreieinhalb Jahre verkürzt worden, weil wir das normale Arbeitstempo überschritten haben. So sollten wir es in allen rückständigen Zweigen unserer Industrie machen.«

Ich bemerke hier, dass ein Jahr nach dem Erlass der Verfügung Nr. 1042 es in einer Verfügung des Genossen Tscherschinski vom 27. Mai 1921 »Über die wichtigsten Grundsätze der weiteren Arbeit« heißt:

»Da die Senkung der durch die Verfügungen Nr. 1042 und 1157 bestimmten Arbeitsnorm, dem ersten glänzenden Experiment im systematischen Industrieaufbau, nur eine vorübergehende Folge der Feuerungsmittelkrisis ist ... so müssen Maßregeln ergriffen werden, die Lager aufzufüllen und das Material instand zu setzen ...«

Zu dem Versuch, im Jahre 1923 die Putilowwerke zu schließen, bemerke ich Folgendes:

In dem Artikel des Genossen Rykow, der im Oktober 1927 – also vier Jahre nach jenem Vorfall – geschrieben wurde, erscheint wieder die Legende, ich hätte darauf gedrängt, die Putilowwerke zu schließen. In diesem Falle handelt übrigens

Genosse Rykow, wie in so vielen andern, sehr unvorsichtig, indem er bei seinem Vorgehen nur Material gegen sich selbst sammelt. In Wirklichkeit wurde nämlich der Vorschlag auf Schließung der Putilowwerke durch den Genossen Rykow selbst in seiner Eigenschaft als Vorsitzender des Volkswirtschaftssowjets zu Beginn des Jahres 1923 im politischen Büro eingebracht. Rykow legte dar, dass die Putilowwerke im Verlaufe der nächsten zehn Jahre nicht gebraucht würden und dass ihre künstliche Erhaltung einen schädlichen Einfluss auf die andern Betriebe hätte. Das politische Büro – und auch ich mit allen übrigen –, wir nahmen die vom Genossen Rykow angeführten Zahlen für bare Münze. Ich stimmte auf Vorschlag des Genossen Rykow für die Schließung der Putilowwerke und dasselbe tat Stalin. Genosse Sinowjew befand sich auf Urlaub. Er protestierte gegen den Beschluss. Die Frage wurde daher von Neuem vom politischen Büro aufgenommen und der Beschluss wurde umgestoßen. Die Initiative in dieser Angelegenheit lag also ganz in den Händen Rykows, des Vorsitzenden des Volkswirtschaftssowjets. Wie hoch muss also das Gefühl der Straflosigkeit bei Rykow gestiegen sein, wenn er schon jetzt, nach vier kurzen Jahren, mich seiner eigenen Sünde zu beschuldigen wagt. Aber man braucht sich darüber keine Gedanken zu machen. Alles dieses wird von Rykow wieder ganz anders dargestellt werden, wenn er sich entsprechend verändert hat. Lange wird das nicht dauern.

Man betrügt die Partei mit Erzählungen, wie »Lenin Trotzki als Volkskommissar für Nahrungsmittellieferung in die Ukraine schicken wollte«. Dabei werden die Tatsachen bis zur Unkenntlichkeit verwirrt und verfälscht. Ich habe viele solche Reisen auf Anweisung des Zentralausschusses gemacht. In völligem Einvernehmen mit Lenin ging ich nach der Ukraine, um die Organisation der Kohlenindustrie im Donbezirk zu verbessern. In völligem Einvernehmen mit Lenin arbeitete ich als Präsident des Sowjets der industriellen Armee im Ural. Es ist vollkommen wahr, dass Lenin verlangte, ich sollte für zwei Wochen – nur für zwei Wochen – nach der Ukraine gehen, um die Nahrungsmittellieferung besser zu organisieren. Ich setzte mich in telefonische Verbindung mit dem Genossen Rakowski, der mir versicherte, dass schon ohne mich alle notwendigen Maßnahmen getroffen seien, um die Arbeiterzentren mit Nahrungsmitteln zu versehen. Wladimir Iljitsch bestand zunächst auf meinem Gehen, ließ dann aber die Idee fallen. Das war die ganze Geschichte. Es handelte sich einfach um ein praktisches Problem, das Lenin gerade in jenem Augenblick für besonders wichtig hielt.

Zu der Frage meiner Reise nach dem Donbezirk zitiere ich die Worte, die Lenin darüber am 22. Dezember 1920 auf dem achten Kongress der Sowjets sprach: »Die Kohlenlieferung aus der Donniederung, die monatlich 25 Millionen Pude betrug, hat jetzt 50 Millionen Pude erreicht, dank der Arbeit der mit absoluter Vollmacht versehenen Kommission, die unter dem Vorsitz des Genossen Trotzki nach der Donniederung gesandt wurde und zu dem Beschlusse kam, dass erfahrene und verantwortliche Arbeiter dorthin gesandt werden sollten. Jetzt ist Genosse Piatakow dorthin gesandt worden, um das Werk durchzuführen.«

Hierzu bemerke ich: Genosse Piatakow, der immer auf meiner Seite gestanden hat, wurde durch heimliche Intrigen Stalins aus dem Donrevier hinausgedrängt. Lenin hielt das für einen ernsthaften Schlag gegen die Kohlenindustrie, protestierte dagegen im politischen Büro und griff öffentlich Stalin wegen seiner zersetzenden Tätigkeit an.

Am 23. Dezember 1921 sagte Lenin in seinem Bericht auf dem neunten Sowjetkongress: »Dass wir einen ungeheuern Erfolg gehabt hatten, zeigte sich besonders auch im Donbecken, wo Genossen wie Piatakow mit außerordentlicher Hingabe und außerordentlichem Erfolg in der Schwerindustrie gearbeitet haben.«

Und am 27. März 1923 sagte er auf dem elften Kongress der russischen kommunistischen Partei: »In der Zentralleitung der Kohlenindustrie befanden sich Leute, nicht nur von unzweifelhafter Ergebenheit, sondern auch von guter Erziehung und großen Fähigkeiten, und, ich glaube mich nicht zu irren, von wirklichem Talent, was auch dem Zentralausschuss bekannt war. Nun besaßen wir im Zentralausschuss doch einige Erfahrung, und wir beschlossen einmütig, die leitende Gruppe nicht abzurufen ... Ich machte Umfragen unter den ukrainischen Genossen. Den Genossen Ordjonikidse befragte ich besonders, und der Zentralausschuss gab ihm den Auftrag, hinzugehen und herauszufinden, was eigentlich hinter der Sache steckte. Ganz offenbar war dort eine Intrige im Gange, und es herrschte eine Verwirrung, die unsere Parteihistoriker nicht in zehn Jahren klarlegen würden, wenn sie sich überhaupt je an diese Sache heranmachten. Aber das praktische Ergebnis war das, dass entgegen den einmütigen Befehlen des Zentralausschusses die leitende Gruppe durch eine andere ersetzt wurde.«

Es ist allen Mitgliedern des alten politischen Büros – Stalin am besten von allen – bekannt, dass die scharfen Worte Lenins über Intrigen gegen ergebene, kenntnisreiche und talentierte Führer im Donbecken sich auf die Intrige Stalins gegen Piatakow richteten.

Während des elften Sowjetkongresses schrieb Lenin im Dezember 1921 einige Leitsätze über die Hauptprobleme des Industrieaufbaus. Wie ich mich erinnere, antwortete ich darauf, dass diese Leitsätze ausgezeichnet seien und dass nur ein Punkt dabei fehle, der über Spezialisten und Ingenieure. (In wenigen Worten führte ich das Wichtigste über diesen Punkt aus.) Am selben Tag erhielt ich folgenden Brief von Wladimir Iljitsch:

»Streng geheim.

Genosse Trotzki!

Ich befinde mich mit Kalinin in einer Versammlung von Nichtparteimitgliedern. Kalinin rät mir, eine kurze Rede über die von mir vorgeschlagene Resolution zu halten, zu der Sie durchaus korrekt einen Zusatz über Ingenieure vorschlugen.

Möchten Sie nicht am Mittwoch auf dem Plenum des Kongresses eine ganz kurze Rede über diese Resolution halten?

Ihr militärischer Bericht muss doch fertig sein, und Sie haben Dienstag damit nichts mehr zu tun.

Mir ist es unmöglich, auf dem Kongress eine zweite Rede zu halten. Schreiben Sie mir zwei Worte oder telegrafieren Sie. Wenn Sie zustimmen, wird es das Allerbeste sein, und Sie können mir die Versicherung zugleich mit dem Votum des politischen Büros schicken.

Lenin.«

Unsere Übereinstimmung über die Grundprobleme des sozialistischen Aufbaus war so vollständig, dass Wladimir Iljitsch es für möglich erachtete, dass ich an seiner Stelle über diese Fragen eine Rede hielt. Ich erinnere mich, dass ich ihn telefonisch überredete, wenn es irgendwie sein Gesundheitszustand erlaubte, selbst über diese wichtige Sache zu sprechen. Und schließlich geschah dies auch.

Nach Lenins Erkrankung

Die Fälschungen und Erfindungen über die letzte Lebenszeit Lenins sind besonders zahlreich. Man könnte aber Stalin nur raten, besonders vorsichtig über jene Zeit zu sein, in der Wladimir Iljitsch zu gewissen endgültigen Schlüssen über Stalin kam.

Es ist natürlich schwierig, die innere Geschichte des politischen Büros während Lenins aktiven Lebens zu schildern. Es gab keine stenografischen Berichte und nur die Beschlüsse wurden aufgeschrieben. Deshalb ist es auch so leicht, einzelne ganz unwesentliche Episoden herauszunehmen, sie zu verdrehen und aufzublasen oder auch einfach »Meinungsverschiedenheiten« zu erfinden, wo auch nicht die Spur einer solchen vorhanden war.

Wirklich lächerlich in ihrer Dummheit ist die Legende vom »Kuckuck«, durch die man nachträglich meinen angeblichen Pessimismus beweisen will. Der »Kuckuck« ist die letzte Ausflucht Stalins und Bucharins, wenn sie durch Vernunftsgründe oder Tatsachen an die Wand getrieben werden. Der »Kuckuck« ist aus einer Unterredung zwischen mir und Lenin entnommen, aus der ersten Zeit der Nep, der Gestattung des Privateigentums im Wirtschaftsleben. Der Verzicht auf gewisse staatliche Hilfsquellen erweckte in mir eine starke Besorgnis sowohl wegen der Schwächung unserer Staatsgewalt als auch wegen einer schnellen

Ansammlung von Privatkapital in jenen kritischen Tagen. Ich sprach darüber mehr als einmal mit Wladimir Iljitsch. Um die industrielle Entwicklung in einen Fortschritt für das Land umzuwandeln, organisierte ich damals den Allgemeinen Moskauer Trust. In einer meiner Unterredungen mit Lenin nun wies ich auf einige auffällige Beispiele von sinnlosem Verkaufen hin und sagte etwa Folgendes: »Wenn wir so weiter machen, wird der Kuckuck bald unser Todeslied singen.« Dies oder etwas Ähnliches sagte ich, wie wir alle damals solche Redewendungen gebrauchten. Wie oft hat nicht Lenin gesagt: »Wenn es auf diese Weise weiter geht, ist es mit uns endgültig vorbei.« So etwas war ein scharfer Ausdruck, aber durchaus keine pessimistische Voraussage.

Dies ist also so ungefähr die interessante Geschichte des »Kuckucks«, mit der Stalin und Bucharin die Aufmerksamkeit von ihren Fehlern in der chinesischen Revolution, im anglo-russischen Ausschuss, in der Wirtschaftsführung und in der Parteileitung abzulenken suchen.

Sicherlich sind im politischen Büro oft genug Meinungsverschiedenheiten praktischer Art entstanden und darunter auch Meinungsverschiedenheiten zwischen Wladimir Iljitsch und mir. Die Frage ist nur, welche Stellung nahmen diese Meinungsverschiedenheiten in der allgemeinen Arbeit ein? Darüber verbreitet nun die Stalingruppe mit einem außerordentlichen Mangel an Vorsicht verächtliche Legenden, die bei der ersten Berührung mit wirklichen Tatsachen einfach zerplatzen und sich letzten Endes durchaus gegen Stalin wenden.

Um diese Legenden zurückzuweisen, ist es notwendig, zunächst einmal die Periode von Lenins Erkrankung vorzunehmen – es war, genauer gesagt, die Periode zwischen zwei heftigen Anfällen seines Leidens –, als ihm die Ärzte erlaubten, an der Arbeit teilzunehmen und als viele wichtige Fragen durch Korrespondenz erledigt wurden. Aus dieser Korrespondenz – also aus ganz unzweifelhaften Dokumenten – kann man ersehen, über welche Fragen im Zentralausschuss gestritten wurde, zwischen welchen Mitgliedern Meinungsverschiedenheiten herrschten, und zum Teil auch, welche Haltung Wladimir Iljitsch einzelnen Genossen gegenüber einnahm. Ich will ein paar Beispiele anführen.

Das Monopol des auswärtigen Handels

Im Zentralausschuss entstand Ende 1922 eine wirklich tief gehende Meinungsverschiedenheit über das Monopol des auswärtigen Handels. Ich möchte seine Bedeutung nicht nachträglich vergrößern, aber die politische Gruppierung, die sich in Hinsicht auf dieses Problem im Zentralausschuss bildete, war sehr bezeichnend.

Auf einen Antrag des Genossen Sokolnikow fasste der Zentralausschuss einen Beschluss, der eine ernstliche Durchbrechung des Monopols des auswärtigen Handels bedeutete. Wladimir Iljitsch war entschieden gegen den Beschluss. Als er von Krassin erfuhr, dass ich an der Sitzung des Zentralausschusses nicht teilgenommen und mich gegen den Beschluss ausgesprochen hatte, begann er mit mir einen Briefwechsel darüber. Diese Briefe sind bis jetzt nicht veröffentlicht, ebenso auch nicht die Korrespondenz Lenins mit dem politischen Büro über die Frage des auswärtigen Handelsmonopols. Die Zensur über das Erbe Lenins ist rücksichtslos. Man veröffentlicht zwei oder drei Worte, die Lenin auf einen Fetzen Papier geschrieben hat, sobald sie nur direkt oder indirekt gegen die Opposition gerichtet sein können. Man unterdrückt Dokumente von weitreichender und tiefer Bedeutung, sobald sie sich direkt oder indirekt gegen Stalin richten.

Ich zitiere also die Briefe, in denen Lenin dieses Problem berührt hat:

»Genosse Trotzki!

Ich sende Ihnen einen Brief von Krestinski. Schreiben Sie sofort, ob Sie einverstanden sind. Ich werde im Plenum für das Monopol eintreten. Und Sie?

Ihr Lenin.

P.S. Senden Sie den Brief schnell zurück.«

»An die Genossen Frumkin und Stomoniakow, Abschrift an Trotzki!

Wegen der Verschlimmerung meiner Krankheit kann ich im Plenum nicht anwesend sein. Ich weiß, in welche unangenehme Lage ich Sie dadurch bringe, aber ich kann es nun einmal nicht ändern.

Heute erhielt ich einen Brief vom Genossen Trotzki, mit dem ich in allem Wichtigen übereinstimme, mit Ausnahme vielleicht seiner letzten Zeilen über den Gosplan (das Büro für staatliche Wirtschaftspläne). Ich werde Trotzki meine Zustimmung schreiben und ihn bitten, in Hinsicht auf meine Krankheit meine Haltung im Plenum zu verteidigen.

Ich bin der Ansicht, diese Verteidigung müsste in drei Abschnitte eingeteilt werden. Sie müsste zunächst einmal das Grundprinzip des ausländischen Handels verteidigen, es voll und ganz festlegen. Sie müsste zweitens die von Avenesow vorgebrachten praktischen Vorschläge für den Ausbau dieses Monopols einem besonderen Ausschuss zur eingehenden Erwägung übergeben. In diesem Ausschusse müsste mindestens die Hälfte der Mitglieder dem Kommissariat für auswärtigen Handel entnommen sein. Drittens müsste die Verteidigung gesondert den Gosplan, den staatlichen Wirtschaftsplan, behandeln. Übrigens glaube ich nicht, dass es eine Meinungsverschiedenheit zwischen mir und Trotzki geben kann, wenn er sich auf die Forderung beschränkt, dass die Arbeit des Gosplans unter der Ägide der Entwicklung der Staatsindustrie stehen und über alle Unternehmungen des Volkskommissariats für auswärtigen Handel berichten müsste.

Ich hoffe, dass ich Ihnen heute oder morgen noch einmal schreiben und Ihnen meine Erklärung über das Wesentliche des vorliegenden Problems für das Plenum des Zentralausschusses geben kann. Auf jeden Fall halte ich die Frage für so außerordentlich wichtig, dass ich, falls das Plenum mir darin nicht beistimmt, sie dem Parteikongress vorlegen und vorher schon die bestehende Meinungsverschiedenheit unserer Partei auf dem kommenden Sowjetkongress bekannt machen müsste.

Lenin.
Den 12. Dezember 1922.«
Diktiert an L. F.

»An Genosse Trotzki, Abschrift an Frumkin und Stomoniakow:

Genosse Trotzki!

Ich erhielt Ihre Äußerung über den Brief Krestinskis und den Plan Avenesows. Ich glaube, wir stimmen durchaus überein, und können die Frage, ob der Gosplan Verwaltungsrechte haben soll, unter den gegenwärtigen Umständen vorläufig beiseite schieben.

Auf jeden Fall bitte ich Sie dringend, auf dem kommenden Plenum die Verteidigung unserer gemeinsamen Ansicht über die unbedingte Notwendigkeit der Erhaltung und Verstärkung des Monopols des auswärtigen Handels zu übernehmen.

Da das letzte Plenum einen scharf gegen das Monopol des auswärtigen Handels gerichteten Entschluss gefasst hat, und es unmöglich ist, in dieser Frage nachzugeben, so werden wir wohl, wie ich auch schon in meinem Briefe an Frumkin und Stomoniakow gesagt habe, im Falle unserer Niederlage die Sache vor den Parteikongress bringen müssen. Hierzu brauchen wir eine kurze Darlegung unserer abweichenden Meinung für die Parteifraktion des kommenden Sowjetkongresses. Wenn ich kann, werde ich eine schreiben, und es würde mich sehr freuen, wenn Sie dasselbe täten. Jedes Schwanken in dieser Frage wird uns unendlichen Schaden zufügen. Der Einwand gegen das Monopol läuft auf die Anklage hinaus, dass unsere Verwaltung der Sache noch nicht gewachsen sei. Aber unsere Verwaltung ist mancher Aufgabe noch nicht gewachsen, und wegen mangelnder Fähigkeit des Verwaltungsapparates auf das Monopol verzichten, das hieße das Kind mit dem Bade ausschütten.

Lenin.
Telefonisch diktiert an L. F.
Den 12. Dezember 1922.«

»An Genossen Trotzki!

Ich schicke Ihnen einen Brief, den ich heute von Frumkin erhielt. Ich glaube ebenfalls, dass es unbedingt notwendig ist, die Angelegenheit ein für alle Mal zu erledigen. Man braucht auch nicht zu befürchten, dass diese Frage mich erregen und einen ungünstigen Einfluss auf meine Gesundheit haben könnte: Denn eine Verschleppung, die unsere Politik in einer der wichtigsten Fragen ganz unsicher machte, würde mich zehntausendmal mehr erregen. Darum weise ich auf den beigefügten Brief hin und bitte Sie dringend, eine sofortige Beratung der Angelegenheit zu beantragen. Wenn wir in Gefahr sind zu verlieren, so ist es nach meiner Überzeugung viel vorteilhafter, vor Beginn des Parteikongresses zu verlieren und sich dann sofort an die Fraktion des Kongresses zu wenden, als nach dem Kongress zu verlieren. Vielleicht könnte man folgenden Kompromiss zur Annahme bringen: Nehmt den Beschluss über das Monopol jetzt an, aber bringt die Frage trotzdem vor den Parteikongress und erklärt das jetzt ausdrücklich! Kein anderes Kompromiss würde irgendwie für uns annehmbar sein.

Lenin.

Telefonisch diktiert an L. F.

Den 15. Dezember 1922.«

»Genosse Trotzki!

Ich glaube, wir sind zu einem völligen Einvernehmen gekommen. Ich bitte Sie, unsere Solidarität im Plenum bekannt zu machen. Ich hege die Hoffnung, dass unsere Ansicht durchgehen wird, denn ein Teil von denen, die im Oktober gegen uns gestimmt haben, haben sich jetzt teilweise oder vollständig auf unsere Seite gewandt. Sollte wider Erwarten unsere Ansicht nicht durchdringen, so werden wir uns an unsere Fraktion im Sowjetkongress wenden und erklären, dass wir die Frage vor den Parteikongress bringen werden.

Benachrichtigen Sie mich in diesem Falle, damit ich meine Erklärung einsenden kann. Sollte man die Frage von der Tagesordnung des jetzigen Plenums absetzen (was ich nicht erwarte und wogegen Sie natürlich mit aller Ihrer Energie in Ihrem und meinem Namen protestieren müssten), dann werden wir uns trotzdem an die Fraktion des Sowjetkongresses wenden und die Übermittlung der Angelegenheit an den Parteitag verlangen. Denn irgendein weiteres Hinausschieben darf in keinem Falle stattfinden.

Das ganze Material, das ich Ihnen zusandte, können Sie bis nach den Plenarsitzungen bewahren.

Ihr Lenin.

Den 15. Dezember 1922.«

»Leo Davidowitsch!

Professor Förster erlaubte heute Wladimir Iljitsch, einen Brief zu diktieren, und er diktierte mir den folgenden Brief an Sie:

Genosse Trotzki!

Es scheint, wir haben die Festung eingenommen, ohne einen Schuss abzufeuern, einfach durch Manövrieren. Ich schlage vor, jetzt nicht haltzumachen, sondern den Angriff fortzusetzen und zu dem Zwecke, in einer Resolution für den Parteikongress einen Antrag auf Verstärkung und bessere Durchführung des Monopols des auswärtigen Handels zu stellen. Künden Sie das der Fraktion des Sowjetkongresses an. Ich hoffe, dass Sie keine Einwendungen haben und eine Rede auf der Fraktionssitzung halten werden.

N. Lenin.

Wladimir Iljitsch bittet Sie auch, ihm telefonisch zu antworten.

N. K. Ulianowa.

Den 21. Dezember 1922.«

Weder der Inhalt noch der Ton dieser Briefe bedürfen irgendeiner Erklärung.

Über die Frage des ausländischen Handels nahm der Zentralausschuss eine neue Entschließung an, durch die die alte aufgehoben wurde. Darauf beziehen sich die spöttischen Worte Lenins von einem Siege, der gewonnen wurde, »ohne einen Schuss abzufeuern«.

Es bleibt nur noch eine Frage. Angenommen, unter den Genossen, die für die Resolution auf Zerstörung des Monopols des ausländischen Handels gestimmt haben, wäre auch Trotzki gewesen und auf der anderen Seite hätte Stalin an der Seite Lenins für die Aufhebung jener Resolution gekämpft, wie viele Bücher, Broschüren und Flugblätter wären dann wohl geschrieben worden, um die kleinbürgerliche und kulakfreundliche Ketzerei Trotzkis zu beweisen?

Behördliche Wirtschaftsleitung

Ich führte unser unüberlegtes Verkaufen auf die Planlosigkeit unserer ganzen Wirtschaftsführung zurück. Es gab nun Auseinandersetzungen im politischen Büro über die Frage der staatlichen Wirtschaftsführung und die Befugnisse des Gosplans. Darunter war auch eine Auseinandersetzung zwischen mir und Wladimir Iljitsch. Ebenso gab es Auseinandersetzungen über die Persönlichkeiten in den Wirtschaftsbüros.

In seinen an die Mitglieder des politischen Büros gerichteten Briefen über den Gosplan schrieb Wladimir Iljitsch am 27. Dezember 1922 Folgendes:

»Zu dem Antrag, dem Gosplan das Recht zu gesetzlichen Bestimmungen zu geben:

Genosse Trotzki hat diesen Gedanken, wie es scheint, schon vor längerer Zeit geäußert. Ich war damals dagegen, weil ich glaubte, dass dadurch unser ganzes gesetzgeberisches System durchbrochen würde. Nachdem ich aber noch einmal die ganze Sache gründlich erwogen habe, finde ich doch, dass ein im Grunde gesunder Gedanke darin steckt. Der die staatliche Wirtschaftsführung leitende Gosplan steht etwas abseits von unseren gesetzgebenden Einrichtungen, obgleich er als ein beratender Mittelpunkt von Leitern, Sachverständigen und Vertretern der Wissenschaft und der Technik natürlich die besten Unterlagen für eine richtige Beurteilung der Dinge besitzt ... In dieser Hinsicht muss ich mich also zu der Ansicht des Genossen Trotzki bekehren, nicht aber, soweit man das Präsidium des Gosplans einem unserer politischen Führer oder dem Vorsitzenden des höchsten Wirtschaftsrates übertragen will.«

Diese Meinungsverschiedenheiten waren ja in Lenins Brief an mich über die Frage des Monopols für den ausländischen Handel erwähnt. Lenin schlug darin vor, diese Frage vorläufig beiseite zu schieben und bezeichnete sie – nicht ganz richtig – als eine rein verwaltungsrechtliche Frage. Ich wollte zwar eine umfassende Verstärkung der Wirtschaftsführung und eine Unterstellung der Arbeit sämtlicher Abteilungen unter den Gosplan, aber ich dachte nicht daran, diesem nun die Verwaltungsbefugnisse zu geben, die wie bisher in den Händen der Arbeiter- und Soldatensowjets bleiben sollten. Doch nicht darum handelt es sich jetzt hier. Sowohl der Inhalt wie der Ton des Briefes zeigen, wie ruhig, wie durchaus sachlich Lenin den vorhergegangenen Meinungsstreit betrachtete, indem er dem politischen Büro vorschlug, diese Meinungsverschiedenheiten durch eine ziemlich enge Annäherung an die von mir verteidigten Gedanken zu beseitigen. Wie viele Lügen hat man der Partei über diese Dinge erzählt!

Mit Lenin gegen Stalin

Ich will hier nicht Lenins entscheidenden Brief gegen Stalin über die Nationalitätenfrage zitieren. Er ist in den stenografischen Berichten des Plenums vom Juli 1926 gedruckt, und er ist vor allem in Flugblättern verbreitet worden. Es wird nicht gelingen, diesen Brief zu verbergen. Aber es gibt noch andere, der Partei völlig unbekannte Dokumente der gleichen Art. Die Archivare und Historiker der Stalinschen Schule ergreifen jede Maßnahme, um diese Dokumente am Erscheinen zu hindern. Sie werden es auch in Zukunft tun, und sie sind durchaus imstande, sie einfach zu zerstören.

Aus diesem Grunde halte ich es für notwendig, hier die wichtigsten Stellen des frühesten Briefes Lenins über den Aufbau der Sowjetunion mit der Antwort Stalins anzuführen. Lenins Brief, der vom 27. September 1922 datiert war, richtete sich an Genosse Kamenew, doch wurde eine Abschrift an alle Mitglieder des politischen Büros gesandt. Hier ist der Beginn des Briefes:

»Sie haben wohl schon von Stalin den Beschluss seiner Kommission über die Zulassung unabhängiger Republiken in die Sowjetunion erhalten.

Wenn Sie ihn noch nicht bekommen haben, dann lassen Sie sich ihn vom Sekretär geben, und bitte lesen Sie ihn sofort. Ich sprach darüber gestern mit Sokolnikow, heute mit Stalin, und morgen will ich Mdiwani sehen (einen georgischen Kommunisten, den man verdächtigt, nach ›Unabhängigkeit‹ zu streben).

Nach meiner Ansicht ist die Frage unendlich wichtig. Stalin zeigt eine leise Neigung, eilig vorzugehen. Sie müssen die Sache wohl überlegen. Sinowjew auch. (Sie wollten doch einmal diese Frage genauer untersuchen und taten es auch in gewisser Hinsicht.)

Stalin hat sich schon zu einer Einschränkung verstanden. Anstatt von einem ›Eintritt‹ in die Sowjetrepublik, spricht er jetzt von einer ›formellen Vereinigung‹ mit uns in einer Union der Sowjetrepubliken von Europa und Asien. Ich denke, der Sinn dieser Einschränkung ist klar. Wir erklären, dass wir auf gleicher Basis mit der ukrainischen und mit andern Republiken stehen, und wir treten mit ihnen in völliger Gleichheit in eine neue Union, in eine neue Föderation, in die Union der Sowjetrepubliken von Europa und Asien.«

Es folgt nun eine ganze Reihe von Verbesserungen Lenins in der gleichen Art. Im Schlussteil seines Briefes sagt Lenin:

»Stalin war damit einverstanden, die Resolution erst nach meiner Ankunft im politischen Büro vorzulegen. Ich komme am Montag, dem 2. Oktober, und möchte eine Besprechung von einigen Stunden mit Ihnen und Rykow haben – vielleicht des Mittags etwa von eins bis zwei, und dann, wenn es nötig, noch des Abends von fünf bis sieben oder von sechs bis acht.

Hier ist mein einstweiliger Plan. Auf der Grundlage einer Unterredung mit Mdiwani und andern Genossen will ich dafür kämpfen und ihn durchzusetzen suchen. Ich bitte Sie dringend, dasselbe zu tun und mir zu antworten.

Ihr Lenin.

P.S. Senden Sie Abschriften an alle Mitglieder des politischen Büros.«

Stalin übersandte seine Antwort an Lenin am selben Tag, am 27. September 1922, an die Mitglieder der politischen Büros. Ich zitiere aus dieser Antwort zwei wichtige Stellen:

»Lenins Abänderung zu Paragraf 2, die den Vorschlag macht, zum Zentralausschuss der russischen Republik noch einen Zentralausschuss der Föderation hinzuzufügen, sollte nach meiner Ansicht nicht angenommen werden. Das Bestehen zweier Zentralausschüsse in Moskau, von denen einer offenbar ein ›Unterhaus‹ und der andere ein ›Oberhaus‹ darstellen wird, gibt uns nur unnötige Konflikte und Debatten.«

Und weiter:

»Hinsichtlich des Paragrafen 4 scheint es Genosse Lenin selbst etwas ›eilig‹ zu haben, indem er eine Verschmelzung der Kommissariate der Finanz, der Nahrungsversorgung, der Arbeit und der Volkswirtschaft mit den Kommissariaten der Föderation verlangt. Es unterliegt aber keinem Zweifel, dass diese ›Eile‹ Wasser auf die Suppe der Advokaten der ›Unabhängigkeit‹ zum Schaden des Nationalliberalismus Lenins sein wird.

Lenins Verbesserung zu Paragraf 5 ist nach meiner Meinung überflüssig.

J. Stalin.«

Diese außerordentlich bezeichnende Korrespondenz, die man wie so viele andere Dokumente vor der Partei verborgen hält, ging dem berühmten Brief Lenins über die Nationalitätenfrage voraus. In seinen Bemerkungen über Stalins Vorgehen ist Lenin außerordentlich zurückhaltend und sanft in seiner Ausdrucksweise. Lenin hoffte damals noch immer, die Angelegenheit ohne schwere Zusammenstöße beilegen zu können. Darum wirft er Stalin vorsichtig seine »Eile« vor. Stalins gegen Mdiwani erhobene Beschuldigung der »Unabhängigkeit« setzt Lenin in Gänsefüßchen, um so deutlich von dieser Beschuldigung abzurücken. Noch mehr, Lenin betont ausdrücklich, dass er seine Verbesserung auf der Grundlage einer Besprechung mit Mdivani und andern Genossen beantragen wolle.

Stalins Antwort zeichnet sich im Gegensatz dazu durch Grobheit aus. Der Schlusssatz zum vierten Punkt ist einer besonderen Beachtung wert: »Es unterliegt keinem Zweifel, dass diese ›Eile‹ Wasser auf die Suppe der Advokaten der ›Unabhängigkeit‹ zum Schaden des Nationalliberalismus(!) Lenins sein wird.« Soweit war es also mit Lenin gekommen, dass man ihn des Nationalliberalismus beschuldigte.

Der weitere Verlauf des Kampfes um die Nationalitätenfrage zeigte Lenin, dass er auf keine Weise Stalin mit innerlichen Gründen und freundlichen Worten beeinflussen konnte, sondern dass es notwendig war, sich an den Kongress und an die Partei zu wenden. Zu diesem Zwecke schrieb Lenin in einzelnen Abschnitten seinen Brief über die Nationalitätenfrage.

Wladimir Iljitsch maß vor allem der georgischen Frage eine ungeheure Bedeutung zu, nicht nur weil er die Folgen einer falschen nationalen Politik in Georgien fürchtete – eine Furcht, die sich als wohlbegründet erwiesen hat –, sondern auch, weil ihm durch diese Frage die ganze Verkehrtheit der Stalinschen Ansichten im Nationalitätenproblem und in anderen Problemen enthüllt wurde. Den wichtigen, entscheidenden Brief Lenins hat man bis zum heutigen Tag der Partei vorenthalten. Der Vorwand, Lenin habe nicht gewollt, dass der Brief von der Partei gelesen werde, ist durch und durch falsch. Wollte Lenin, dass seine Bemerkungen in Notizbüchern und an den Rändern der von ihm gelesenen Bücher veröffentlicht würden? Die Sache liegt so, dass man alles, was direkt oder indirekt gegen die Opposition gerichtet sein könnte, veröffentlicht, dass man aber den Brief Lenins, der das Wesentliche seines Programms über die Nationalitätenfrage gibt, unterschlägt.

Hier sind zwei Zitate aus diesem Briefe:

»Ich glaube, dass hier die Eile und der Verordnungsdrang Stalins eine unheilvolle Rolle gespielt haben, ebenso aber auch sein Hass gegen den berüchtigten ›Sozialchauvinismus‹. Hass spielt aber im Allgemeinen eine höchst üble Rolle in der Politik.« (Aus Lenins Aufzeichnung vom 30. Dezember 1922.)

Und dann in seiner Aufzeichnung vom 31. Dezember 1922 in noch schärferen Ausdrücken:

»Man muss natürlich Stalin und Tscherschinski für diesen wirklich großrussischen nationalistischen Feldzug verantwortlich machen.«

Wladimir Iljitsch sandte mir diesen Brief in einem Augenblick, als er fühlte, dass er wohl kaum imstande sein würde, auf dem zwölften Kongress zu erscheinen. Hier ist die Mitteilung, die ich von ihm während der beiden letzten Tage seiner Teilnahme am politischen Leben erhielt:

»Streng geheim. Persönlich.

Werter Genosse Trotzki:

Ich bitte Sie dringend, die Verteidigung der georgischen Angelegenheit im Zentralausschuss zu übernehmen. Diese Angelegenheit befindet sich in den Händen Stalins und Tscherschinskis zur Aburteilung, und ich kann mich nicht auf ihre Unparteilichkeit verlassen. Ganz im Gegenteil. Wenn Sie also die Verteidigung übernehmen würden, könnte ich beruhigt sein. Sollten Sie aus irgendeinem Grunde dazu nicht in der Lage sein, dann schicken Sie mir die gesamten Papiere zurück. Ich werde das als ein Zeichen Ihrer Ablehnung ansehen.

Mit den allerbesten kameradschaftlichen Grüßen

Lenin.
Den 5. März 1923.
Diktiert an M. V.«

»An Genossen Trotzki:
Wladimir Iljitsch bittet mich, seinem Ihnen telefonisch gesandten Brief zu Ihrer Information hinzuzufügen, dass Genosse Kamenew Mittwoch nach Georgien geht. Wladimir Iljitsch lässt Sie fragen, ob Sie nicht auch von Ihrer Seite aus jemand dorthin schicken möchten.
Gezeichnet M. Woloditschiwa.
Den 5. März 1923.«

»An die Genossen Mdiwani, Macharatsche und andere (Kopie an die Genossen Trotzki und Kamenew):
Werte Genossen: Ich bemühe mich Ihrethalben aus vollem Herzen und bin entrüstet über die Rücksichtslosigkeit Ordjonikitsches und die Zustimmung Stalins und Tscherschinskis. Ich bereite Briefe und eine Rede für Sie vor.
Mit Achtung
Lenin.
Den 6. März 1923.«

»An Genossen Kamenew (Kopie an Genossen Trotzki): Leo Borisowitsch:
Im Anschluss an unsere telefonische Unterredung teile ich Ihnen als Präsidenten des Politbüros Folgendes mit:
Wie ich Ihnen schon am 31. Dezember 1922 erzählte, hat Wladimir Iljitsch einen Artikel über die Nationalitätenfrage diktiert.
Diese Frage hat ihn sehr beunruhigt, und er beabsichtigte, darüber auf der Parteikonferenz eine Rede zu halten. Kurz vor seiner letzten Krankheit teilte er mir mit, er wolle diesen Artikel veröffentlichen, aber erst später. Dann erkrankte er, ohne endgültige Anordnungen zu geben.
Wladimir Iljitsch hielt diesen Artikel für bestimmend und außerordentlich wichtig. Auf seine Anweisung wurde er dem Genossen Trotzki mitgeteilt, den Wladimir Iljitsch beauftragt hatte, seine Ansicht über die vorliegende Frage, da sie mit der Trotzkischen durchaus übereinstimmte, auf der Parteikonferenz zu vertreten.
Die einzige Kopie des Artikels, die ich besitze, wird auf Anordnung Wladimir Iljitschs in seinem Geheimarchiv aufbewahrt.
Ich bringe diese Tatsachen zu Ihrer Kenntnis.

Ich konnte es nicht eher tun, da ich erst heute nach einer Erkrankung wieder zur Arbeit zurückkehren kann.

L. Fotiewa,

Privatsekretärin des Genossen Lenin.

Den 16. März 1923.«

Nach all den Verleumdungen, mit denen man Lenins Haltung gegen mich entstellt hat, kann ich nur auf die Unterschrift seines ersten Briefes – »mit den allerbesten kameradschaftlichen Grüßen« – hinweisen. Wer Lenins Wortkargheit und die Art seiner Unterhaltung und Korrespondenz kennt, weiß genau, dass Lenin diese Worte nicht zufällig an das Ende seines Briefes gesetzt hat. Es war auch nicht zufällig, dass Stalin, als er gezwungen war, diese Korrespondenz Juli 1926 auf dem Plenum vorzulesen, für die Worte »mit den allerbesten kameradschaftlichen Grüßen« die gebräuchliche Redewendung »mit kommunistischen Grüßen« unterschob. Auch hier wieder blieb Stalin sich selbst getreu.

Mit Lenin gegen Stalin, Rykow, Kalinin und Bucharin

Lenins Vorschlag, dass Rabkrin, das Kommissariat der Arbeiter- und Bauerninspektion, neu zu gestalten, wurde von der Stalingruppe mit äußerster Feindseligkeit aufgenommen. Ich teilte dies in einer sehr zurückhaltenden Sprache am 23. Oktober 1923 in einem Briefe an die Mitglieder des Zentralausschusses mit. Von diesem Briefe gebe ich hier einen Abschnitt:

»Wie reagierte das politische Büro auf Lenins Plan zur Neugestaltung des Rabkrin? Genosse Bucharin wollte Lenins Artikel nicht drucken lassen, während Lenin seinerseits auf dessen sofortigem Erscheinen bestand. N. K. Krupskaja, der Redakteur der Prawda, sprach mit mir telefonisch über diesen Artikel und bat mich, dahin zu wirken, dass der Artikel so bald wie möglich gedruckt würde. In der gleich darauf auf meine Veranlassung einberufenen Sitzung des politischen Büros waren alle anwesenden Genossen, Stalin, Molotow, Kuibischew, Rykow, Kalinin und Bucharin, nicht nur gegen Lenins Plan, sondern sogar gegen den Druck des Artikels. Die Mitglieder des Sekretariats waren besonders schroff und kurz angebunden in ihrer Opposition. Schließlich schlug Genosse Kuibischew, der spätere Leiter des Rabkrin, vor, man sollte in Hinsicht auf Lenins dringendes Verlangen, ihm den gedruckten Artikel vorzulegen, eine besondere Nummer der Prawda mit Lenins Artikel herausbringen und ihm zeigen, während der Artikel selbst verheimlicht bleiben sollte.

Ich wies darauf hin, dass die vom Genossen Lenin vorgeschlagene gründliche Reform, wenn sie richtig durchgeführt würde, einen wirklichen Fortschritt darstellte, dass es aber doch, selbst wenn das Gegenteil der Fall wäre, töricht und lächerlich sein würde, die Partei vor den Vorschlägen des Genossen Lenin zu schützen. Man antwortete mir in dem gleichen, formellen Geist: ›Wir sind der Zentralausschuss. Wir übernehmen die Verantwortung. Wir entscheiden darüber.‹ Ich wurde nur durch Genossen Kamenew unterstützt, der auf der Sitzung des politischen Büros fast eine Stunde zu spät erschien.

Der Hauptgrund, der sie dann doch dahin brachte, den Artikel zu drucken, war der Gedanke, dass ein Artikel von Lenin auf keinen Fall vor der Partei verheimlicht bleiben dürfte. Später wurde dieser Artikel eine besondere Waffe jener, die ihn zuerst gar nicht drucken wollten, eine Waffe, die sie gegen mich zu verwenden suchten! Genosse Kuibischew, damals ein Mitglied des Sekretariats, wurde an die Spitze des Kontrollausschusses und des Rabkrins gestellt. Statt gegen Lenins Plan offen zu kämpfen, ging man dazu über, diesem Plan ›die Zähne auszuziehen‹. Ob auf diese Weise das Rabkrin zu einer unparteiischen, unabhängigen Einrichtung wurde, die in der Partei Gerechtigkeit und Einigkeit gegen alle behördlichen Eigenmächtigkeiten schützte – die Frage überhaupt nur zu stellen, ist wohl nicht nötig, denn die Antwort ist völlig klar.«

Das Verhalten Stalins in dieser Frage zeigte mir zum ersten Male klar, dass der Vorschlag, den Kontrollausschuss und den Zentralausschuss zu reorganisieren, von Lenin einzig und allein gegen die damals schon außerordentliche bürokratische Macht Stalins und gegen seine Unehrlichkeit gerichtet war. Daher stammte auch Stalins hartnäckige Opposition gegen Lenins Plan.

Meine letzte Unterredung mit Lenin

Im Vorstand des Kontrollausschusses erzählte ich kürzlich meine letzte Unterredung mit Wladimir Iljitsch, nicht lange vor dem zweiten Anfall seiner Krankheit. Ich sagte Folgendes:

»Lenin berief mich in sein Zimmer im Kreml und sprach von dem furchtbaren Anwachsen des Bürokratismus in unserm Sowjetapparat und von der Notwendigkeit, ein Mittel zu finden, um mit diesem Problem fertig zu werden. Er schlug vor, eine besondere Kommission des Zentralausschusses zu bilden, und lud mich ein, tätigen Anteil an der Arbeit zu nehmen. Ich antwortete ihm: ›Wladimir Iljitsch, nach meiner Überzeugung dürfen wir bei dem jetzigen Kampf gegen den Bürokratismus im Sowjetapparat nicht vergessen, dass sich sowohl in den Provinzen, wie im Zentrum eine besondere Auswahl von Beamten und Spezialisten nach den Gesichtspunkten gewisser herrschenden Persönlichkeiten und Gruppen entwickelt hat. Sobald man die Sowjetbeamten angreift, rennt man gegen die Parteiführer an. Die Spezialisten gehören mit zu dieser Clique. Unter solchen Umständen kann ich diese Arbeit nicht unternehmen.«

Wladimir Iljitsch dachte einen Augenblick nach und sagte dann – ich zitiere ihn fast wörtlich: »Das heißt, ich schlage einen Kampf gegen den Sowjetbürokratismus vor, und Sie wollen noch einen Kampf gegen den Bürokratismus des leitenden Parteibüros hinzufügen.« (Stalin als Generalsekretär war der Vorsitzende dieses Büros.)

Ich lachte über diese unerwartete Bemerkung, denn eine so bestimmte Formulierung meines Gedankens hatte ich nicht im Kopf gehabt.

Ich antwortete: »Ich glaube, es ist so.«

Dann sagte Wladimir Iljitsch: »Gut, ich bin einverstanden. Ich schlage Ihnen einen Bund mit mir vor.«

Ich antwortete: »Ich bin immer bereit, einen Bund mit einem guten Mann zu schließen.«

Gegen Ende unserer Unterredung meinte Wladimir Iljitsch, er möchte vorschlagen, zunächst eine Kommission für den Kampf gegen Bürokratismus im Allgemeinen zu bilden, und zwar durch den Zentralausschuss, und dann auf diese Weise später auch dem leitenden Parteibüro zu Leibe zu gehen. Über die Form der Kommission versprach er, noch weiter nachzudenken. Darauf schieden wir. Ich wartete dann zwei Wochen darauf, von ihm angeklingelt zu werden, aber Iljitschs Gesundheit verschlechterte sich unaufhörlich, und er musste sich bald zu Bett legen. Später sandte mir Wladimir Iljitsch durch seinen Sekretär seine Briefe über die Nationalitätenfrage. Und so wurde das Werk niemals durchgeführt.«

Im innersten Wesen richtete sich jener Plan Lenins direkt gegen Stalin.

Lenin brach endgültig mit Stalin

Ja, es hat Meinungsverschiedenheiten zwischen Lenin und mir gegeben. Aber Stalins Versuche, daraufhin den allgemeinen Charakter unserer Beziehungen zu verdrehen, zerbrechen einfach an den Belegen aus jener Zeit, als die Dinge nicht durch Unterhaltungen und Abstimmungen, über die wir keine Berichte haben, sondern durch Briefwechsel entschieden wurden – ich meine, aus der Zeit zwischen Lenins erster und zweiter Erkrankung. Um einiges aufzuzählen:

In der Nationalitätenfrage bereitete Lenin für den zwölften Kongress einen entschiedenen Angriff gegen Stalin vor. Darüber berichtete mir seine Sekretärin in seinem Namen und in seinem Auftrag. Der Ausdruck, den sie am häufigsten wiederholte, war: »Wladimir Iljitsch bereitet eine Bombe gegen Stalin vor.«

In seinem Artikel über das Kommissariat der Arbeiter- und Bauerninspektion, das Rabkrin, sagte Lenin am 4. März 1923:

»Das Volkskommissariat des Rabkrin genießt gegenwärtig auch nicht den Schatten einer Autorität. Jeder weiß, dass ein schlechter organisiertes Institut als unser Kommissariat des Rabkrin einfach nicht existiert, und dass man von diesem Kommissariat überhaupt nichts erwarten kann ... Zu welchem Zweck schafft man denn ein Kommissariat, wenn es die Arbeit in der übernommenen Weise weiterführt, nicht das geringste Vertrauen einflößt und wenn seine Worte keine Autorität haben? ...

Ich frage jeden der jetzigen Leiter des Rabkrin oder irgendeinen Menschen, der in Verbindung mit ihm steht, ob sie mir auf ihr Gewissen hin sagen können, welchem praktischen Zweck solch ein Kommissariat wie das Rabkrin dient.«

Stalin stand während der ganzen ersten Jahre der Revolution an der Spitze des Rabkrin. Lenins Ausbruch richtete sich ganz gegen ihn.

In demselben Artikel liest man:

»Bürokratismus haben wir nicht nur in den Sowjetinstitutionen, sondern auch in der Partei.«

Diese in sich schon völlig klaren Worte gewinnen eine besondere Bedeutung in Verbindung mit meiner oben angeführten letzten Unterredung mit Wladimir Iljitsch, in der von unserm geplanten Bund gegen das Organisationsbüro, als die Urquelle des Bürokratismus sprach. Diese bescheidene, echt Leninsche Bemerkung war durchaus auf Stalin gemünzt.

Über Lenins Testament braucht man nicht erst zu reden. Es ist angefüllt mit Misstrauen gegen Stalin, gegen seine Gewöhnlichkeit und Unehrlichkeit. Es spricht von einem möglichen Missbrauch der Gewalt von seiner Seite und von der dadurch herbeigeführten Gefahr einer Spaltung der Partei. Nur ein einziges Mal kritisiert das Testament die Parteiorganisation nämlich in dem Satz: »Entfernt Stalin von dem Posten des Generalsekretärs.«

Und zum Schluss war der letzte Brief, den Lenin in seinem Leben schrieb, oder vielmehr diktierte, ein Brief an Stalin, in dem er alle parteigenössischen Beziehungen zu ihm abbrach. Genosse Kamenew erzählte mir von diesem Brief in derselben Nacht, in der er geschrieben wurde, in der Nacht vom 5. auf den 6. März 1923. Genosse Sinowjew sprach über den Brief auf der vereinten Sitzung des Zentralausschusses und des Kontrollausschusses. Die Existenz des Briefes wurde auch in der stenografischen Kopie des Zeugnisses der M. I. Ulianowa, der Schwester Lenins, bestätigt.

Indem Genosse Sinowjew auf dem Juliplenum des Jahres 1926 die »Warnungen« aufzählte, die Lenin Stalin gab, sagte er:

»Die dritte Warnung aber bestand darin, dass zu Beginn des Jahres 1923 Wladimir Iljitsch in einem persönlichen Brief an Genossen Stalin alle parteigenössischen Beziehungen mit ihm abbrach.«

M. Ulianowa suchte die Angelegenheit so darzustellen, als sei der Abbruch aller genossenschaftlichen Beziehungen, den Lenin Stalin in seinem letzten Brief vor seinem Tode ankündigte, durch persönliche und nicht durch politische Ursachen herbeigeführt. Ist es nötig, daran zu erinnern, dass bei Lenin persönliche Motive immer aus politischen, revolutionären und parteilichen Gründen herrührten? »Gewöhnlichkeit« und »Unehrlichkeit« sind gewiss persönliche Eigenschaften. Aber Lenin warnt die Partei vor ihnen nicht aus »persönlichen« Gründen, sondern im Interesse der Partei. Lenins Brief, in dem er alle parteigenössischen Beziehungen mit Stalin abbrach, hatte genau denselben Charakter. Dieser letzte Brief wurde nach dem Brief über die Nationalitätenfrage und nach dem Testament geschrieben. Eifrige Versuche sind seitdem gemacht worden, das moralische Gewicht des letzten Briefes Lenins herabzusetzen. Die Partei hat ein Recht, diesen Brief kennenzulernen!

So stehen die Tatsachen. So betrügt Stalin die Partei.

Einige Schlussfolgerungen

Alles bisher angeführte ist nur ein kleiner Teil der Tatsachen, Zeugnisse und Zitate, die ich zur Widerlegung des von Stalin, Jaroslawski und Genossen in den letzten zehn Jahren gefälschten Geschichtsbildes hinzufügen könnte.

Dabei muss ich noch bemerken, dass die Verfälschung sich nicht auf diese zehn Jahre beschränkt, sondern sich über die ganze vorhergehende Parteigeschichte ausbreitet und sie in einen ununterbrochenen Kampf des Bolschewismus gegen den Trotzkismus verwandelt. Die Fälscher fühlen sich in jener Epoche besonders frei, denn die Ereignisse liegen schon so weit zurück, dass sie sich nach Belieben passende Dokumente zusammensuchen können. Die Ansichten Lenins werden dabei durch einseitige Auswahl der Zitate in ihr Gegenteil verwandelt. Ich will mich aber jetzt nicht mit der früheren Periode meiner revolutionären Tätigkeit, mit den Jahren 1897 bis 1917 befassen, da die Veranlassung zu meiner jetzigen Verteidigungsschrift die Befragung nach meiner Teilnahme an der Oktoberrevolution und nach meinen Beziehungen zu Lenin sind.

Über die zwanzig Jahre, die der Oktoberrevolution vorausgingen, werde ich mich auf ein paar Zeilen beschränken.

Ich gehörte zu jener »Minorität« (menschinstwo) des ersten Kongresses im Jahre 1901, aus der sich später der Menschewismus entwickelte. Ich blieb politisch und durch Organisation mit dieser Minorität bis zum Herbst 1904 verbunden – ungefähr also bis zur sog. »Landkampagne« von New Iskra, als ich mit dem Menschewismus über die Fragen des bürgerlichen Liberalismus und die Aussichten der Revolution in einen unlöslichen Konflikt geriet. Im Jahre 1904, also vor dreiundzwanzig Jahren, habe ich politisch und organisatorisch mit dem Menschewismus gebrochen. Ich habe mich nie einen Menschewisten genannt oder als einen solchen betrachtet.

Auf dem Plenum des Zentralausschusses der Komintern gab ich am 9. Dezember 1926 in Bezug auf die Frage des »Trotzkismus« folgende Erklärung ab:

»Allgemein gesprochen, glaube ich nicht, dass man durch biografische Nachforschungen grundsätzliche Fragen entscheiden kann. Es ist zweifellos, dass ich in manchen Fragen Irrtümer begangen habe, besonders während meines Kampfes gegen den Bolschewismus. Aber daraus folgt doch noch nicht, dass man politische Fragen nicht nach ihrem inneren Wert, sondern auf der Grundlage meiner Lebensgeschichte beurteilen darf. Sonst müsste man ja verlangen, dass die Biografien aller Delegierten hier öffentlich bekannt gemacht werden.

Ich persönlich möchte dabei auf einen wichtigen Präzedenzfall hinweisen. In Deutschland lebte und lehrte ein Mann mit Namen Franz Mehring, der nur nach einem langen und energischen Kampf gegen die Sozialdemokratie (bis vor Kurzem haben wir uns alle Sozialdemokraten genannt) und erst, als er zu hohen Jahren gekommen war, sich der sozialdemokratischen Partei anschloss. Mehring schrieb die Geschichte der deutschen Sozialdemokratie zuerst als ihr Feind, ihr entschiedener Widersacher, als ein Lakai des Kapitalismus – und später schrieb er sie um in jenes gefeierte Werk über die deutsche Sozialdemokratie als ihr treuer Freund. Auf der andern Seite haben Kautsky und Bernstein niemals offen gegen Marx gekämpft und standen beide lange unter dem Einfluss Friedrich Engels. Bernstein ist sogar berühmt als Herausgeber der Gesamtwerke von Engels. Trotzdem starb Franz Mehring als Marxist und Kommunist, während die beiden andern, Kautsky und Bernstein, noch heute als reaktionäre Reformer leben. Das biografische Moment ist natürlich wichtig, aber in sich beweist es nichts.

Wie ich schon oftmals erklärt habe, war bei meinen Meinungsverschiedenheiten mit dem Bolschewismus über eine Reihe von wichtigen Fragen der Irrtum auf meiner Seite. Um annähernd und in wenigen Worten die Natur und die Ausdehnung meiner früheren Meinungsverschiedenheiten mit dem Bolschewismus zu schildern, möchte ich Folgendes sagen:

Während der Zeit, als ich ausseits der bolschewistischen Partei stand, während der Periode, als meine Zwistigkeiten mit dem Bolschewismus ihren höchsten Punkt erreicht hatten, war die Entfernung, die mich von den Ansichten Lenins trennte, niemals so groß wie die Entfernung, die heute zwischen der Haltung Stalins und Bucharins und den wirklichen Grundlagen des Marxismus und Leninismus besteht.

Jede neue Stufe in der Entwicklung der Partei und der Revolution, jedes neue Buch, jede neue Modetheorie hat Bucharin zu einer neuen Schwankung und zu einer neuen Dummheit veranlasst. Seine ganze wissenschaftliche und politische Biografie ist eine Kette von Irrtümern, die äußerlich im Rahmen des Bolschewismus begangen wurden. Die Irrtümer Bucharins haben seit Lenins Tod in ihrer Zahl und besonders in ihren politischen Konsequenzen bei Weitem alle seine früheren Irrtümer übertroffen. Dieser Scholastiker, der den Marxismus aller konkreten Wirklichkeit beraubt und ihn, oft in einfachen Wortklügeleien, zu einem Kinderspiel mit Ideen macht, hat sich natürlich als ein höchst geeigneter »Theoretiker« in dieser Zeit erwiesen, da die Parteiführerschaft vom proletarischen zum kleinbürgerlichen Geleise hinübergleitet. Ohne spitzfindige Wortspielereien ist das natürlich nicht möglich. Man versteht, warum Bucharin jetzt diese »theoretische« Rolle spielt.

In allen Fragen – es sind nur ganz wenige –, in denen Stalin versucht hat, eine selbstständige Haltung einzunehmen, oder auch nur ohne direkte Leitung Lenins wichtige Fragen selbst beantwortet hat, hat er sich immer und unveränderlich – sozusagen aus seiner Natur heraus – auf einen opportunistischen Standpunkt gestellt.

Den Kampf Lenins gegen Menschewismus und Versöhnungspolitik denunzierte er aus dem Exil heraus als eines Emigranten »Sturm in einem Wasserglas«.

Andere politische Dokumente über Stalins Gedankenart existieren, soviel ich weiß, überhaupt nicht, ausgenommen ein vielleicht korrekter, aber schuljungenartiger Artikel über die nationale Frage.

Die selbstständige Haltung Stalins (vor der Ankunft Lenins) im Beginn der Februarrevolution war durch und durch opportunistisch.

Die selbstständige Haltung Stalins gegenüber der deutschen Revolution von 1923 war durchaus passiv und zu Kompromissen geneigt.

Die selbstständige Haltung Stalins gegenüber den Problemen der chinesischen Revolution ist weiter nichts als eine billige Neuausgabe von Martinows Menschewismus aus den Jahren 1903 bis 1905.

Die selbstständige Haltung Stalins gegenüber den Problemen der englischen Arbeiterbewegung ist eine zentristische Kapitulation vor dem Menschewismus.

Man kann mit Zitaten jonglieren, die Berichte seiner eigenen Reden unterschlagen, die Verbreitung der Briefe und Aufsätze Lenins verbieten, ganze Meter fälschlich zusammengestellter Zitate fabrizieren. Man kann historische Dokumente unterdrücken, verhehlen und verbrennen. Man kann die Zensur sogar auf die fotografischen und filmischen Wiedergaben revolutionärer Ereignisse ausdehnen. Alles dieses tut ja Stalin. Aber die Ergebnisse werden seine Hoffnungen nicht erfüllen. Nur ein beschränkter Geist wie der Stalins konnte sich einbilden, dass man über solchen kläglichen Verheimlichungsmanövern die gewaltigen Ereignisse der modernen Geschichte vergessen würde.

Im Jahre 1918 fand Stalin, der damals noch in den ersten Anfängen seines Feldzuges gegen mich war, es notwendig, wie wir alle wissen, die folgenden Worte zu schreiben:

»Das ganze vorbereitende Werk des Aufstandes wurde unter der unmittelbaren Leitung des Präsidenten der Petersburger Sowjets, des Genossen Trotzki, durchgeführt. Wir können mit Gewissheit sagen, dass die Partei den schnellen Übergang der Garnison auf die Seite der Sowjets und die kühne Durchführung der Arbeit des revolutionären Soldatenausschusses in der Hauptsache und vor allem andern dem Genossen Trotzki verdankt.«

In voller Verantwortung für meine Worte bin ich nun gezwungen zu sagen, dass die Partei die grausame Niedermetzelung des chinesischen Proletariats und der chinesischen Revolution, die Stärkung der Gewerkschaftsagenten des englischen Imperialismus nach dem Generalstreik von 1926 und die allgemeine Schwächung der Stellung der kommunistischen Internationalen und der Sowjetunion, in der Hauptsache und vor allem dem Genossen Stalin verdankt.

Am 21. Oktober 1927.

L. Trotzki.

DOKUMENTE

Das Testament Lenins

Vor fünf Jahren, als Lenin auf dem Sterbebett lag und nicht mehr sprechen konnte, schrieb er einen Brief, in dem er den unvermeidlichen Kampf zwischen Trotzki und Stalin voraussagte, die Charaktere der beiden Männer analysierte und die Maßnahmen anriet, die die Partei ergreifen müsste, um eine Spaltung zu vermeiden. Der fast unheimliche politische Scharfsinn Lenins zeigt sich nirgendwo klarer, als in diesem kurzen Brief, den man sein Testament an die Partei genannt hat. Der Brief wurde von Stalin und den mit ihm in der Macht Befindlichen in einem Geldschrank verschlossen und für nicht vorhanden erklärt, denn er enthielt eine sehr scharfe Kritik an Stalin und den Rat, ihn von seiner beherrschenden Stellung eines Generalsekretärs der Partei zu entfernen. Trotzdem ist es nicht gelungen, die letzte Meinungsäußerung des toten Führers der russischen Revolution ganz zu unterdrücken. Heimlich wurden Abschriften des Briefes in russischen Kommunistenkreisen verbreitet und vorgelesen, obgleich die Verfolgungen wegen solchen Vorlesens und Verbreitens sehr streng waren. Der hier wiedergegebene Text ist durchaus vollständig genau und zuverlässig.

»Unter einer Festigung des Zentralausschusses, von der ich schon früher sprach, verstehe ich Maßnahmen, die eine Spaltung verhindern sollen, soweit solche Maßnahmen überhaupt getroffen werden können. Denn der Weißgardist in Russkaja Mysl (ich glaube, es war S.E. Oldenburg) hatte natürlich durchaus recht, als er in seinem Spiel gegen Sowjetrussland in erster Linie auf die erhoffte Parteispaltung und in zweiter Linie auf ein Auseinandergehen durch ernstliche Meinungsverschiedenheiten in unserer Partei setzte.

Unsere Partei stützt sich auf zwei Klassen, deshalb ist ihre Erschütterung möglich, und wenn es zu keiner Einigung zwischen diesen beiden Klassen kommt, ist sogar ihr Zusammenbruch unvermeidlich. In einem solchen Falle wäre es zwecklos, irgendwelche Maßnahmen zu ergreifen, oder überhaupt über die Festigung des Zentralausschusses zu debattieren. In einem solchen Falle könnten keine Maßnahmen eine Spaltung verhindern. Aber ich hoffe, dass das ein noch zu weit in der Zukunft liegendes und auch zu unwahrscheinliches Ereignis ist, um jetzt darüber zu reden.

Ich denke heute an eine Festigung als Garantie gegen eine Spaltung in naher Zukunft und will hier eine Reihe von Betrachtungen von rein persönlichem Charakter anstellen.

Ich glaube, dass die Hauptursache zu den gegenwärtigen Gefahren und auch der Schlüssel zu einer neuen Festigung bei solchen Mitgliedern des Zentralausschusses wie Stalin und Trotzki liegen. Die Beziehungen zwischen ihnen enthalten nach meiner Meinung gut die Hälfte der Spaltungsgefahr. Diese Gefahr kann natürlich vermieden werden, und sie könnte nach meiner Ansicht um so leichter vermieden werden, wenn man die Mitgliederzahl des Zentralausschusses von fünfzig auf hundert erhöhte.

Genosse Stalin hat dadurch, dass er Generalsekretär geworden ist, eine gewaltige Macht in seinen Händen vereinigt, und ich bin durchaus nicht sicher, dass er es immer verstehen wird, diese Macht mit genügender Behutsamkeit zu benutzen. Auf der andern Seite besitzt Genosse Trotzki, wie sich in seinem Kampf gegen den Zentralausschuss in der Frage des Volkskommissariats für Straßenbauten zeigte, nicht nur ausgezeichnete Fähigkeiten – persönlich ist er ganz bestimmt der befähigtste Mann im jetzigen Zentralausschuss –, sondern auch ein weitreichendes Selbstbewusstsein und eine Überschätzung der behördlichen Reglung der Wirtschaft.

Diese Verschiedenheiten der beiden begabtesten Führer des jetzigen Zentralausschusses könnten ganz gegen deren Willen zu einer Spaltung führen, und wenn unsere Partei keine Maßnahmen dagegen ergreift, kann diese Spaltung ganz unerwartet eintreten.

Ich will nicht weiter die andern Mitglieder des Zentralausschusses in Bezug auf ihre persönlichen Eigenschaften charakterisieren. Ich will nur daran erinnern, dass die Oktoberepisode Sinowjews und Kamenews natürlich kein Zufall war, dass man sie aber ebenso wenig wie die frühere Nichtzugehörigkeit Trotzkis zum Bolschewismus zu persönlichen Angriffen ausschlachten darf.

Von den jüngeren Mitgliedern des Zentralausschusses möchte ich einige Worte über Bucharin und Piatakow sagen. Diese sind nach meiner Meinung die befähigtsten Kräfte unter diesen Jüngsten, aber in Bezug auf sie darf man Folgendes nicht vergessen: Bucharin ist nicht nur der wertvollste und stärkste Theoretiker der Partei, sondern kann auch ganz offen als ihr Favorit betrachtet werden. Trotzdem dürfen seine theoretischen Ansichten nur mit dem größten Zweifel als völlig marxistisch angesehen werden, denn es steckt in ihm ein Stück von einem Scholastiker, und er hat nie die Dialektik gelernt (ich glaube, er hat sie niemals ganz verstanden).

Piatakow hinwieder ist ein zweifellos willensstarker und begabter Mann, aber viel zu sehr dem Verwaltungswesen und der behördlichen Seite der Dinge ergeben, als dass man sich in einer ernsthaften politischen Frage auf ihn verlassen könnte.

Natürlich sind diese Bemerkungen nur in Hinsicht auf die augenblickliche Zeit und für den Fall gemacht worden, dass die beiden befähigten und ehrlichen Mitarbeiter keine Gelegenheit finden, ihr Wissen zu ergänzen und ihre Einseitigkeit zu verbessern. Den 25. Dezember 1922.

Nachschrift: Stalin ist zu rücksichtslos, und wenn dieser Fehler auch in den Beziehungen unter uns Kommunisten erträglich ist, so wird er ganz unerträglich im Geschäftszimmer des Generalsekretärs. Darum schlage ich den Genossen vor, einen Weg zu finden, Stalin von dieser Stellung zu entfernen und sie einem andern Manne zu geben, der sich aber in jeder Beziehung nur dadurch von Stalin unterscheiden darf, dass er besser ist als er – nämlich geduldiger, loyaler, höflicher, aufmerksamer gegen Genossen, nicht so launisch usw. Diese Dinge mögen wie unwichtige Kleinigkeiten erscheinen, aber in Hinsicht auf die Verhinderung einer Spaltung und in Hinsicht auf die oben geschilderten Beziehungen zwischen Stalin und Trotzki sind sie keine Kleinigkeiten, oder sie sind solche Kleinigkeiten, die eine entscheidende Bedeutung gewinnen können.

Lenin.

Den 4. Januar 1923.«

Die Letzten Wort Adolf Joffes

Der Personenwechsel und der ganze politische Umschwung, die seit Lenins Tod in der bolschewistischen Regierung eingetreten sind, haben ihren tragischen Ausdruck in Joffes Selbstmord gefunden. Joffe war einer der stärksten und fähigsten Männer, die Lenin in den Tagen der Revolution umgaben. Wie Rakowski hatte er Medizin studiert. Er war ein ernster, entschlossener und mutiger Charakter, der sein ganzes Leben der kommunistischen Bewegung widmete. Er nahm an der Revolution von 1905 tätigen Anteil und erlitt nicht nur Gefängnisstrafen, sondern wurde auch zu schweren Zwangsarbeiten in Sibirien verurteilt. In der Oktoberrevolution und den darauf folgenden Kampftagen spielte Joffe eine bedeutende Rolle. Er befand sich unter den Führern des revolutionären Soldatenausschusses und soll in Petersburg den Übergang der Macht schon vor dem wirklichen Aufstand erreicht haben. Von Lenin wurde er dann für die beiden ersten und damals äußerst wichtigen diplomatischen Posten ausgewählt, die von Bolschewisten eingenommen wurden – für den Vorsitz der Brest-Litowsker Abordnung und für die Gesandtschaft in Berlin. Er war einer der Delegierten auf der Genuakonferenz und dann russischer Gesandter in Japan. Am 16. November 1927 setzte sich Joffe eine Pistole an die Schläfe und erschoss sich. Er hinterließ, neben sich auf dem Tisch liegend, einen Brief an Trotzki, in dem er seine Tat erklärte. Hier dieser Brief:

»An Leo Trotzki.

Lieber Leo Davidowitsch:

Mein ganzes Leben lang bin ich der Ansicht gewesen, dass ein Politiker es verstehen müsste, zur rechten Zeit seiner Wege zu gehen, so wie ein Schauspieler die Bühne verlässt, und dass es besser ist, zu früh, als zu spät zu gehen.

Vor mehr als dreißig Jahren nahm ich die Philosophie in mir auf, dass das menschliche Leben nur so lange und in dem Grade Bedeutung habe, als es im Dienst von etwas Unendlichem stehe. Für uns ist die Menschheit etwas Unendliches. Der Rest ist endlich, und zu arbeiten für diesen Rest, ist daher ohne Bedeutung. Selbst wenn die Menschheit noch eine Bedeutung über sich selbst hinaus haben muss, so wird doch diese Bedeutung erst in einer so fernen Zukunft klar werden, dass für uns die Menschheit als etwas völlig Unendliches betrachtet werden kann. Hierin und einzig hierin habe ich immer den Sinn des Lebens gesehen. Und wenn ich jetzt auf meine Vergangenheit zurückblicke, von der ich siebenundzwanzig Jahre in den Reihen unserer Partei verbracht habe, so glaube ich mit Recht sagen zu können, dass ich mein ganzes bewusstes Leben hindurch dieser Philosophie treu geblieben bin. Ich habe immer nach dem Wahlspruche gelebt: Arbeite und kämpfe zum Besten der Menschheit. Darum glaube ich auch mit Recht sagen zu dürfen, dass kein Tag meines Lebens ohne Sinn gewesen ist.

Aber jetzt scheint es mir, als ob die Zeit kommt, da mein Leben seinen Sinn verliert, und daher fühle ich mich verpflichtet, es zu verlassen, es zu einem Ende zu bringen.

Seit mehreren Jahren haben die jetzigen Häupter unserer Partei, getreu ihrer allgemeinen Politik, den Kommunisten der Opposition keine Arbeit zu geben, mir weder in der Politik noch im Sowjetwerk eine Tätigkeit erlaubt, deren Zweck und Charakter dem Höchstmaß meiner Fähigkeiten entsprachen. Während des letzten Jahres hat ja, wie Sie wissen, das politische Büro mich als Oppositionsanhänger an jeder politischen Arbeit gehindert.

Meine Gesundheit hat sich andauernd verschlechtert. Um den zwanzigsten September herum forderte mich aus mir unbekannten Gründen die Ärztekommission des Zentralausschusses auf, mich durch Spezialärzte untersuchen zu lassen. Diese teilten mir dann kategorisch mit, mein Gesundheitszustand sei viel schlechter, als ich angenommen hätte, und ich dürfte keinen Tag mehr länger zwecklos in Moskau, noch eine weitere Stunde ohne Behandlung bleiben, sondern müsste sofort ins Ausland reisen und ein geeignetes Sanatorium aufsuchen.

Auf meine direkte Frage: ›Welche Chancen habe ich, im Ausland gesund zu werden, und kann ich mich nicht in Russland behandeln lassen, ohne meine Arbeit aufzugeben?‹ antworteten mir die Ärzte und Assistenten, der praktische Arzt des Zentralausschusses, Genosse Abrossow, ein anderer kommunistischer Arzt und der Leiter des Kremlkrankenhauses einstimmig, russische Sanatorien könnten mir durchaus nicht helfen, ich müsste mich einer Behandlung im Westen unterziehen. Sie fügten noch hinzu, dass ich, wenn ich ihrem Rate folgte, zweifellos noch für eine lange Zeit arbeitsfähig sein würde.

Zwei Monate hindurch unternahm dann die Ärztekommission des Zentralausschusses, trotzdem sie mich doch aus eigener Initiative zu der Untersuchung befohlen hatte, keine Schritte, weder für meine Überführung ins Ausland, noch für meine Behandlung im Inland. Im Gegenteil wurde der Kremlapotheke, die mir bisher immer die mir vorgeschriebenen Heilmittel geliefert hatte, verboten, es zu tun. Ich war so tatsächlich der freien Medizin beraubt, die ich bisher noch immer erhalten hatte. Dies geschah, scheint es, zu der Zeit, als die in Macht befindliche Gruppe anfing, gegen die Genossen von der Opposition ihre Losung anzuwenden: ›Schlagt die Opposition zu Boden!‹

Solange ich noch wohl genug war, um zu arbeiten, machte ich mir wenig aus alledem, aber als es mir immer schlechter ging, wandte sich meine Frau an die Ärztekommission des Zentralausschusses und persönlich an Dr. Semaschko, der vor der Öffentlichkeit immer bis zum äußersten gegangen ist, um seine Losung durchzusetzen: ›Rettet die alte Garde!‹ Die Angelegenheit wurde trotzdem fortwährend hinausgeschoben, und meine Frau war nur imstande, einen Auszug aus der Entscheidung des Ärztekollegiums zu bekommen. In diesem Auszug zählte das Kollegium meine chronischen Krankheiten auf und erklärte, ich müsste auf etwa ein Jahr ›in ein Sanatorium von der Art des Professors Friedländer‹ gehen.

Mittlerweile habe ich mich vor neun Tagen endgültig zu Bett legen müssen, weil meine chronischen Leiden unter solchen Umständen sich natürlich stark verschlimmerten, und vor allem das schrecklichste, meine eingewurzelte Polyneuritis, die wieder akut wurde, mir fast unerträgliche Schmerzen bereitete und mich sogar am Gehen hinderte. Neun Tage bin ich nunmehr ohne jede Behandlung geblieben, und die Frage meiner Reise ins Ausland wurde nicht wieder aufgenommen. Nicht einer der Ärzte des Zentralausschusses hat mich besucht. Professor Davidenko und Dr. Levine, die an mein Bett gerufen wurden, verschrieben ein paar Kleinigkeiten, die offensichtlich nicht helfen konnten, und gaben dann zu, ›es könne nichts geschehen‹, und eine Reise ins Ausland sei dringend notwendig. Dr. Levine erzählte meiner Frau die Angelegenheit zöge sich deswegen hinaus, weil die Ärztekommission offenbar annehme, meine Frau wolle mitgehn, ›was die Geschichte zu teuer mache‹. Meine Frau antwortete, sie bestände trotz des schlimmen Zustandes, in dem ich mich befände, bestimmt nicht darauf, dass sie oder sonst jemand mich begleite, worauf Dr. Levine uns versicherte, dass unter diesen Umständen die Angelegenheit bald geregelt sein werde. Auch heute wiederholte Dr. Levine mir, die Ärzte könnten durchaus nichts tun, die einzige Hilfe läge in einer sofortigen Abreise ins Ausland. Dann teilte gegen Abend der Arzt des Zentralausschusses, Genosse Potiomkin, meiner Frau mit, die Ärztekommission des Zentralausschusses habe sich entschlossen, mich nicht ins Ausland zu schicken, sondern mich in Russland zu behandeln. Der Grund läge darin, dass die Spezialärzte auf einer längeren Behandlung im Ausland beständen und eine kurze für zwecklos hielten, dass aber der Zentralausschuss für meine Kur höchstens tausend Dollar bewilligen könnte und es für unmöglich halte, mehr zu bewilligen.

Als ich vor einiger Zeit im Ausland war, erhielt ich ein Angebot von zwanzigtausend Dollar für eine Ausgabe meiner Memoiren, aber da diese doch durch die Zensur des politischen Büros gehen mussten, und ich weiß, wie man in unserm Lande die Geschichte der Partei und der Revolution fälscht, so wollte ich zu einer solchen Verfälschung nicht noch meine Hand leihen. Die ganze Zensurarbeit des politischen Büros hätte ja darin bestanden, mir eine wahrheitsgetreue Schilderung der einzelnen Persönlichkeiten und ihrer Taten zu verbieten – und zwar sowohl der wirklichen Führer der Revolution, wie auch derjenigen, die sich jetzt mit dieser Würde bekleiden. Infolgedessen habe ich heute keine Möglichkeit, mich behandeln zu lassen, ohne mir Geld vom Zentralausschuss geben zu lassen, und dieser glaubt bei all meiner siebenundzwanzigjährigen revolutionären Arbeit mein Leben und meine Gesundheit auf eine Summe von nicht über tausend Dollar bewerten zu können.

Das ist der Grund, warum ich sage, es sei jetzt Zeit, mein Leben zu einem Ende zu bringen. Ich weiß, dass die allgemeine Meinung der Partei den Selbstmord nicht billigt, aber ich glaube doch, dass keiner von denen, die meine Lage verstehen, mich deshalb verurteilen wird. Wäre ich gesund genug, so würde ich auch die Kraft und Energie finden, gegen die in der Partei entstandene Lage anzukämpfen. Aber in meinem gegenwärtigen Zustand kann ich es nicht ertragen, dass die Partei stillschweigend Ihre Ausschließung aus ihren Reihen duldet, obgleich ich fest davon überzeugt bin, dass früher oder später eine Krisis kommen wird, die die Partei zwingt, die Schänder ihrer Ehre davonzujagen. In diesem Sinne ist mein Tod ein Protest gegen diejenigen, die die Partei soweit gebracht haben, dass sie sich nicht einmal mehr gegen eine solche Schmach wehren kann.

Wenn ich etwas Großes und etwas Kleines miteinander vergleichen darf, das heißt, ein so unendlich wichtiges, historisches Ereignis wie Ihre und Sinowjews Ausschließung, eine Ausschließung, die unvermeidlich zu einer Selbstzerstörung der Revolution führen muss, mit der Tatsache, dass ich nach siebenundzwanzig Jahren revolutionärer Tätigkeit auf verantwortlichen Posten in der Partei jetzt in eine Lage gekommen bin, wo mir nichts übrig bleibt, als mir eine Kugel durch den Kopf zu schießen – so illustrieren diese beiden Tatsachen ein und dasselbe Ding, nämlich die gegenwärtige Führung unserer Partei. Und vielleicht werden diese beiden Ereignisse, das kleine und das große zusammen, die Partei aufrütteln und sie auf ihrem Wege in den Abgrund aufhalten.

Lieber Leo Davidowitsch, wir sind durch zehn Jahre gemeinsamer Arbeit und, wie ich hoffe, persönlicher Freundschaft verbunden, und das gibt mir das Recht, Ihnen im Augenblicke des Abschieds sagen zu dürfen, was mir als eine Schwäche an Ihnen erscheint.

Ich habe nie daran gezweifelt, dass der von Ihnen vorgezeichnete Weg der richtige ist, und ich bin, wie Sie wissen, seit mehr als zwanzig Jahren, seit dem Beginn der ›ewigen Revolution‹, auf Ihrer Seite gewesen. Aber ich war auch immer der Ansicht, dass es Ihnen an einem fehle, an der Unbeugsamkeit, der Unnachgiebigkeit Lenins, an seinem Entschluss, im Notfalle allein bei seinem begonnenen Werk zu bleiben und nicht von dem eingeschlagenen Wege zu weichen, weil er sicher war, einer zukünftigen Mehrheit, einer zukünftigen Anerkennung der Richtigkeit seines Weges. Sie haben von 1905 an politisch immer Recht gehabt, und auch Lenin gab zu – ich erzählte Ihnen ja oft, dass ich es mit eigenen Ohren von ihm hörte –, im Jahre 1905 seien Sie, und nicht er im Recht gewesen. Im Angesicht des Todes lügt man nicht, und ich wiederhole es Ihnen heute.

Aber Sie sind oft von dem richtigen Standpunkt zugunsten einer Einigung, eines Kompromisses, deren Wert Sie überschätzten, abgewichen. Das war falsch. Ich wiederhole: Politisch haben Sie immer recht gehabt, und jetzt sind Sie mehr als jemals im Recht. Eines Tages wird die Partei das verstehen, und die Geschichte wird gezwungen sein, das anzuerkennen.

Fürchten Sie sich auch nicht, wenn verschiedene Sie verlassen und besonders, wenn die vielen nicht so schnell kommen, als wir alle es wünschen. Sie sind im Recht, aber die Gewissheit eines Sieges Ihrer Wahrheit liegt einzig in einer festen und strengen Unnachgiebigkeit, in einer Zurückweisung jedes Kompromisses, wie dies ja stets das Geheimnis der Siege Wladimir Iljitschs gewesen ist.

Ich habe Ihnen dieses schon oft erklären wollen und mich erst jetzt dazu gebracht in dem Augenblick, da ich Ihnen Lebewohl sage.

Ich wünsche Ihnen Kraft und Mut, wie Sie sie immer gezeigt haben, und einen schnellen Sieg. Ich umarme Sie. Leben Sie wohl.

Ihr A. Joffe.

P.S. Ich schrieb diesen Brief in der Nacht vom fünfzehnten zum sechzehnten, und heute, am sechzehnten, ging Marie Michailowna zur Ärztekommission, um auf meine Entsendung ins Ausland, wenn auch nur für einen oder zwei Monate, zu dringen. Man antwortete ihr, dass nach der Ansicht der Spezialärzte ein kurzer Aufenthalt im Ausland vollständig nutzlos sei. Man teilte ihr auch mit, dass die Ärztekommission beschlossen hätte, mich sofort ins Kremlkrankenhaus zu überführen. So verweigern sie mir sogar eine kurze Reise ins Ausland zur Hebung meiner Gesundheit, obgleich alle Ärzte sich darin einig sind, dass eine Kur in Russland keinen Wert hat und mir nicht helfen kann.

Leben Sie wohl, lieber Leo Davidowitsch. Seien Sie stark. Sie werden es sein müssen, und energisch auch. Und tragen Sie mir keinen Groll nach.

A.«

Stalin-Bucharin und die Chinesische Revolution

Von Albert Treint

(Albert Treint war jahrelang als Führer der französischen Kommunisten und Mitglied des Exekutivausschusses der Internationale ein ergebener Anhänger und Vorkämpfer des Stalinschen Regimes. Aber selbst Treint revoltierte, als Stalin und Bucharin die Niedermetzelung der chinesischen Arbeiter und Bauern stillschweigend billigten. In einem Briefe an seine Kameraden in der französischen Partei enthüllte er das ganze Vorgehen Stalins und Bucharins und wurde dann natürlich aus der Partei ausgeschlossen.)

»Zwischen der opportunistischen Politik der Stalin-Bucharin-Gruppe in China und dem echten Leninismus liegt jetzt das vergossene Blut der chinesischen Arbeiter. Schutzlos wurden die chinesischen Arbeiter der Unterjochung durch die Bourgeoisie preisgegeben, und die Kommunisten der ganzen Welt schwiegen dazu, da man sie in vollkommener Unwissenheit über die wirkliche Lage gelassen hatte. Mit einer solchen Politik darf es keinen Kompromiss geben ...

Ein ganzes Jahr lang hat die Stalin-Bucharin-Gruppe vor der russischen Partei und der ganzen Internationale den ersten Staatsstreich Tschang Kai-scheks vom März 1926 verheimlicht. Dieser Staatsstreich gab die Macht in die Hände der Reaktion. Der Mintuan, eine Bande von Söldnern, die von den großen Landeigentümern bezahlt wurden, entwaffnete die Bauern und bedrückte zugleich die Arbeiter ... Ebenso unterdrückten im Juli und August 1926 die Kuomintang und die Regierung von Kanton die Bewegung der Arbeiter und Bauern. In Wu Tschau in der Provinz Wang Si wurden Kommunisten verhaftet und erschossen. Die Regierung in Kanton verlangte, dass aus dem Programm der Bauernverbände jede Politik entfernt werden sollte ... Die Erlasse Tschang Kai-scheks vom sechsten August befahlen die Entwaffnung der Arbeiter und bedrohten jede bewaffnete Auflehnung gegen die Söldner der Kapitalisten mit standgerichtlicher Erschießung ... Eine Abteilung des sechsundzwanzigsten Regiments der dritten Armee drang des Nachts in die Eisenbahnwerkstätten ein, schoss auf die Arbeiter und legte sich dann auf einem Haufen von Toten und Verwundeten schlafen ... In Na Tschin Tong feuerten die Truppen auf eine Arbeiterdemonstration und töteten zehn ... In Hunan wurden Bauernorganisationen aufgelöst und ihre Führer gehängt ... Solche Ereignisse wiederholten sich viele Male in dem gesamten Bereich der nationalen Regierung.

Die Stalin-Bucharin-Gruppe unterschlug alle diese Ereignisse vor der Masse der Kommunisten und arbeitete in Verbindung mit Tschang Kai-schek ruhig weiter ...

Im März 1927, nach der Einnahme von Schanghai richtete Tschang Kai-schek eine Ergebenheitserklärung an den Kuomintang, um die Vorbereitungen für seinen Staatsstreich zu verheimlichen. Die Stalin-Bucharin-Gruppe legte diese Erklärung als einen Beweis dafür aus, dass man auch weiterhin mit Tschang Kai-schek zusammengehen könnte. Am fünften April unterzeichnete der Sekretär der chinesischen Partei ein Manifest, in dem er ausführte, dass zwischen der chinesischen kommunistischen Partei und der Kuomintang nur einige Meinungsverschiedenheiten über nebensächliche und unwichtige Fragen vorhanden seien. Die Stalin-Bucharin-Gruppe fuhr fort, ihr Schweigen zu bewahren, obgleich sie wusste, dass diese nebensächlichen Meinungsverschiedenheiten sich auf das Erschießen von Arbeitern und Bauern bezogen.

Dies ist nur ein Teil von dem, was vor den kommunistischen Massen verheimlicht wurde, und es ist auch noch lange nicht die ganze Geschichte.

Die Stalin-Bucharin-Gruppe verheimlichte, so weit sie es konnte, alle Dokumente, die sich auf diese Ereignisse bezogen. Sie verheimlichte die Leitsätze Sinowjews über die chinesische Lage, die im Ganzen einen richtigen Überblick gaben und genaue Voraussagen enthielten ... Sie schwieg zu der Kritik, die Trotzki gegen die Erklärungen Stalins richtete, ebenso zu den verschiedenen Bemerkungen Trotzkis über gewisse Depeschen aus China, deren Veröffentlichung der kommunistischen Presse verboten wurde. Alle diese Dokumente sind offizielle Schriftstücke von der letzten Session der Exekutive, und sie enthielten genaue Voraussagen der bevorstehenden Ereignisse. Die Stalin-Bucharin-Gruppe unterschlug dann alle diese Dokumente, da sie ihre vollständig falsche Beurteilung der Lage nachwiesen. Stalin ging sogar so weit, dass er seine eigene Rede unterschlug. So wurde ein Vortrag Stalins, den er in der kommunistischen Akademie in Gegenwart von 3000 Parteiangestellten hielt, niemals veröffentlicht. Er wurde deshalb nie veröffentlich, weil zehn Tage später ein Staatsstreich Tschang Kai-scheks seine ganzen Ausführungen brutal und kategorisch widerlegte. Aber Radek, der auf der kommunistischen Akademie gegen Stalin sprach und bewies, dass der offene Verrat Tschang Kai-scheks nur noch eine Frage von Wochen, vielleicht von Tagen sei, wurde von seiner Stellung als Rektor der Universität Sun Yatsens entfernt, weil seine Voraussagungen sich als richtig erwiesen hatten ...

Um diese Tatsachen zu verheimlichen, um den Widerstand derer, die sie kannten, zu brechen, um alle wirklichen Kenner der Verhältnisse in Verruf zu bringen, war es notwendig, sowohl in der russischen Partei wie in der ganzen Internationale ein Regime einzurichten, das von Tag zu Tag unerträglicher wird.

Stalinismus ist eben dieses Regime bürokratischer Erdrosselung und behördlicher Einschüchterung, das man in der russischen Partei und in der Internationale zum

Besten einer opportunistischen Politik eingeführt hat, einer Politik, die von allen Kommunisten sofort einmütig verworfen würde, wenn man sie nur genau darüber informierte ...

Die Verwirrung durch die Stalin-Bucharinsche Politik führte dann dahin, dass die französische Partei an Tschang Kai-schek, als den Repräsentanten der chinesischen Kommune bei seinem Einzug in Schanghai ein Begrüßungstelegramm schickte. Dabei zog Tschang Kai-schek in Schanghai als der Gallifet der chinesischen Kommune ein, der entschlossen war, sie blutig zu unterdrücken. Die Politik der Stalin-Bucharin-Gruppe führte die Häupter der französischen Partei so sehr in die Irre, dass sie Gallifet mit der Kommune, den Henker mit seinem Opfer verwechselten. Eine Politik, die solche Folgen hat, trägt natürlich ihre eigene Verurteilung in sich ...

Nach dem Julistaatsstreich ging die Politik der Stalin-Bucharin-Gruppe dahin, sich zwar von der chinesischen Regierung zurückzuziehen, aber in der Kuomintang zu bleiben, trotz der dort erfolgten Ausschließung von Kommunisten. Sie ging ferner dahin, am 25. Juli den Gedanken der Bildung von Sowjets zu propagieren, den sie noch am Abend des 24. Juli für verfrüht erklärt hatte. Alles dieses zeigt nicht nur eine grobe bürokratische Kurzsichtigkeit, sondern eine fast vollständige geistige Verblödung.

Indem die von Stalin geleitete kommunistische Partei aber in der Kuomintang blieb, musste sie nicht nur gegen den durch die Vollzugsbehörde der Kuomintang durchgeführten Ausschließungsfeldzug kämpfen, sondern auch gegen die Generäle der Kuomintang, die die Arbeitergewerkschaften, die Bauernverbände, die kommunistischen Gruppen und überhaupt die oppositionellen Zusammenschlüsse in der Kuomintang selbst mit roher Waffengewalt zu unterdrücken suchten.

Um aber imstande zu sein, diesen Mächten mit Erfolg zu widerstehen, hätte man sich nicht nach dem Rat der Stalingruppe an die Rockschöße der Bourgeoisie klammern, sondern sich nach den Vorschriften Lenins an die Spitze der Massenbewegung der Arbeiter und Bauern stellen sollen. Durch zur rechten Zeit geformte Sowjets, die zunächst Organe einer demokratischen Diktatur der Arbeiter und Bauern gewesen wären, hätte man die Massen bewaffnet, die Leitung des Kampfes übernommen und das zaudernde Kleinbürgertum in die Reihen der Revolution gedrängt.

Und was tat statt dessen die Stalin-Bucharin-Gruppe? Sie weigerte sich, den Befehl zur Bildung der Sowjets zu geben, als die revolutionäre Bewegung der Massen auf dem Höhepunkte war, als die Gewerkschaften eigenmächtig daran gingen, die Feinde der Revolution aufzuhalten, als die Bauern zu Millionen anfingen, die Ländereien der großen Besitzer zu beschlagnahmen. Diese Bewegung der Massen wurde von vornherein durch die Politik Stalins und Bucharms gehemmt und dann unter stillschweigender Duldung Moskaus durch die Bourgeoisie völlig unterdrückt. Und jetzt, da dies alles zu einer schmählichen Niederlage geführt hat und die entmutigten Arbeiter sich entwaffnen lassen, jetzt, da die Generale die Gewerkschaftshäuser beschlagnahmen und der Bauernaufstand vorläufig an vielen Stellen gebrochen ist – jetzt, zur verkehrten Zeit, beeilt sich endlich die Stalin-Bucharin-Gruppe, den Befehl zur Bildung von Sowjets zu geben und predigt diese Idee trotz dem völligen Zusammenbruche der Massenbewegung, und obgleich die Partei bei allen, die ihre Fehler erkannt haben, nicht mehr die geringste Autorität genießt. Es gibt überhaupt keinen besseren Weg, um die Sowjetidee in den Augen der Chinesen für alle Zeiten in Verruf zu bringen.

Es ist notwendig, dass die Internationale und ihre Parteien eine sofortige, genaue und vollständige Aufklärung über die Probleme der chinesischen Revolution erhalten. Es ist ferner notwendig, dass nach einer ernstlichen und vollkommen freien Diskussion in allen Parteien, auch in der russischen Partei, ein besonderer Weltkongress einberufen wird. Dies ist die einzige Möglichkeit, um zu einer richtigen Politik in dieser Frage zu kommen ...

Die augenblickliche Gefahr ist der Stalinismus, dieses System bürokratischer Erdrosselung und behördlichen Terrors in der russischen Partei und in der Internationale, ein System, das gewaltsam jeden Protest gegen die herrschende opportunistische Politik verhindert und den Bankrott einer Politik verschleiert, die von Tag zu Tag umfassender und rettungsloser wird.

Gegen diese Gefahr müssen wir sofort einen erbarmungslosen Krieg beginnen.«

Ein Urteil französischer Kommunisten über die Lage in Russland

Wie in allen Ländern der Welt, so lehnen sich auch in Frankreich immer mehr ehrliche Kommunisten gegen den Terror der Stalinistischen Gewaltherrschaft auf. Schon bestehen in Frankreich drei revolutionäre Zeitungen, die von ausgeschlossenen Kommunisten gegründet sind. Aus einer dieser Zeitungen, dem »Contre le Courant«, seien die folgenden Abschnitte eines von der sog. Loriotgruppe ausgehenden Manifestes zur Beleuchtung der augenblicklichen russischen Zustände hier aufgeführt:

»Seit Lenins Tode ist die Partei von Krisis zu Krisis geschritten und schließlich bis zu einer Spaltung gelangt. So stehen die Dinge, wir dürfen uns keiner Täuschung hingeben. Nicht um Maßregeln gegen diesen oder jenen undisziplinierten Genossen oder um einen persönlichen Streit handelt es sich mehr, sondern um den Beschluss, den ganzen linken Flügel der Partei auszuschließen. Was jetzt in Russland vorgeht, ist ein unversöhnlicher Kampf zwischen dem maskierten Revisionismus der Stalinschen Gruppe und dem durch die Opposition verteidigten

Kommunismus. Und in diesem Kampfe dreht es sich um die ganze Zukunft der Oktoberrevolution.

Schon kennt der Kampf der in der Macht befindlichen Gruppe gegen ihre Gegner keinerlei Rücksicht mehr. Der Knüppel, die geheime Diplomatie, der Terror herrschen jetzt in der Partei, und sie erfährt nicht einmal mehr die Wahrheit über die Dinge, die mitten in ihrem Schoße vorgehen. Als einzige geistige Nahrung erhält die Partei ›offizielle‹ Literatur, ›offizielle‹ Leitsätze, ›offizielle‹ Gesichtspunkte. Wer diese unbesehen annimmt, ist ein ›Bolschewist‹, wer auch nur darüber diskutiert, ist ein Menschewist, ein Konterrevolutionär, ein Weißgardist. Und weil man nur zu gut weiß, welche unüberwindliche Macht die Opposition besäße, wenn die Parteimitglieder ihre Meinung sagen dürften, hat man ein Schreckensregiment eingeführt. Arbeiter, die zur Opposition gehören, werden aus ihren Stellungen entfernt, dem Verhungern überlassen, der G.P.U., der politischen Polizei, ausgeliefert. Man verhört sie und wirft sie ins Gefängnis. Zu Hunderten werden die besten Bolschewisten aus der Partei ausgeschlossen. Aufopferungsvolle Kämpfer für die Partei werden verfemt und in die Verbannung geschickt. Die Führer der Opposition sind aus den amtlichen Stellungen entfernt und aus der Partei hinausgejagt worden. Schon ist ihr Leben in Gefahr ...

In einem agrarischen Staate wie der Sowjetunion ist es unvermeidlich, dass die reichen Bauern, die Kulaks, einen Druck auf die Staatsgewalt und auf die einzige, gesetzlich erlaubte Partei, die kommunistische, ausüben. Dieser Druck kann durch eine richtige Agrarpolitik vermindert werden, wenn der Staat, gestützt auf die armen Bauern und im Bündnis mit den mittleren Bauern, einen Kampf gegen die Kulaks beginnt. Wenn aber dagegen der Staat, wie es in Russland der Fall ist, die schnell anwachsende Klassendifferenzierung verschleiert, wenn er sich mit ›den Bauern‹ im Allgemeinen zu verbünden sucht und seine engere Verbindung mit den armen Bauern verliert, dann verliert er auch immer mehr das Vertrauen des mittleren Bauern, der dann seinerseits ganz dem Klasseneinfluss des Kulaks verfällt.

So üben die wohlhabenden und reichen Bauern einen immerzu anwachsenden Einfluss auf die Staatsgewalt aus und sie drücken mit all ihrem Gewicht auf die Partei. Sie suchen die vorteilhaften Stellen in ihre Hände zu bekommen und können sich dadurch die reichen Gewinnmöglichkeiten, die ihnen das jetzige Wirtschaftssystem bietet, sichern. Natürlich arbeiten diese Bauernschichten in erster Linie darauf hin, die links stehenden Elemente aus der Partei zu entfernen, alle diejenigen, die gegen ein Paktieren mit den Kulaks sind und eine proletarische Politik verteidigen. In diesem Bestreben werden die reichen Bauern durch die ungeheure Armee der Sowjetbürokratie unterstützt, die ebenfalls gewaltige Interessen zu verteidigen hat.

Die reichen und wohlhabenden Schichten der Bauern, das Kleinbürgertum und die Bürokratie bilden die sozialen Kräfte, die mithilfe der Parteileitung einen erbarmungslosen Krieg gegen die Opposition begonnen haben.

Daher ist es für uns und für jeden Arbeiter, der sich über die Grundelemente des Konflikts ein richtiges Bild machen will, eine ganz nebensächliche Frage, ob die Opposition nun ›zu hundert Prozent recht hat‹. Es handelt sich vielmehr um das Erkennen der Tatsache, dass in diesem Augenblicke die Opposition für das Recht der Kommunisten eintritt, in ihrer eigenen Partei ihre Meinung zu äußern, für das Recht der Arbeiterklasse, ihre politischen Ziele in ihrer eigenen Klassenpartei selbst zu bestimmen. Es handelt sich darum, einzusehen, dass die Eroberungen der Oktoberrevolution bedroht sind, dass man die Opposition deswegen unterdrückt, weil sie diese Eroberungen verteidigt, weil sie auf die Verschiebung des politischen Schwergewichts hinweist, das jetzt nicht mehr auf dem Proletariat und den armen Bauern beruht, sondern auf dem Kleinbürgertum, den Ingenieuren, Bürokraten und Kulaks.

Mit diesem Kampfe der russischen Opposition erklären wir uns ohne jeden Rückhalt einig ... Es gibt nur eine Möglichkeit, siegreich und auf normale Weise dem Drucke der nichtproletarischen Kräfte in der Sowjetunion zu widerstehen, nämlich ein freies Spiel der Klassenkräfte in der Partei.

Eine kommunistische Partei, in der ein allmächtiges Beamtentum seine Diktatur über die Parteimitglieder ausübt, ist von selbst schon eine solche, in der das Proletariat bereits eine schwere Niederlage erlitten hat, eine Niederlage, die unfehlbar weitere Niederlagen erwarten lässt ... Eine bürokratische Parteiherrschaft ist nur ein Vorspiel zu einer opportunistischen Politik, selbst wenn die Männer, die sich an die Stelle der Arbeitermitglieder gesetzt haben, noch so wertvoll sind. Die Politik solcher Männer mag eine gewisse Zeit lang mit den proletarischen Interessen zusammenfallen, aber sie wird unvermeidlich, da sie ja aufgehört hat, eine Politik der Arbeiterklasse zu sein, einen schwankenden Kurs einnehmen und sich unter dem Drucke der verschiedenen sozialen Kräfte nach dem Opportunismus hin entwickeln ...

Mit einem Worte, die herrschende Gruppe im ersten proletarischen Staate betreibt eine Politik, die in der Theorie und im Handeln unaufhörlich nach rechts abgleitet. Und um diese Politik zu verheimlichen, schlägt sie immerfort nach links und benutzt dabei alle Mittel, die ihr die Staatsgewalt geben kann – Presse, Politik, Terror.

Was soll nun in einer solchen Lage geschehen? Wie kann man wirkungsvoll gegen diese unmittelbare Gefahr ankämpfen?

Wir müssen zunächst einmal das Proletariat in den Besitz der Tatsachen stellen und ihm dadurch erst ermöglichen, gegen die ungeheure Abweichung nach rechts anzukämpfen (gegen eine um so gefährlichere Abweichung, weil sie sich unter der Marke des Leninismus verbirgt), in der die kommunistische Bewegung in der Gefahr des Zugrundegehens ist ... Wir schlagen daher vor, die von den Parteibeamten vor der Arbeiterklasse verheimlichten Dokumente zu veröffentlichen, die großen Probleme des proletarischen Kampfes zu studieren, Tatsachen zu enthüllen und den kommunistischen Standpunkt den in den offiziellen Organen vertretenen opportunistischen oder demagogischen Gesichtspunkten entgegenzustellen. Wir schlagen mit einem Worte vor, ein Zentrum proletarischer Erneuerung zu schaffen. Dieses sind die einzigen Mittel zum Kampfe für die Partei und die Internationale. Wir werden uns über keines der Hindernisse, die wir auf unserem Wege finden, hinwegzutäuschen suchen. Wir kennen jetzt schon alle Beschuldigungen, die man uns entgegenschleudern wird. Vor allem wird man uns Parteispaltung vorwerfen. Aber welchen Wert kann eine solche Anklage in den Augen eines Arbeiters haben, der nachdenkt? Er wird verstehen, dass die wirklichen Parteispalter die Leiter der Partei sind, die die Parteipresse zum Besten ihrer Gruppe mit Beschlag belegen, die die Partei verachten, betrügen und verwirren, die jede Stimme, die von unten kommt, ersticken und die Politik der arbeitenden Klasse durch eine Politik ihrer persönlichen Interessen ersetzen ...

Man wird auch nicht verfehlen, von uns zu sagen, wir gingen Hand in Hand mit der Bourgeoisie und handelten in deren Interesse, indem wir die inneren Parteikonflikte an die Öffentlichkeit brächten. Aber wer hat denn eigentlich ganz bewusst diesen Konflikt aus dem Innern der Partei auf den öffentlichen Markt gebracht? War es nicht die Prawda, das offizielle Blatt der Sowjetunion, die schon vor vier Jahren öffentlich erklärte, die Partei hegte an ihrem Busen Menschewisten, Verbündete der Bourgeoisie, Spießgesellen Chamberlains, Schmarotzer, Renegaten?

Übrigens ist die Aufdeckung einer opportunistischen Politik niemals von Nutzen für die Bourgeoisie. Die Bourgeoisie mag sich im Augenblicke darüber freuen, sie freut sich über alles, was nach Zwistigkeiten in unseren Reihen aussieht, aber der Nutzen, den die Partei von einem Einspruch hat, der unseren Klassencharakter stärken will, ist unendlich größer als die Ungelegenheit, die eine Aufdeckung der Parteifehler mit sich bringt.

Die Schwierigkeiten des Kampfes, die tragische Natur der Ereignisse, sie erinnern an einen nicht weniger düsteren und gefährlichen Wendepunkt in der Geschichte der Arbeiterklasse – an den Krieg. Die Ähnlichkeit ist seltsam. Heute wie vor dreizehn Jahren verwirren und betrügen Führer, die unwürdig der ihnen anvertrauten Aufgabe sind, die Massen. Heute wie damals sehen wir Verwirrung, Lüge, Fanatismus. Und auch heute wieder eine Handvoll von Männern im Kampf gegen alle Verleumdungen und alle Angriffe, aber entschlossen, der Gefahr entgegenzutreten.

Gegen den Strom! So, wie die Bolschewisten im Jahre 1914 standen! Gegen den Strom! Mit derselben Kraft wie im Jahre 1914! Wie man die Zimmerwalder als ›Boches‹ denunziert hat, so wird man uns als Konterrevolutionäre denunzieren ... Was liegt daran? Wir werden auf den Augenblick warten, da die Massen wieder zu sich kommen. Dieser Augenblick wird unfehlbar eintreten.«

Die Verbannung Trotzkis

Der folgende Bericht über die Deportation Trotzkis und der anderen Führer der Opposition ist nach einem privaten Briefe eines russischen Kommunisten geschrieben. Trotzki hatte sich in einem Zimmer in Muralows Wohnung, wo er sich aufhielt, eingeschlossen. Ein Beamter der G.P.U., der politischen Polizei, Abram Bielinski, der mit Soldaten erschien, um ihn zu verhaften, erbrach die Tür. Das »Gehalt« von 30 Rubeln monatlich, das die Verbannten erhalten, genügt gerade, um die Kosten der Wohnung zu decken. Smilga zum Beispiel fand alle Wohnräume seines Bestimmungsortes durch deportierte Nepleute und Verbrecher belegt und sicherte sich mit großer Mühe ein Zimmer für 25 Rubel. Es ist eine wirkliche Tatsache, dass die alten Führer der Oktoberrevolution in der Verbannung durch Sammlungen unter ihren Freunden am Leben gehalten werden.

»Die Führer der Opposition wurden durch behördlichen Befehl der G.P.U. (der geheimen, politischen Polizei) genau wie in der zaristischen Zeit verbannt. Sie erhielten die Aufforderung, sich in vierundzwanzig Stunden bereit zu machen. In der ersten Gruppe wurden dreißig Mann verschickt. Unter diesen befanden sich Rakowski, der bis zu Lenins Tode Vorsitzender der ukrainischen Regierung und des politischen Büros der ukrainischen Partei gewesen war; Karl Radek, einer der Gründer der kommunistischen Internationale, ein Mitglied von Lenins Partei seit 1902 und Mitglied des Zentralausschusses der Partei und der kommunistischen Internationale bis zum Tode Lenins; I.N. Smirnow, Vorsitzender des sibirischen revolutionären Ausschusses und Begründer der Sowjetregierung in Sibirien, bekannt als der ›Lenin Sibiriens‹; V. N. Smirnow, ein Mitglied des Moskauer revolutionären Soldatenausschusses in den Oktobertagen; Sapronow, einer der Leiter der Oktoberrevolution in Moskau; Preobaschenski, ein Parteimitglied seit 1903, Organisator der Oktoberrevolution im Ural und Parteisekretär unter Lenin; Serebriakow, der 1920 Parteisekretär unter Lenin war; Smilga, Führer und Organisator der Oktoberrevolution in Finnland, Mitglied des Zentralausschusses der russischen Partei bis zum Tod Lenins; Sosnowski, Mitglied der Partei seit 1903, einer der Begründer der Prawda und ihr erster Schriftleiter bis zum Tode Lenins; Rafail, Sekretär der kommunistischen Partei der Ukraine unter Lenin, und noch viele andere, ebenso wohl bekannten Genossen.

Die Verbannungsorte sind dieselben wie unter der alten zaristischen Herrschaft. Durch Beamte der G.P.U. wurden sie einzeln nach dem Verbannungsorte geleitet. Jeder musste für sich reisen und erhielt ein ›Monatsgehalt‹ von 30 Rubeln. Irgendwelche Arbeit wurde keinem gegeben.

Anfangs versuchte man, einen Unterschied in der Art der Verschickung zu machen. Man wollte die hervorragenderen Führer direkt durch Befehl des Zentralausschusses verschicken, während die übrigen der G.P.U. ausgeliefert wurden. Als Radek mit einer Gruppe von Genossen zum Zentralausschuss ging, um gegen diese Bevorzugung zu protestieren, und verlangte, dass alle auf die gleiche Art versandt werden sollten, entließ ihn der Sekretär des Zentralausschusses mit den Worten: ›Sie denken wohl, Sie könnten sich über den Zentralausschuss lustig machen? Wenn Sie Gleichheit wünschen, dann werden Sie einfach alle der G.P.U. übergeben.‹

Der Letzte, der verschickt wurde, war Trotzki. Seine Abreise ging in folgender Weise vor sich: Man befahl ihm, sich bis zum 16. Januar zur Fahrt nach Vierny in Turkestan, nahe an der chinesischen Grenze, fertigzumachen. Die Moskauer Arbeiter, die von seiner Abreise wussten, versahen sich mit Fahrkarten nach Perowo, dem Vorort, von dem er abreisen sollte, und so war zur Abfahrtsstunde auf dem Moskauer Bahnhof der Vorortzug nach Perowo mit Arbeitern überfüllt.

Ungefähr 10 000 Arbeiter hatten sich in Perowo eingefunden. Als das aber die G.P.U. erfuhr, widerrief sie ihren Befehl und verschob die Abreise. Die Menge wollte inzwischen nicht glauben, dass Trotzki nicht im Zug sei und stand vier Stunden lang auf den Schienen, um die Abfahrt des Zuges zu verhindern. Als die Arbeiter schließlich erfuhren, dass Trotzki an diesem Tage nicht abreise, eilten sie nach seiner Wohnung, um herauszubekommen, was geschehen sei. Die G.P.U. legte sich inzwischen in der Nähe von Trotzkis Wohnung in einen Hinterhalt und verhaftete siebenundvierzig Mann.

Am nächsten Tage, am 17. Januar, also einen Tag früher, als es für die Abreise festgesetzt war, erschienen die Beamten der G.P.U. in Trotzkis Haus mit einem Befehl zur sofortigen Abreise. Trotzki weigerte sich zu gehen, indem er erklärte, das für ihn festgesetzte Datum sei der achtzehnte. Er habe sich aus diesem Grunde nicht fertiggemacht und seine Bücher und sonstige Sachen nicht eingepackt.

Die Polizeibeamten drohten, ihn mit Gewalt fortzuschleppen, aber er blieb hartnäckig. Sie ergriffen seinen Mantel und begannen, ihn hineinzuzwängen. Seine Frau versuchte, mit jemand zu telefonieren, und wurde in roher Weise von dem Apparate weggerissen. Trotzkis Sohn, der seinen Vater zu verteidigen suchte, wurde von einem der Beamten in einem Faustkampfe überwältigt.

Schließlich schleppten sie Trotzki gewaltsam aus dem Hause, steckten ihn in ein Automobil und fuhren mit ihm in schnellster Fahrt nach der Faustowostation, vierzig Meilen von Moskau.

Man steckte ihn mit einer Gruppe von Wachtsoldaten in ein Wagenabteil. Unterwegs wurde er krank, und in Samara musste man ihn in einem bedenklichen Zustande aus dem Zuge nehmen und die Ärzte herbeirufen. Dies ist alles, was wir wissen, und es ist genau nach dem wirklichen Hergang geschildert.

Die in Moskau eingekerkerten Genossen der Opposition befinden sich in entsetzlichen Verhältnissen. Die Frauen sitzen im Gefängnis in den Zellen mit Verbrecherinnen und Prostituierten zusammen, die Männer mit Defraudanten und Dieben. Sie dürfen keine Besuche empfangen. Sie werden schlecht ernährt und bekommen keine Erlaubnis, etwas von außen zu empfangen. Es ist natürlich unausbleiblich, dass verschiedene unter diesem Regime zusammenbrechen.

Jetzt, da die Regierung immer tiefer in die wirtschaftlichen Schwierigkeiten hineingerät, vor denen die Opposition sie gewarnt hat, versucht sie, die Schuld an den Schwierigkeiten auf die Opposition abzuwälzen. Und wer weiß, ob sie nicht bald zu einem System von Verfolgungen übergeht, das sich seiner Opfer einfach durch Hinrichtungen entledigt?«

Appell der russischen Opposition an die Kommunistische Internationale

Wir, die Unterzeichneten, die durch einen Beschluss des fünfzehnten Parteikongresses aus den Reihen der kommunistischen Partei ausgeschlossen worden sind, wollten uns mit einem Protest gegen diesen Ausschluss an den sechsten Kongress der kommunistischen Internationale wenden. Aber durch einen Befehl der G.P.U. hat man uns alte bolschewistische Parteiarbeiter nach den entferntesten Gegenden der Sowjetunion verbannt, ohne gegen uns eine Anklage zu erheben, in der einzigen Absicht, uns von jeder Verbindung mit Moskau und den anderen Arbeiterzentren und von der Verbindung mit dem sechsten Parteikongress abzuschneiden. Wir halten es daher für notwendig, am Vorabend unserer erzwungenen Abreise nach den entlegensten Teilen der Union die gegenwärtige Erklärung dem Vorstande des ausführenden Zentralausschusses der Internationale zu übergeben und ihn zu bitten, sie zur Kenntnis der Zentralausschüsse aller kommunistischen Parteien zu bringen.

Die Verbannung alter Parteiarbeiter durch einen Verwaltungsbefehl der G.P.U. ist nur ein neues Glied in der ganzen Kette der Ereignisse, die jetzt die kommunistische Partei erschüttern. Diese Ereignisse werden für eine Reihe von Jahren eine ungeheure historische Bedeutung haben. Die jetzigen Meinungsverschiedenheiten sind von höchster Bedeutung für die Geschichte der internationalen revolutionären Bewegung. Es handelt sich dabei um die Frage, ob wir die im Oktober 1917 errungene Diktatur des Proletariats behalten werden. Der Kampf in der russischen kommunistischen Partei geht in seiner ganzen Absicht und Richtung hinter dem Rücken der Internationale vor sich, ohne dass diese daran teilnimmt, oder nur etwas davon weiß. Die wichtigsten Dokumente der Opposition, die sich mit den Grundproblemen unserer Epoche beschäftigen, sind der Internationale unbekannt. Bei jeder bedeutsamen Gelegenheit werden die kommunistischen Parteien vor eine vollzogene Tatsache gestellt. Sie dürfen nur noch ihre Unterschriften unter schon fertiggestellte Beschlüsse setzen. Wir behaupten, dass solch ein Zustand nur aus einem vollständig falschen Regime in der russischen kommunistischen Partei und in der kommunistischen Internationale entstehen kann. In einer von den Genossen Smilga, Muralow, Rakowski und Radek unterzeichneten und an den fünfzehnten Kongress gerichteten Ankündigung erklärten wir unsere Unterwerfung unter die Entscheidung dieses Kongresses und unsere Bereitwilligkeit, von jeder Parteiarbeit zurückzutreten. Trotzdem sind wir ausgeschlossen worden, und man verbannt uns jetzt, weil wir bei unseren Meinungen beharren. Wir haben schon einmal erklärt und wiederholen es hier, dass wir von unseren, in unserem Programm und in unseren Leitsätzen niedergelegten Ansichten nicht abgehen können, weil der ganze Verlauf der Ereignisse ihre Richtigkeit bestätigt. Der sechste Kongress der Internationale sollte wie zu Zeiten Lenins vorbereitet werden: durch Veröffentlichung der wichtigsten Dokumente, die sich auf die jetzt zur Debatte stehenden Fragen beziehen; durch Außerverfolgungsetzen der Kommunisten, die weiter kein Verbrechen begangen haben, als von ihren Rechten als Parteimitglieder Gebrauch zu machen; durch eine gründliche Diskussion, schon vor Beginn des Kongresses, über die kommunistischen Parteiverhältnisse und den politischen Kurs, den wir eingeschlagen haben.

Die besprochenen Fragen können nicht durch eine Verstärkung des politischen Terrors erledigt werden. Terror kann eine große positive Rolle spielen, wenn er sich auf eine richtige Politik stützt und die Auflösung reaktionärer Gruppen herbeiführt. Als Bolschewisten verstehen wir durchaus die Rolle des revolutionären Terrors. Wir wandten ihn gegen die Bourgeoisie und ihre Agenten, gegen die Sozialrevolutionäre und Menschewisten an, und denken auch nicht einen Augenblick daran, dem gegen die Feinde des Proletariats gerichteten Terror in Zukunft zu entsagen. Wir erinnern uns aber wohl, dass der Terror der feindlichen Parteien gegen den Bolschewismus machtlos war. Der Erfolg wird also in letzter Hinsicht durch die richtige politische Haltung entschieden. Indem man uns, die wir alte Soldaten der Oktoberrevolution und Waffenkameraden Lenins sind, verbannt, liefert man einen klaren Beweis für den Rückgang der Klassenbewegung in unserem Lande und die daraus folgende Abweichung nach der Seite des Opportunismus. Trotzdem bleiben wir in der festen Überzeugung, dass der wirkliche Leiter der Sowjetmacht noch immer das Proletariat ist. Es ist noch immer möglich, durch eine entschiedene Änderung des politischen Kurses, durch eine Verbesserung der schon gemachten Fehler, durch Vermeidung weiterer Störungen der revolutionären Entwicklung, das System der proletarischen Diktatur wieder in Ordnung zu bringen und neu zu stärken. Diese Möglichkeit kann eine Wirklichkeit werden, wenn die kommunistische Internationale entschlossen in die Verhältnisse der russischen kommunistischen Partei eingreift. Wir wenden uns an alle kommunistischen Parteien und an den sechsten Kongress der Internationale und fordern dringend, dass sie die jetzige Lage der Dinge wirklich vom Standpunkte der Parteimassen ansehen. Nie hat das Testament Lenins einen prophetischeren Klang gehabt als gerade in diesem Augenblicke. Niemand weiß auch, wie viele Zeit der Verlauf der historischen Ereignisse brauchen wird, um die schon gemachten Fehler zu verbessern. Wir erleiden Gewalt und müssen unsere Posten in der Partei und im Sowjetwerk mit einem sinnlosen und müßigen Exil vertauschen. Aber wir zweifeln auch jetzt nicht eine Minute daran, dass jeder von uns noch einmal von Neuem der Partei nützlich sein darf und in dem großen Kampfe, der uns bevorsteht, wieder seinen Platz in den Reihen ausfüllen wird.

Wir stellen an den sechsten Kongress der Internationale den Antrag, uns wieder in die Partei aufzunehmen.

Unterzeichnet durch Trotzki, Rakowski, Radek, Smilga, I.N. Smirnow, Valentinow, Serebriakow, Preobaschenski, Maliota, Eltzin, Waganian, Itzenko, Newenson und einer Anzahl anderer alter Bolschewisten.